HIORT

'S ann à Nìs, Eilean Leòdhais a tha Iain F. MacLeòid. Tha e air còig nobhailean fhoillseachadh cheana, nam measg trì do ChLÀR, uile fo bhratach Ùr-Sgeul: *Na Klondykers* (2005); *Am Bounty* (2008) agus *Ìmpireachd* (2010). Tha e air obair a dhèanamh ann am film is rèidio. Am measg nan deilbh-chluich aige, tha: Homers, I was a Beautiful Day, The Pearlfisher, Alexander Salamander agus The Story of a Teenage Pyromaniac. Tha e a' fuireach san Eilean Sgitheanach, far a bheil e ag obair aig Sabhal Mòr Ostaig.

HIORT

Iain F Macleòid

CLÀR

CLÀR
Foillsichte le CLÀR, Inbhir Nis, Alba
A' chiad chlò 2020

Iain F. MacLeòid

Tha clàr-fhiosrachadh foillseachaidh dhan leabhar seo
ri fhaighinn bho Leabharlann Bhreatainn.

Air a chur ann an clò Minion Pro
le Edderston Book Design, Baile nam Puball.

Air a chlò-bhualadh le Gwasg Gomer, A' Chuimrigh.

Chuidich Comhairle nan Leabhraichean am foillsichear
le cosgaisean an leabhair seo.

LAGE/ISBN: 978-1-9161458-8-7
www.clar.online

dha Sìm Alexander

1

Lorg am boireannach i ann am bothag bheag chloiche. Boireannach òg, mar gun robh i na cadal. Na lipean aice fhathast dearg, craiceann geal air an ùir dhorch.

Bha am boireannach a lorg an corp gu tric a' tadhal air eileanan iomallach, agus an turas seo, b' ann dha na h-Eileanan Flannach a chaidh i, fichead mìle bho chosta Eilean Leòdhais. Bha i a-riamh airson a dhol ann. Fhuair i prìs mhath bhon iasgair a thug a-mach i agus a dh'fhàg i airson deireadh-seachdain na h-aonar. A-nis, bha aithreachas oirre. Cha bhiodh i air an corp a lorg mura b' e gun robh i airson isean annasach fhaicinn am broinn na cleit, gobhlan-mara eàrr-ghobhlach. Is e 'Island Going' aon de na leabhraichean a b' fheàrr leatha agus aon de na h-adhbharan gun robh i a' cur seachad uiread a thìde air eileanan beaga, iomallach. B' fheàrr leatha a-nis nach robh i air cluinntinn mu ghobhlain-mara eàrr-ghobhlach na beatha. B' fheàrr leatha gun robh i dìreach air a dhol a Rònaidh.

Ghabh i feagal a beatha nuair a lorg i an nighean. Ruith i dhan teanta aice agus cha do ghluais i airson ùine. Ach mu dheireadh thall thuig i gum b' e a dleastanas sùil a thoirt air cùisean agus gur mathaid an uair sin nach biodh uiread a dh'fheagal oirre.

Cha deach i ro fhaisg air an nighinn. Bha an t-aodach aice seann-fhasanta, an clò trom agus dorch. Bha falt dorch oirre agus bha i beag. Cha robh bròy oirre. Ach fhathast, cha robh coltas gun robh fada bho bhàsaich i.

Cha mhòr nach robh i mar a bha i an latha a thachair e, smaoinich i. Bha an nighean na h-aonar. Cho aonranach 's a b' urrainn duine a bhith. An amhaich aice ruadh fhathast bhon fhuil, far an deach a gearradh.

2

Bhiodh e dorch sa mhòr-chuid a dh'àitichean air an t-saoghal, ach 's e meadhan an t-samhraidh a bh' ann sna h-eileanan agus gu math nas soilleire na bu chòir dha bhith, ann am beachd DI Cameron. Dh'òl e an cofaidh aige gu slaodach. Bha Stèisean Poilis Steòrnabhaigh cho marbh ris an uaigh.

Thàinig an Ceannard a-staigh.

"Cameron, rinn thu a' chùis air."

"Uh-huh."

"Tha Kate St. John air an t-slighe à Inbhir Nis le sgioba."

Bha an oidhche seo dìreach a' fàs na b' fheàrr 's na b' fheàrr. Neo an e latha a bh' ann?

Thàinig na faireachdainnean thuige, air an amaladh ri chèile, miann agus mì-thoileachas aig an aon àm. Agus faireachdainn rud beag neònach gun robh e air cadal còmhla ri *Pathologist*. Dh'fhosgail e pacaid bhriosgaidean airson smaoineachadh air rudeigin eile.

"'G iarraidh tè?" thuirt e. Bha e an dòchas nach robh. Bha e an dòchas gum falbhadh an Ceannard cho luath 's a nochd e.

"An tug thu leat do chuid?" dh'fhaighnich e.

"Mo chuid? Bheil mi a' dol a chluich golf?"

"Airson an turais a-mach dha na Flannans?"

Sheall Cameron air thairis air oir a' chupain.

"Tha mi a' dol dha na h-Eileanan Flannach, dè . . . an-dràsta?"

"Nach eil fhios agad gu bheil, an ainm an Àigh, Cameron. 'S tusa a tha os cionn an sgrùdaidh."

Ghabh an Ceannard dà bhriosgaid. An trustar a bha e ann.

"Tha rud eile ann," thuirt e.

"Nach eil an-còmhnaidh."

"Seall seo. Thog an tè a lorg an corp dealbh air a' fòn aice." Thug e copaidh dheth dha Cameron.

"Dè . . ." dh'fheuch Cameron ri ciall a dhèanamh dheth. Bha am boireannach ann an cabhaig ga thogail, a rèir choltais, agus cha robh am fòcas neo am freàm uabhasach math.

"Seall air na casan aice. Na h-òrdagan. Tha 'd crom."

Sheall Cameron air. Mura robh e na dhùisg roimhe, bha a-nis.

"Hiort?" thuirt e.

"Hiort," fhreagair an Ceannard.

3

Bha Hiort air a chuairteachadh le stacan mara mòra, na laighe na aonar ann am meadhan a' chuain, dà fhichead mìle bho na h-Eileanan Siar. Fad linntean, rinn muinntir an àite am beòshlaint bho shealg nan iseanan-mara a bha a' neadachadh air na creagan àrd, àrd – na creagan as àirde ann am Breatainn. Bha iad ainmeil airson a bhith math air sreap – a' dol às dèidh fhulmairean, sùlairean agus buthaidean. Bha daoine air a bhith beò air an eilean airson còrr is dà mhìle bliadhna.

Anns an ùine sin bha dà thuras nuair a dh'fheumadh iad cuideachadh bhon taobh a-muigh, nuair a thuit àireamh an t-sluaigh cho mòr 's nach robh e air chomas dhaibh cumail a' dol.

Thàinig daoine bho eileanan eile, oir ged a bha beatha chruaidh ann, 's e eilean torrach a bh' ann ann an dòigh. Eòin, itean, buntàta.

B' e sreap agus na h-eòin am beatha. Cha robh iad cho math aig muir. Bha e ro chunnartach gun cailleadh iad cus fhir nan tachradh càil dhan eathar.

Cha mhòr nach do dh'fhàg iad airson an turais mu dheireadh ann an 1930, ach aig a' mhionaid mu dheireadh, chuir iad romhpa nach fhàgadh iad. An àite fàgail, thionndaidh iad air ais chun na beatha air an robh iad fhèin 's na ginealaichean roimhe eòlach. Bha gu leòr air an eilean airson beòshlaint a dhèanamh anns an t-seann dòigh, agus cha robh an saoghal mòr cho tarraingeach, le cogaidhean, tinneasan, agus mar a bha daoine riutha uaireannan, mar nach e daoine nàdarra a bh' annta.

An dèidh dhaibh an co-dhùnadh sin a dhèanamh, cha do leig iad le duine tadhal air an eilean. An toiseach dh'fheuch iad ri bhith modhail mu dheidhinn, ach dà thuras bha aca ri fòirneart a chleachdadh airson nach biodh daoine a' tighinn air tìr. Bha an t-arm air gunna mòr a chur air an eilean agus bha fios aca mar a chleachdadh iad e, agus glè luath, sguir daoine a thadhal ann.

Beagan bhliadhnaichean an dèidh sin, bha an Riaghaltas an dùil rudeigin a dhèanamh mun t-suidheachadh, ach thòisich an Dàrna Cogadh, agus cha robh guth ac' air an eilean. Fhuair muinntir Hiort am miann; dhìochuimhnich an saoghal gun robh iad ann.

Cha robh ceangal sam bith ann ris an t-saoghal a-muigh an dèidh sin. Dh'fheuch bàtaichean ri tadhal a-rithist anns na 40an agus sna 50an, ach bhiodh na daoine a' falach ann an uamhan anns na beanntan, na taighean glaiste, a' feitheamh gus an atharraicheadh an aimsir agus am falbhadh na daoine. Chan e àite math idir a bh' ann am Bàgh a' Bhaile airson a bhith aig acair. Air neo, bha fios aig an luchd-tadhail glè mhath nach robh fàilte romhpa, le clachan gan sadail orra neo an gunna mòr ga thionndadh air na bàtaichean aca.

Cha robh litrichean ann, neo fiù 's fios bho iasgairean air dè bha a' tachairt air an eilean. Agus mar sin, dh'fhàg an saoghal iad. 'S e àite gun airgead a bh' ann, le gach rud air a roinn eatarra. Agus cha robh muinntir Hiort a' gabhail gnothach ris an t-saoghal mhòr air taobh a-muigh nan eileanan aca.

Chun an-dràsta.

4

Bha Cameron anns a' bhunc aige air an t-soitheach *Cuma* a' cumail grèim mar mathan *koala* air a' bhobhstair. Bha e air tòiseachadh a' cur ceist anns a' phlana a bha an Ceannard air a chur roimhe ann an cabhaig. Bha aca ri dhol air tìr air na h-Eileanan Flannach, rud a bha duilich gu leòr nuair nach robh suaile mar seo ann. Agus an dèidh na b' urrainn dhaibh fhaighinn a-mach mun t-seann mhurt a thachair air an eilean, bha iad an uair sin a' dol a Hiort.

Cha robh Cameron a' smaoineachadh gur e rud glic a bha seo, agus bha e a' faireachdainn gun robh gu leòr air an t-soitheach a bha ag aontachadh ris. Bhiodh iad fortanach bruidhinn ri duine, nam faigheadh iad air tìr ann a' Hiort. Gu dearbh, bhiodh iad fortanach faighinn air tìr idir, agus bha fathannan agus iomadach sgeulachd ann mu dhaoine a chaidh ann agus a bhàsaich a' feuchainn ri leithid a rud a dhèanamh. Mar a chaidh na bliadhnaichean seachad, 's ann bu mhotha a bha muinntir an eilein airson nach tigeadh duine air tìr ann.

Bhiodh e fortanach faighinn às le bheatha. Nam biodh Gàidhlig aig a' bhlabhdaire DI eile ud san oifis, 's mathaid nach biodh e anns an t-suidheachadh seo, smaoinich Cameron.

Cuideachd, bha e air a bhith ann an Sùlaisgeir grunn thursan nuair a bha e òg, agus bha an Ceannard a' smaoineachadh gum biodh sin feumail. 'S e sgeir a bh' ann an Sùlaisgeir far am bi na sùlairean a' neadachadh as t-samhradh. Agus far am bi muinntir Nis a' dol a shealg na guga. Traidisean cho aost' ris na bruthaichean. Bha ceangal aige anns an dòigh sin ri dòigh-beatha muinntir Hiort.

A' sreap. A' marbhadh nan eòin agus gan cur suas chun an duine air ceann eile an ròpa, gu h-àrd. Gan spìonadh, gan sgoltadh agus gan sailleadh. Cuibhle mhòr de na closaichean, dùn a' coimhead a-mach air fàsach uisge.

Bha iad a' cadal ann an seann bhothan a chaidh a thogail ann an linn nan creach. Bha iad ga ghlanadh gach bliadhna de dh'eòin agus salachar, agus a' cur tarpaulin air a' mhullach. Bha bobhstairean aca a chuireadh iad air an ùrlar, agus chaidleadh a h-uile duine anns an aon sheòmar, dìreach mar a chaidil an duine naomh a thog an t-àite bho thùs.

Bha an obair cruaidh, ach bha cuimhne aige fhathast air na rudan a chòrd ris – a' chiad bhlas de ghuga, Là na Sàbaid nuair a fhuair iad fois. Sàmhchair air mullach an eilein far an do thog e càrn beag dha fhèin. A' gabhail fras an dèidh dha tilleadh.

Nuair a thill iad, bha loidhne mhòr de dhaoine aig a' chidhe sa Phort gam feitheamh. Daoine a' feitheamh le pocannan plastaig agus *tenners*, agus bha feadhainn de na *tenners* sin dhàsan. Gu leòr 's gun deidheadh aige air pàirtean eile den t-saoghal fhaicinn. Agus sin a rinn e. Airson dreis. Ach bha daonnan bacan ann nach fhaigheadh e cuidhteas dheth. Agus seo e a-rithist, an dèidh a bheatha a chur seachad ann an dùthchannan eile, air ais a' fuireachd air an eilean.

Chan eil fhios am biodh fhathast ceann aige airson bhith ag obair aig àirde. Agus cha robh na creagan ud ach beag an taca ri mar a bha iad air Hiort. Ag ràdh sin, cha robh e an dùil a bhith air ceann ròpa, gu h-àraidh nam biodh Kate St. John air a' cheann eile dheth.

Bha 'd air a bhith cho trang a' dèanamh deiseil airson an turais, le uiread a dhaoine ùra a' falbhadaireachd timcheall, nach robh mòran tìde aige còmhradh ri Kate. Nuair a bhruidhinn iad, 's ann airson fiosrachdadh a thoirt dha chèile a bha e. Bha cùisean rudeigin duilich eatarra, rud nach robh a' dol a chuideachadh leis na bh' aca ri dhèanamh còmhla.

Dh'fheuch e ri sgur a smaoineachadh oirre sa bhunc bheag aige, e a' gluasad a-null 's a-nall a-nis mar caoran ann am peile. Laigh e air a mhionach, mar a chuimhnich e bhon turas aige gu Sùlaisgeir, a ghualainnean anns na còrnairean, a' feuchainn ri gluasad mar aon ris a' bhunc.

Bha an rùm dubh dorch, na suailichean nas àirde na far an robh a cheann, an uinneag bheag chruinn os a chionn a' lìonadh le bùrn. Suas agus sìos.

A' seòladh an iar, gu Tìr nan Òg, chaidil e ag aisling mu deidhinn. A' seòladh dhan dìomhaireachd.

5

'S e àite làn dìomhaireachd a bh' anns na h-Eileanan Flannach. Bha e ainmeil airson triùir a chaidh a chall aon oidhche ann an 1900, na fir a bha a' coimhead às dèidh an taigh-sholais. Nuair a ràinig daoine an t-eilean, cha robh sgeul orra, ged a bha biadh fhathast air a' bhòrd, agus aon shèathar bun-os-cionn.

Bha gu leòr bheachdan air na thachair, ach cha robh fuasgladh ceart a-riamh air. Ge bith dè an taobh a choimheadadh tu, cha robh e a' dèanamh ciall.

Bha Cameron mì-chofurtail a' dol ann. Chan e nach robh a leithid a dh'àiteachan a' còrdadh ris; 's e dìreach gun robh e air cluinntinn fad a bheatha mu na thachair, nach cuireadh e iongnadh air nam biodh an t-àite làn bhòcain. Chleachd a mhàthair an sgeulachd airson a chumail air falbh bho na creagan nuair a bha e beag.

Na Seachd Sealgairean an t-ainm eile air an àite. A-nis bha e fhèin a' dol ann, gu àite far an robh daoine dìreach a' dol à fianais. Dè bha air tachairt dha na daoine sin? An robh am muir air falbh leotha? Chan e smuain chofhurtail a bha sin. Air neo, an do thachair rudeigin dhaibh? An deach iad a-mach air a chèile? An deach iad às an ciall a' fuireachd air eilean leotha fhèin?

Bha a sheanmhair a-riamh dèidheil air a bhith ag innse sgeulachdan dha mu bhòcain, eich-uisge agus an dà shealladh.

Bha i mionnaichte às gun robh an dà shealladh aice fhèin agus bha e ga creidsinn.

Dh'èirich a' ghrian agus iad nan laighe beagan air falbh bhon eilean, le suaile ann a bha ga dhèanamh duilich a dhol air tìr. Cha robh breacaist fiù 's deiseil mus robh a' chiad argamaid aca, oir cha robh i airson gun deidheadh Cameron air tìr.

"Feumaidh mi an làrach-eucoir fhacinn," thuirt Cameron. Sin am prìomh adhbhar a tha mi a seo."

"Chunnaic mise air làrach-eucoir thu aon turas, agus cha robh mòran air fhàgail dheth."

"Dè tha sin a' ciallachadh?"

"Chan eil thu faiceallach gu leòr. Tha thu a' milleadh a h-uile mìthealladh rud. Tha thu a' stampadh timcheall, air do mhionach, air do chorra-biod. Chan èist thu ri rud sam bith a tha duine eile ag ràdh. Seo agad aon làrach nach eil air a thruailleadh. Tha cothrom uabhasach math againn ciall a dhèanamh dheth. A leughadh ceart. Agus airson sin, feumaidh tusa fuireachd air a' bhàta seo."

"Thalla 's tarraing," thuirt e.

Dh'fhàg i e.

Air an deic, bha daoine ag obair glè chruaidh, a' leigeil sìos na geòla a bheireadh gu tìr iad. Ged a bha gu leòr dhiubh a' faireachdainn tinn, cha robh Murchadh, PC a bha a' coimhead gu math dòigheil, a' coimhead na bha a' dol le roile 's marag na làimh.

"Cha robh mi seo," thuirt Murchadh, "bho bha mi air turas sgoile nuair a bha mi seachd bliadhna a dh'aois."

"Eh?" thuirt Cameron.

"Thug m' athair a-mach sinn. Bha bàt'-iasgaich aige. Tha

cuimhne agam nach robh feadhainn de na pàrantan cho dòigheil. Ach cha do bhàsaich duine. Chan eil mi a' smaoineachadh. Chan eil fhios a'm carson a bha uiread a dh'onghail ann."

Sheall Cameron air na creagan, far an robh aca ri dhol air tìr, agus thuig e carson a bha onghail ann. Bha iad dubh dorch, a' mhuir a' briseadh àrd geal orra. A-mach às a' ghrèin bha am fuachd a' dol troimhe chun na smior-chaillich. Cho fuar ris an uaigh.

Bha a' chiad RIB deiseil agus chitheadh e gun robh Kate a' cumail sùil air. Aig a' mhionaid mu dheireadh, dìreach nuair a bha an duine aig an stiùir a' leigeil às an ròpa, leum Cameron a-staigh ri a taobh. Cha robh esan gu bhith air fhàgail air bòrd an t-soithich a' cuideachadh le dèanamh phìosan idir.

"Siuthad, gluais," thuirt e ri Kate.

Cha tuirt i càil airson treis. Ach an uair sin thionndaidh i ris.

"Tha mi a' cumail sùil ort. Na sruc ann an càil. Na mill càil. Na coisich far nach eil còir agad coiseachd. Ma tha teagamh agad dè tha sin a' ciallachadh, faodaidh tu faighneachd dhan fhear a tha gu bhith còmhla riut air an eilean." Thionndaidh i chun an duine a bha na shuidhe ri taobh.

"Na leig às do shealladh e."

Ghnog an duine a cheann, agus an uair sin chuir e a-mach thairis air cliathaich an RIB. Cha b' urrainn Cameron gun a bhith a' gàireachdainn.

Fhuair iad chun an eilein. Bha Kate agus na daoine aice a' coimhead mì-nàdarra anns na deisean neònach geal aca. Carson a bha daoine ag iarraidh an obair ud a dhèanamh, smaoinich Cameron. An robh iad a' fàs cleachdte rithe? 'S mathaid gur e sin a bha daoine ag ràdh mun obair aige fhèin.

Choisich iad suas chun an togalaich bhig chloiche far an deach an corp a lorg. Bha an doras beag, agus mar sin chaidh Kate a-staigh an toiseach. "Fuirich an sin," thuirt i ri Cameron ged nach robh e a' gluasad.

Thàinig i a-mach mionaid an dèidh dhi a dhol a-staigh. Bha na taibhsean anns na deisean geal aca deiseil airson a dhol a-staigh airson togail talamh, togail fuil.

"Chan eil càil ann," thuirt i.

6

Cha do ghabh i cho math e nuair a thuirt Cameron gur mathaid nach robh i dìreach air an corp fhaicinn. Cha leigeadh i a-staigh dhan chill bhig idir e, agus dh'fhuirich an duine neònach faisg air fad na h-ùine.

Ach bha Cameron dòigheil feitheamh. Bha e eòlach oirre, agus bhiodh i nas sona an dèidh beagan rian a thoirt air an làrach-eucoir. Sin an t-àm bruidhinn rithe.

Rinn e cinnteach gun robh pìosan agus map aige na bhaga agus ghluais e air falbh bhon bhuidheann. 'S mathaid gun robh cill bheaga eile air an eilean. 'S dòcha gun robh iad a' cumail a' mhapa bun-os-cionn.

Choisich e timcheall an eilein a dh'fhaicinn an robh laimhrig eile ann. Chaidh e suas chun an taigh-sholais. Lean e an seann rèile. Cha robh an t-iarann ann a-nis, agus an uair sin sìos chun a' chala aca fhèin. Shuidh e treis, am bogadh na smuaintean, a' smaoineachadh air dè dhèanadh e fhèin nam biodh aige ri corp a ghluasad air an eilean. Bha am fear-faire aige na shuidhe beagan air falbh bhuaithe. Bha coltas caran uaine air fhathast, agus thionndaidh e air falbh bho Chameron rud beag, is e ag ithe. Bha fios gun robh e a' smaoineachadh air obraichean nach fhaigheadh e. Chan e obair a th' ann am *Pathologist* dha fear a tha a' dìobhairt gun sgur.

Bha loidhne de dhaoine ann an aodach geal a-nis air tòis-eachadh a' gluasad aig na bothagan beaga. Coltach ri corrachan-grithich a' gluasad, smaoinich Cameron. Ach corrachan-grithich gun sgot air càit an robh iad a' dol, cha robh làrach-coise ri fhaighinn air an eilean. Bha rudeigin nach robh e a' faicinn, rudeigin beag a dh'fhuasgladh cùisean. Bhruidhinn an duine airson a' chiad uair.

"*Hoax.* Mealladh. Sin tha mise a' smaoineachadh a bh' ann."

"Carson a tha thu a' smaoineachadh sin?" arsa Cameron.

"Seall air an fhianais."

Bha e ceart nach robh Gunn, an t-iasgair a thug am boireannach a-mach, air an corp fhaicinn. Dìreach mar na daoine a bha a' coimhead às dèidh an taigh-sholais, cha robh sgeul air thalamh aca. 'S mathaid gur e eilean a bh' ann a bha dìreach a' slugadh dhaoine.

Chaidh Cameron air ais chun a' bheachd gun robh corp ann. An do ghluais cuideigin i? Agus ciamar a bha fios aig na daoine a chuir ann i gun deach a lorg. Agus cò iad sin? Aon mhurtair neo barrachd? Ciamar a bha 'd air a gluasad gun làrach fhàgail às an dèidh.

'S e eilean iomallach a bh' ann ceart gu leòr, le uisge ga sgùradh. Cha bhiodh mòran ri lorg co-dhiù, ach tha fhios gum faiceadh uimhir de dhaoine a bha air an trèanadh làrach-coise air choreigin.

Mas e Hiortach a bh' innte, dè bha i a' dèanamh an seo? An robh i a' teiche bho chuideigin? Agus carson a thilleadh duine airson a' chuirp?

An e Hiortach a rinn seo? Bha coltas gur e – cha bhiodh tu fada air Tìr-mòr le aodach mar siud ort gun cuideigin mothachadh, ceistean, luchd-naidheachd 's a h-uile seòrsa rud. 'S ann à sin a thàinig i agus bha deagh theans' nach robh i air an t-eilean fhàgail a-riamh. Dè rinn i a bha cho dona?

An dèanadh aon duine e, an corp fhaighinn suas, neo am feumadh tu dithis? Dithis co-dhiù, aon airson fuireachd san eathar agus aon airson an corp a ghluasad. Nach sadadh iad an corp dhan mhuir dìreach? Ach bhiodh iad eòlach air a' mhuir.

Agus an uair sin, cha bhiodh bàta cho mòr aca, dìreach bàta-siùil. Nan atharraicheadh a' ghaoth, dè dhèanadh iad an uair sin? Nach robh fios aca gun robh daoine a' dol dhan eilean? Bha iomadh àite eile a b' fheàrr airson corp fhalach.

Cha robh iad a-riamh dòigheil sa mhuir fharsaing co-dhiù, na Hiortaich, agus 's e astar gu math fada a bhiodh ann le eathar fosgailte. Nam biodh tu airson a bhith sàbhailte, dh'fhuiricheadh tu air an eilean, tha fhios. Cha bhiodh meur-lorgan ann airson duine sam bith air an eilean. Agus dh'fhaodadh iad a bhith air cuideaman a cheangal ris an dust airson nach nochdadh e a-rithist. Ach fhathast . . . ach fhathast, cha chuireadh tu earbsa sam bith anns a' mhuir a-muigh an seo. Dhùisgeadh stoirm iomadach rud falaichte.

Bha an eanchainn aige a' dol gun sgur ach cha robh fuasgladh aige. Cha robh e dìreach a' dèanamh ciall sam bith. Bha na deiseachan geal a-nis aig a' chidhe. Cha robh sgeul air làrach-bròig. Taibhsean. Mar a thuirt a sheanmhair.

Smaoinich e air Hiort. Cha robh e air coimhead ceart, ach chitheadh tu an t-eilean bho shuas àrd far an robh iad. Na creagan àrd, àrd.

Agus an uair sin thàinig e thuige. Dè bha na Hiortaich math air, nas fheàrr na duine sam bith eile?

Thòisich e a' coiseachd suas an leathad, a charaid ga leantainn aig astar. Chaidh e an taobh eile, seachad air cill bheag chloiche, sìos leathad a bha a' fàs nas caise agus nas caise. Glasach sìos gu creag mhòr.

Sreap. Bha iad math air sreap.

7

"Cuin a tha thu dol a sgur a dhèanamh seo?" thuirt Kate, rud beag nas caise na bha i ag iarraidh a bhith.

"Bha thu a' coimhead san àite cheàrr," thuirt Cameron. Bha e fhèin mì-thoilichte gun robh cuideigin a' briseadh a-staigh air na smuaintean aige. Bha e a' feuchainn rin cur na chèile, na pìosan.

Bha e na sheasamh faisg air oir na creige, seann ròpa ceangailte ri bun creige.

"Chan fhaod thu a bhith a' ruith air feadh làrach-eucoir mar a thogras tu."

"Cha robh mi air làrach-eucoir," thuirt e.

"'S e làrach-eucòir a th' anns an eilean air fad!" thuirt i.

"Uill, chan e a-nis. Agus 's beag an taing a tha mi a' faighinn air a shon."

Dh'fhàg i aig a sin e. Bha e air sàbhaladh dhi a dhol dhachaigh gun chàil aice ri shealltainn air a shon. 'S e nàire a bhiodh a sin. Cha deidheadh i cho fada ri taing a ràdh buileach fhathast, ge-tà.

"Seann ròpa. Tha mi a' smaoineachadh gur e Hiortaich a rinn seo. Seall air na creagan a bh' aca ri shreap," thuirt Cameron.

"Carson a dh'fhàgadh iad ròpa an seo? Nach eil ròpaichean prìseil dhaibh?" thuirt Kate.

"Prìseil dha-rìribh," fhreagair e.

Chaidh e air a ghlùinean airson sùil nas fheàrr fhaighinn air an ròpa. Cha chleachdadh duine a leithid a rud san latha an-diugh. Ach carson a bheireadh iad an corp suas an taobh seo? Carson nach cleachdadh iad an cala?"

"Saoil a bheil an dà rud co-cheangailte?" thuirt Kate an dèidh a bhith sàmhach treis. "'S mathaid gur ann bho sheann turas a tha seo airson eòin a shealg."

Bha an àirde a' toirt rud beag luairean air, ach chaidh e air a mhionach agus ghluais e air a shocair chun na h-oir. B' e seo aon de na pàirtean a b' àirde dhen eilean. Sheall e thairis air an oir, cha robh càil eadar e fhèin agus a' mhuir a bha fada, fada shìos. Am muir cruaidh agus dubh.

"Trobhad agus seall," thuirt e ri Kate.

Choisich i sìos gu far an robh e. Thionndaidh Cameron airson coimhead oirre.

"Dè tha thu a' dèanamh? Suidh!"

"Thuirt thu rium sùil a thoirt."

"Tha còir agad fuireachd dà mheatair bhon oir."

"Cò tha ag ràdh sin?"

"Nach laigh thu mus tig grèim-cridhe orm a' coimhead ort."

"Chan eil e a' cur dragh sam bith orm. Agus chan eil mi ag iarraidh gum bi m' aodach fliuch."

Ghluais Cameron air ais bhon oir air a mhionach. Sheas e. Cha robh e air vertigo mar seo fhaireachdainn roimhe. Bha e a' fàs aost', smaoinich e.

"Tha an ròp a' coimhead aost'. Ach chan eil coltas air gun robh e bho na 30an. Tha fhios gu bheil beagan a' dol air ais agus air adhart eadar Hiort agus na h-eileanan eile ann an dòigh air choreigin."

"Nach biodh fios aig na maoir-chladaich mu dheidhinn?" thuirt Kate.

"Shaoileadh tu. Ach . . . eathraichean beaga. A' cleachdadh bàigh bheaga."

"Ach nach biodh cuideigin air am faicinn uaireigin?"

"Chan eil càil a dh'fhios agam," thuirt e, mì-chinnteach às a h-uile càil.

Bha e a' faireachdainn gu math beag, na sheasamh aig mullach na creig mhòir ud, a' sadail nan smuaintean aige chun na gaoithe.

"Am faca tu bonn na creige?" dh'fhaighnich e.

"Chunnaic."

"Cha robh pioc fasgaidh ann. Cha chòrdadh e riums' a bhith a' feitheamh ann an eathar shìos an siud."

Cha tuirt Kate càil.

"Nach faigh sinn a-mach dè an seòrsa aimsir a bh' ann eadar an t-àm a fhuair am boireannach ud an corp agus an-diugh. Ìre na mara, neart na gaoithe 's a leithid," thuirt Cameron.

"An ann riut fhèin a tha thu a' bruidhinn?"

"Eh?"

"Chan eil mise a' dol a dhèanamh sin dhut. Faodaidh am fear a bha ag ith' na maraig sin a dhèanamh."

"Sandy a th' air."

"Cha robh mi a' faighneachd."

"Bha coltas ort gun robh."

"Cha robh. Am faod sinn sgur a bhruidhinn a-nis?"

Bha 'd sàmhach treis. Cus cheistean a' nochdadh.

"Cuiridh mi fios chun an sgioba," thuirt Kate mu dheireadh thall. "Faodaidh iad a dhol thairis air an àite gu lèir. Lean far a bheil mise a' coiseachd. Chan eil mi airson gum mill thu an còrr fianais."

"Ò, a-mach às mo chairt," thuirt e.

Sheall e ris an adhar.

"Tha i a' tarraing oirre, cha chreid mi."

"Chunnaic mi aghaidh an Sgiobair. Ach tha mi airson a dhol thairis air seo, gun fhios nach fhaigh sinn rudeigin."

"Uill, dìreach cuir nan cuimhne nach eil brògan air na Hiortaich nuair a tha 'd a' sreap. Chan eil iad a' faireachdainn buileach toight, an sgioba agad."

Thionndaidh i agus dh'fhàg i e. Bha seo dìreach a' caitheamh ùine a-nis, ach cha b' urrainn dhi a bhith ro throm air. Lorg e freagairt na ceist. Dh'fhàg i e na sheasamh air oir na creige, ise a' coimhead airson làrach-coise, na sgòthan dorcha air fàire.

8

Bha 'd a' dol cho luath 's a b' urrainn dhaibh. Cha robh duine dhiubh ag iarraidh a bhith steigt' air an eilean, agus bha an RIB beag, orains a' dol suas agus sìos leis an t-suaile, a' toirt buille an siud 's an seo air a' chreig.

Bha aca a-nis ri leum dhan bhàta nuair a bha an t-suaile àrd gu leòr, an ròp flagach. Bha aon den chriutha le feandair, a' strì gus nach dèanadh na creagan cus cron air a' bhàta. Bha duine neo dithis, a bha buileach feagalach, air sgioba Kate, a' faighinn cuideachadh bho fhear dhen chriutha, a bha gan sadail a-staigh aig an àm cheart.

"Thoir dhomh do làmh," thuirt Cameron ri Kate. Bha e na sheasamh air oir na creig, a làmh a-mach.

"Thalla 's tarraing," thuirt i. "Carson a dh'fheumainn cuid-eachadh bhuatsa? Nam b' e fireannach a bh' unnam, cha bhiodh tu a' tairgsinn cuideachadh dhomh."

"Siuthad ma tha; tuit dhan mhuir, mas e sin do thoil."

Ghabh i ceum dhan eathar dìreach aig an àm cheart, mar gun robh i a' dol suas staidhre aig an taigh. Thionndaidh i, agus chuidich i le na bagaichean agus na ceasaichean a bha air fhàgail.

"Dè cho fad 's a tha e gu Hiort?" thuirt i ris an sgiobair.

"Chan eil fhios a'm am bi sinn a' dol an taobh sin. Tha stoirm a' tighinn a-staigh."

"Chan urrainn dhuinn a dhol a Hiort; chan fhaigh sinn air tìr anns an aimsir seo," thuirt Cameron.

"Feumaidh sinn."

Thionndaidh i air falbh. 'S e Cameron aon de na daoine mu dheireadh. Ghabh e ceum, ach bha a' chreag sleamhainn agus thuit e beagan, a' tuiteam ann am bonn a' bhàta mar poca buntàta. Sheall e suas. Os a chionn bha Kate, 's a làmh a-mach.

"Abair seann ghobhar."

9

Hiort

Droch oidhche a bh' ann airson seòladh a Hiort. Ged nach robh iad ach deichean mhìltean far a' chosta, bha a' ghaoth air a bhith a' toirt neart dha na suailichean fad mhìltean mhìltean.

Bha an sgiobair gu sona, aig a' chuibhle, a' dèanamh *roll-up* beag dha fhèin. Bha uinneag bheag aige a bha e a' fosgladh nam biodh e ag iarraidh smoc. Bha seo furasta dhàsan. Cha robh clèibh-ghiomaich aige neo lìon, sgeilp fhada mheatailt làn iasg marbh ri dhol troimhe. Dh'fhaodadh e *instant cappuccino* òl agus èisteachd ri Radio 4. Bha e dòigheil a-rithist seach gun robh iad beagan astair bho thìr.

Mar a b' fhaide air falbh bho thìr a bha e, 's ann bu dòigheile a bha e.

Dh'fhalbh càch dha na leapannan aca, ge-tà, cho luath 's a b' urrainn dhaibh. Ach cha robh sin a' cuideachadh a h-uile duine; bha gu leòr le bionaichean ri taobh na leapa, a' maoidheadh nach dèanadh iad a leithid a rud a-rithist. Bha Kate fortanach ann an dòigh gun robh muinntir a' chriutha aice cho bochd, no bhiodh aice ri dèiligeadh ri ar-a-mach.

Bha nàdar de choinneamh aca mun deach a h-uile duine dhan leabaidh. Chaidh aontachadh nach biodh ach Kate agus Cameron a' dol air tìr ann a' Hiort, agus cha robh a' mhòr-chuid idir dòigheil gun robh aca ri dhol a-mach ann agus air ais gun chas a chur air tìr. Ach bha an dithis aca cinnteach gur e sin a b' fheàrr. Bhiodh barrachd teans' aca bruidhinn ri muinntir an àite mura biodh na taibhsean ann.

Bha Cameron a-nis air an deic, làmh timcheall air stainsean, ag ithe phìosan beaga dinnsear tioram. Thàinig Murchadh a-mach air an deic gun e a' cumail grèim air càil ach *sandwich*, a bha làn chorran bhon bhracaist.

"Tha biadh an-còmhnaidh nas fheàrr air deic bàta, saoilidh mi," thuirt Murchadh.

"Dìreach," thuirt Cameron, an dòchas nach tigeadh e ro fhaisg air.

"Dè an crac leis an eilean, ma tha, Sir?" dh'fhaighnich Murchadh.

Choimhead Cameron a-mach air a' mhuir dhorch.

"Tha mi a' smaoineachadh gun d' fhuair iad a-mach gun deach an corp a lorg air na h-Eileanan Flannach. Chan eil fhios a'm ciamar."

"Nach biodh sin rudeigin duilich; cha bhiodh aca ach eathar beag."

"Cha dèanadh iad a leithid a rud mura biodh adhbhar ann. Chan eil iad ag iarraidh gun tig duine chun an eilein."

Cha robh fios aig duine aca carson a bhiodh sin. Chùm Cameron a' bruidhinn.

"Cha robh spriotagan fala anns a' chill ud. A rèir coltais chaidh a marbhadh an àiteigin eile agus a gluasad ann. 'S mathaid nach robh sin cho fada air falbh. Ach bha 'd gu math faiceallach."

"'S mathaid gun robh i air ruith air falbh à Hiort air adhbhar air choreigin. Cha robh iad ag iarraidh seòladh tron oidhche, agus stad iad aig na Flannans airson fasgadh."

"'S mathaid," thuirt Cameron.

Sheas iad ann an sàmhchair airson treis.

"Dè nì sinn nuair a ruigeas sinn?"

Bha Cameron ag iarraidh a ràdh nach robh boillsgeadh aige dè dhèanadh iad, ach dh'fheumadh coltas a bhith air gun robh fios aige dè bha e a' dèanamh.

"Dìreach thèid sinn timcheall air mar a dhèanadh sinn le sgrùdadh sam bith eile."

"Seadh?"

"Dè eile 's urrainn dhuinn a dhèanamh?" thuirt Cameron.

"Fhad 's nach loisg iad oirnn; tha 'd dèidheil air sin a dhèanamh, a rèir choltais."

Choimhead Cameron air na cìrein air a' mhuir air fàire, geal ann an dorch am beul na h-oidhche.

"Bha mi daonnan ag iarraidh a dhol a Hiort," thuirt Murchadh. "Smaoinich àite air nach do thadhail duine airson faisg air ceud bliadhna. Chan eil fhios cò ris a tha e coltach. Cò ris a tha na daoine coltach? Saoil an tuig sinn a' Ghàidhlig aca?"

"Tha mi 'n dòchas gun tuig neo bidh an droch fhear anns an teant."

Cha robh Cameron fhathast cinnteach am bu chòir dhaibh tadhal air an eilean. Bha muinntir an àite air a bhith a' coimhead às an dèidh fhèin airson dà mhìle bliadhna. Bha e a' faireachdainn ceàrr dragh a chur orra.

Boraraigh agus Stac an Àrmainn a-nis air fàire. Ciamar a bha daoine a' dèanamh beatha dhaibh pèin ann a leithid a dh'àite? Dè an seòrsa dhaoine a bh' annta, a b' urrainn beòshlaint a dhèanamh dhaibh pèin, a' sreap chreagan air tòir nan eòin?

'S e daoine air leth a bhiodh annta. Neo-eisimeileach. Làidir. Dh'fheumadh e a bhith faiceallach dha-rìribh.

10

Bha cuideigin a' crathadh a ghualainn.

"Bha thu ag iarraidh gun dùsgadh sinn thu," thuirt fear dhen chriutha.

Tharraing e uilnean a-mach à oisean a' bhunc agus shuidh e. Bha mullach a' cheabain ro ìosal airson suidhe suas ceart, agus bha aige ri crùbadh.

Cha mhòr nach canadh e gun robh a' mhuir na bu mhiosa buileach a-nis. Cha robh e cinnteach ciamar a gheibheadh e air seasamh agus aodach a chur air. Bha fios aig fear a' chriutha dè bha e a' smaoineachadh.

"Tha e nas miosa an-dràsta, ach tha sinn a' dol a dh'fhaighinn rud beag fasgaidh bho Stac an Àrmainn airson dreis. Bidh sinn nar tàmh airson uair a thìde neo dhà. Chan fhada gum bi e seachad."

Tharraing Cameron air an t-aodach aige agus seann oillsgin nach robh air bho bha e ann an Sùlaisgeir nuair a bha e tòrr na b' òige. 'S math gur e meadhan le lastaig a bh' ann, smaoinich e. Cha robh e ro throm air fhèin, bha e fhathast fiot gu leòr, ach b' fheàrr leis gun robh e air barrachd a dhèanamh. Chuireadh e feum air a h-uile biot neirt airson faighinn tro na bha a' tighinn.

Bha inntinn air a bhith a' dol thairis air na planaichean aige nuair a bha e na chadal, tha coltach, agus bha e an dùil gun d' fhuair e fuasgladh air choreigin air na bha iad a' dol a dhèanamh. Dh'fhuiricheadh e gus an tigeadh an latha ceart an toiseach, mun deidheadh e air deic. Bha e airson gum faiceadh e an t-eilean ceart. Dh'fhairich e an fheusag a bha a' tòiseachadh air aghaidh. Cha robh e cinnteach ciamar a ghabhadh e sèabh gun a ghearradh fhèin. Bha fhathast gluasad mòr air a' bhàta, ach bha e dòigheil leis mar a bha e a' faireachdainn. Cha robh e ach air a bhith tinn aon turas bho dh'fhàg iad Leòdhas agus a-nis bha e a' faireachdainn cofhurtail gu leòr.

Fhuair e beagan cè-fhiaclan agus ghlan e fhiaclan le òrdag. Ged a bha e a' faireachdainn ceart gu leòr, cha robh e airson cus ùine a chur seachad anns a' cheaban bheag aige.

Chaidh e suas dhan cheaban mhòr gu h-àrd agus thug e sùil air an taigh-cuibhle. Bha an sgiobair ann, an aghaidh aige pinc agus coltas air gun robh e air cadal deich uairean a thìde. Bha pìle beag *kitkats* ri thaobh, suathadairean beaga air an uinneig a' dol air ais agus air adhart, a' falbh le cop nan suailichean.

"Cupan teatha?" dh'fhaighnich e dha Cameron. "Cha bhi breacaist fada."

"Cuin a bhios sinn ann?"

"Tha a' ghlainne a' tuiteam a-nis; chan eil a' ghaoth idir cho làidir. Chì sinn."

"Chì sinn?"

"Aidh. Sin e dìreach."

"Na can rium gu bheil teans' ann gum feum sinn dìreach tilleadh dhachaigh?"

"Faodaidh rud sam bith tachairt aig muir. Thuirt mi ribh, nach tuirt? Chan e àite math a th' ann am Bàgh a' Bhaile idir airson a bhith a' dabhdail."

Bha Cameron airson seasamh air talamh tròcair treiseag mus biodh e deich uairean eile a' stiomadh dhachaigh.

"Bha mi a-riamh airson dhol air tìr ann a' Hiort," thuirt an sgiobair. Chleachd sinn a bhith a' tighinn a-mach a seo a dh'iasgach, dha na h-Eileanan Flannach, airson crùbag agus giomach. Ach cha deach sinn air tìr a seo idir. Chuala sinn na sgeulachdan."

Chan fhaca Cameron creagan coltach riutha na bheatha.

"Smaoinich, tha 'd fhathast a' tighinn a seo, Stac an Àrmainn agus Boraraigh, a' sreap suas airson na h-eòin a mharbhadh. Gheibh thu sealladh nas fheàrr ma thig thu air deic. Aon làmh dhut fhèin agus aon airson a' bhàta cuimhnich."

Chaidh Cameron a-mach. Rinn e suas inntinn gun robh dà làimh airson a' bhàta na b' fheàrr buileach.

Bha e air creagan fhaicinn roimhe seo. Bha e a' faireachdainn beag anns na beanntan roimhe, ach bha rud ann a bhith aig muir agus a' coimhead suas ris na stacan uabhasach – a' siubhal suas, suas. Bha na h-eòin air tòiseachadh a' sgèith, gan leantainn a-nis ann an cearcall mòr. Boraraigh mar charragh-cuimhne, fiacaill ag èirigh dìreach às a' bhùrn. Stac an Àrmainn, mar sgiath. Clach dhubh, dhubh, le lainnir na mara oirre. An t-adhar làn le fuaim nan tonn agus nan isean.

Chitheadh tu am prìomh eilean beagan air falbh. Dùn air an taobh chlì, mùr eagarra. Chuala e gun robh na suailichean a' ruighinn a' mhullaich sa gheamhradh. Glasach goirid. Cearcall àrd de chlach.

Smaoinich Cameron air cò ris a bhiodh e coltach sreap sna creagan sin airson eòin a mharbhadh. Leugh e gun robh iad ga dhèanamh air an oidhche cuideachd air na stacan. Aon fhear a' sreap leis fhèin agus a' faighinn ròp ann an àite, a' marbhadh an isein fhreiceadain agus an uair sin a' sealg. Bhiodh iad a' sadail nan closaichean sìos far an robh na daoine anns an eathar gan togail a-mach às an uisge.

An robh muinntir an àite a-nis pailt gu leòr 's gun robh dìreach fir fhathast ga dhèanamh, neo an robh na boireannaich ga dhèanamh cuideachd, smaoinich e. Dh'fhairich e mar gun robh e air a dhol thairis air oir an t-saoghail agus air oir a chomais fhèin. Luairean na cheann, mar gun robh e air fàs beag nuair a bha e a' cadal agus gun robh e air dùsgadh ann an saoghal gun tìm.

Cha robh e a' faireachdainn pioc cur-na-mara air an deic. Bha na suailichean a-nis ann an loidhnichean dìreach. Ciamar fo ghrian a bha e a' dol a dh'fhaighinn fuasgladh air an àite, air na daoine? Daoine aig an robh fuath dha feadhainn bho muigh. Tìr air nach robh e eòlach idir, dòigh smaoineachaidh coimheach. Cha robh fios aige dè an seòrsa sructur a bhiodh air a' choimhearsnachd aca a-nis. Robh e air atharrachadh bho na seann làithean agus am beagan a bh' aca sgrìobhte air? An robh iad fhathast diadhaidh neo an robh na seann bheachdan air tighinn air ais?

Bha Clach na Maighdinn ri faicinn gu soilleir a-nis far an robh an Dùn a' coinneachadh ris an eilean mhòr. Leac àrd cloiche a bha a' stobadh a-mach dhan adhar gun chàil foidhpe. Airson sealltainn gun robh thu air chomas coimhead às dèidh teaghlach, bha agad ri seasamh air aon chas, tha e coltach. Bha i cho àrd 's gun robh agad ri earbs' a chur anns a' ghaoith do chumail. Sin an aon dòigh gun tuiteam. Agus thu a' coimhead an astair sìos chun na mara gu h-ìosal.

Bha e an dòchas nach biodh aige ri càil mar sin a dhèanamh.

Bha e an dòchas gun robh e gu bhith comasach air an obair a dhèanamh.

Chuala e gnog air an uinneig. Ghluais an Sgiobair a làmh ann an dòigh a thuigeadh cha mhòr a h-uile duine air an t-saoghal mar, "Ag iarraidh cupan teatha." Chaidh e a-staigh airson breacaist fhaighinn, an dùil a dhol a-mach air an deic a-rithist cho luath 's a b' urrainn dha. Cha robh e airson diog dheth a chall, is iad a' siubhal a-nis gu Bàgh a' Bhaile. Thionndaidh e mun deach e a-staigh agus chunnaic e gainmheach gheal na tràghad a' fuasgladh sa Bhàgh.

Seo far am biodh e a' dol air tìr ann am beagan uairean a thìde. Dè dhèanadh e an uair sin?

Bha iad air fasgadh Stac Lì fhàgail agus a-nis bha a h-uile duine a' tighinn suas air an deic, a' gabhail breacaist luath agus a' tòiseachadh air ullachadh. Thuirt an sgiobair gun robh e a' dol a dh'fheuchainn air. 'S mathaid nach fhaigheadh iad cus tìde air tìr, agus bha teansa mhath nach fhaigheadh iad air bruidhinn ri duine, ach ma bha iad a' pàigheadh air a shon, sin a gheibheadh iad. Cha b' urrainn dhàsan a dhol ro fhaisg air an t-seann chidhe co-dhiù. Bha an gunna mòr fhathast ann, agus cha robh e airson faighinn a-mach an robh e fhathast ag obrachadh neo nach robh.

Bha beachdan diofraichte aig Kate agus Cameron air dè bu chòir dhaibh a dhèanamh. Bha Kate airson gun deidheadh a h-uile duine air tìr, a' sealltainn gun robh neart aca le grunn dhaoine. Bhiodh an uair sin an t-uidheam aca airson dèiligeadh ri rud sam bith, agus seach nach robh an t-uabhas ùine aca, dh'fhaodadh iad a dhol thairis air barrachd talaimh.

Dh'fheuch Cameron ri e fhèin a chur ann an inntinn Hiortach. Bha e an dùil gun toireadh uiread a dhaoine a' nochdadh air na Hiortaich falachd sna beanntan. Agus an dèidh dhan sin tachairt, cha bhiodh dòchas aca bruidhinn ri duine. Dh'fhaodadh iad dìreach feitheamh gus am biodh aimsir neo dìth bìdh agus bùirn a' toirt air a' *Chuma* falbh.

Ciamar a bhiodh iad a' faireachdainn mu dheidhinn bàta an dèidh bàta de dhaoine a' tighinn air tìr air an tràigh?

Rinn e an àirde inntinn gum feumadh iad a bhith aotrom air an casan. Lorg e Kate agus fhuair iad àite prìobhaideach airson còmhradh.

"Thèid sinne air tìr," thuirt e.

"Tha fios a'm gun tèid . . . ach . . . dè tha thu a' ciallachadh?"

"Dìreach an dithis againn."

"Cha tèid air do bheatha. 'S e *pathologist* a th' unnam, galar-eòlaiche, chan e Navy Seal."

"Tha seann gheansaidhean boban aig an sgiobair. Feumaidh sinn an Goretex againn fhàgail air bòrd. Cha toir mi leam gunna neo càil. Chan eil sinn a' dol air an eilean seo ann an deisean beaga geala, mar gu bheil sinn air nochdadh à Mars. Feumaidh coltas daoine nàdarra a bhith oirnn."

"Chan eil iad an aghaidh fòirneart a chleachdadh."

"'S mathaid gun robh adhbhar aca aig an àm. Seo an saoghal acasan. Na riaghailtean acasan a bhios ann agus feumaidh sinn gabhail ri sin. 'S e daoine a th' annta; feumaidh sinn sgur dhen 'chonadalachadh' a tha daoine a' dèanamh."

"Tha fios a'm gur e daoine a th' annta." Bha e a' tòiseachadh a' cur cais oirre.

"Nuair a tha thu a' còmhradh mu dheidhinn, tha thu a' cleachdadh cainnt a tha beagan dì-dhaonnachail."

"Chan eil ceangal sam bith air a bhith eadar iad agus an còrr dhen t-saoghal airson faisg air ceud bliadhna. Tha 'd gu bhith eadar-dhealaichte rinne."

"Chan eil fhios a'm a bheil. Chan eil an dòigh sa bheil iad beò cho aocoltach ri mar a bha mo sheanair beò. Tha dòigh-beatha eadar-dhealaichte aca a-nis, ach bidh na h-aon fhaireachdainnean aca."

"Chì sinn."

12

Bha dàrna geòla bheag aig a' *Chuma* a dheidheadh dhan bhùrn fada nas luaithe na eathar mòr, agus sin a bha 'd a' dol a chleachdadh airson a dhol air tìr. 'S e put beag glas a bh' innte, àrd air an uisge mar ball-tràghad. Cha bhiodh tu ag iarraidh a dhol ro fhada innte.

Sheall Kate sìos cliathaich a' *Chuma*, a' gheòla a' buiceil air an t-suaile. Bha iad fhathast treis on tràigh 's on t-seann chidhe. Cha robh an Sgiobair airson a dhol càil nas fhaisge. Cha robh cus tìde aca oir bha e ro dhomhainn acair a chur a-mach.

Leum Cameron sìos na broinn. Bha i a' gluasad fo chasan leis cho aotrom 's a bha i agus bha aige ri suidhe gu luath. Shad iad sìos an t-uidheam aige às a dhèidh, aghaidh neo dhà os a chionn a bha a' sealltainn gun robh iad gu math dòigheil nach robh acasan ris an aon rud a dhèanamh. Cha robh e a' toirt cus toileachais dha Kate a bharrachd, dh'fheumadh i aideachadh.

"Tha mi airson a ràdh, tha mi gu làidir a' faireachdainn gum bu chòir dhut ball-airm a thoirt leat," thuirt i.

"Cha toir," thuirt Cameron.

"Agus chan eil mi airson gun tèid mo bhàthadh dìreach seach gu bheil thusa ro *mhacho* aideachadh nach urrainn dhut a' gheòla a stiùireadh. Nach toir sinn leinn aon dhen chriutha?"

"'S e dìreach geòla a th' innte. Dh'fhaodadh tu a dhol a dh'àite sam bith innte."

"Chan eil fhios a'm mu dheidhinn sin," thuirt an Sgiobair. "Dìreach . . . dèanaibh ur dìcheall," thuirt e.

Dh'fheuch Kate ri sealltainn nach robh càil a' cur dragh oirre nuair a chaidh i sìos, leis a h-uile duine ga coimhead. Thug i air Cameron gluasad agus ghabh ise an stiùir.

"Tha mi a' faireachdainn nas cofhurtaile ma tha mi fhìn aig an stiùir," thuirt i.

"Ò uill, fhad 's a tha thu a' faireachdainn cofhurtail."

Bha cliathaichean a' *Chuma* a' coimhead àrd agus cas bho far an robh iad nan suidhe. Bhrùth i air a' bhàta le aon làmh, ach cha do ghluais iad ach beagan agus chleachd i a cas. Bha an soitheach cho làidir a' faireachdainn, an taca ris a' gheòla bhig air an robh iad. Bha am bùrn dìreach beagan òirlich bho mhullach a cliathaich.

"Sìn dhomh am peile sin. Chan eil càil air an t-saoghal a thaomas bùrn à eathar coltach ri duine le feagal a bheatha," thuirt Cameron.

Ach cha robh Kate ag èisteachd ris. Bha a h-aire gu tur air an rud a bha roimhpe.

"Seall, thall an siud. Cearban," thuirt Cameron. Sheall i airson beagan dhiogan. Beathaichean socair.

"Abair àite," thuirt i. "Mìorbhaileach."

Bha iad nan aonar a-nis, an t-einnsean aca foramach anns an dòigh bheag aige fhèin agus iad a' dèanamh air a' chidhe. Bha na ràimh a bha aig Cameron mar gur e dà mhaidse bheag a bh' annta. Bha iad dìreach an dòchas gun leigeadh a' mhuir seachad iad.

Chan fhaiceadh iad duine beò ged a bha ceò às na similearan. Bha caoraich Shòdhaigh an siud 's an seo. 'S e baile beag air chruth corrain a bh' ann, ìosal, na taighean air an tughadh. Druim ris a' ghaoith. Shuas bhuapasan bha na ceudan de chleitean, far am biodh muinntir an eilein a' cumail a' bhìdh aca. Bha clach sa h-uile h-àite, obair-làimh, ballachan brèagha, cleitean, cladh, fasgadh agus am balla mòr a bha a' cuairteachadh a' bhaile. Shuas bhon a' bhaile bha An Gap far an robh an talamh a' crìochnachadh gu h-aithghearr.

Lìon an èadhar le fuaim a' mhotair. Bha an t-adhar bagarrach os an cionn, na sgòthan dorch, ìosal mar gun robh iad air tighinn a-nuas thuca. Chitheadh iad sgàile nan sgòthan air na beanntan.

"Dè nì sinn nuair a ruigeas sinn?" dh'fhaighnich Kate.

"Nach fheuch sinn ri ruighinn an toiseach," thuirt Cameron.

Nas fhaisge a-nis, nas fhaisge. Chunnaic Kate cruth air choreigin anns an uisge, rudeigin dubh a' tighinn 's a' falbh.

"Dè tha sin, muc-mhara eile?"

Chaidh iad rud beag nas fhaisge airson gum faiceadh iad.

"'S e mèinn a th' ann," thuirt Cameron.

"Dè . . . mar . . ."

"Mèinn."

"Ist."

"'S mathaid nach tèid sinn ro fhaisge, dè?"

Bha barrachd air aon duine a' geàrd a' chala. Bha seann phicean meirgeach aca. Ann am bàta mòr bhiodh e duilich am faicinn.

Faisg a-nis agus rud beag faochaidh bhon t-suaile, agus mu dheireadh thall bha iad aig a' chidhe, balla àrd le nàdar de bhalla-fasgaidh rèidh suas àradh beag. Cha robh duine dhen dithis aca a-riamh roimhe cho dòigheil concrait fhaicinn. Bha ùine nan creach bho thogadh e agus bha concrait a' coimhead coimheach anns an àite. Chan eil fhios cò ris a bhiodh an t-àite coltach nam biodh planaichean an Airm air a dhol air adhart. Bhiodh gearastan ann, taigh-feachd, mast àrd, tarmac, rathaidean.

Cha robh duine beò ri fhaicinn.

"Saoil an deach iad dha na beanntan?" dh'fhaighnich Cameron.

"Chì sinn."

Cò dhèanadh beòshlaint às an àite seo co-dhiù?

Shruc a' gheòla sa chidhe air a socair, tharraing iad anail cheart airson a' chiad uair bho dh'fhàg iad an *Cuma*. Ghabh Kate grèim air seann chearcall iarainn agus ghabh i ceum suas. Shad Cameron an ròp thuice agus cheangail i ris a' chearcall e. Sgèith dà bhaga tron adhar, agus mu dheireadh thall bha Cameron e fhèin na sheasamh air a' chidhe.

Hiort. Bha iad ann.

13

Sgrìobh Martin Martin mun àm a ràinig e fhèin an t-eilean anns an 19mh linn deug. Thuirt e gun robh na h-eileanaich air a choinneachadh le aon guth. Bheannaich iad e agus choisich iad timcheall air deiseal trì tursan. Cha robh duine ann an turas seo airson am beannachadh. Dìreach adhar trom agus uisge a' bualadh nan leacan mòra air an staran chun a' bhaile.

Bha tìm air a' chlach air an rathad a dhèanamh rèidh. Bha na taighean coltach ri chèile. Chuir e iongnadh orra dìreach cho ùr 's a bha iad a' coimhead. Clachaireachd ghrinn agus tughadh air na taighean, sglèat air feadhainn. Bha Cameron duilich nach b' urrainn dha dìreach a bhith na fhear-tadhail; gum feumadh feagal a bhith air.

Oir bha feagal air an dithis aca. Cha robh fios aca air thalamh dè dhèanamh iad. Bha e an urra ris na Hiortaich mar a dhèiligeadh iad riutha, agus cha robh cliù math aca a thaobh sin.

"Chuala mise gun do mharbh iad turas dà sheòladair a chaidh air tìr," thuirt Kate.

"Chan eil fhios a'm a bheil mi a' creidsinn sin."

"Carson?"

"Nach biodh tu ag iarraidh daoine a chumail fiot airson cuideachadh leis an obair?"

"Uill, chan eil iad a' cur fàilte mhòr oirnn, feumaidh tu aideachadh," thuirt Kate.

"Carson a chuireadh?"

Choisich iad gu slaodach, Cameron a' coimhead romhpa agus Kate a' cumail sùil air na bruthaichean air cùlaibh a' bhaile. Rinn iad cearcaill timcheall a chèile uaireannan, mar gun robh iad ann an dannsa slaodach.

Cha robh duine beò ann.

Ràinig iad meadhan a' bhaile. Seo far an robh na Hiortaich a' cumail na Pàrlamaid aca; bha seann dealbhan ann dheth. 'S ann an seo a bhiodh iad a' roinn na h-obrach a b' aca ri dhèanamh an latha sin. Neo aontachadh air dè dhèanadh iad ri cuideigin a bha air an lagh a bhriseadh. Bha e neònach a bhith anns an àite sin a-nis, a bha ainmeil bho sheann dealbhan. Chan eil fhios an robh iad fhathast a' coinneachadh mar sin, ag aontachadh ri rudan mar bhuidheann. 'S mathaid gur e sin an aon dòigh air cumail beò anns an àite.

Sheall Kate air na dorsan.

"Cò às a thàinig am fiodh, saoil? Chan eil iad a' coimhead cho, cho aosta."

"Tha mi a' creids' gu bheil treis bho chaidh iad sin ann. Bha gu leòr air ais agus air adhart fad nam bliadhnaichean. Tha daoine air a bhith a' fuireachd an seo airson dà mhìle bliadhna."

"Shaoileadh tu gum feuchadh iad ri craobh neo dhà a chur anns an ùine sin," thuirt Kate.

Bha iad faisg air crìoch a' bhaile, seachad air a' chladh.

"Càit an tèid sinn a-nis? Suas am bruthach?" thuirt Kate.

"Chan eil mi airson gun cuir sinn feagal air duine, gu h-àraidh ma tha 'd am falachd ann an cleit neo a leithid. Nach gabh sinn cupan teatha?"

"Cupan . . ."

"Cupan teatha. Dè eile th' againn ri dhèanamh?"

Shuidh iad air balla beag cloiche agus thug e flasg às a' bhaga aige.

"Nuair a bha mi beag, bha mi ag iarraidh a bhith nam *explorer*. A' rannsachadh, a' coinneachadh treubh ùr airson a' chiad uair 's a leithid," thuirt Kate.

"Seadh? Ach an àite sin thagh thu a bhith a' coimhead ri daoine marbh ann an rumannan gun uinneagan."

"Ged a tha 'd marbh, faodaidh iad fhathast sgeulachd innse dhut. Sin an rud a tha inntinneach. Agus tha thu a' cuideachadh dhaoine. Daoine nach urrainn bruidhinn dhaibh pèin," thuirt Kate.

Thog Cameron a' phrosbaig aige agus choimhead e gu mionaideach air na beanntan. Cha robh sgeul air duine.

"Tha 'd math air falachd, co-dhiù. Foighidneach."

Bha e air a' *walkie-talkie* fheuchainn roimhe, ach dh'fheuch e a-rithist e. Bha e math ceangal air choreigin a bhith aca ris a' bhàta. Bha an RIB aca sa bhùrn gun fhios nach fheumadh cuideigin tighinn gan cuideachadh ann an cabhaig.

"An do smaoinich thu riamh gum bu chòir dhuinn dìreach am fàgail?" dh'fhaighnich Kate.

"Dè, a thaobh a' mhurt seo?"

"Seadh."

"Smaoinich mi air sin. Tha iad air coimhead às an dèidh fhèin fada gu leòr. Ach feumadh cuideigin pàigheadh air a shon."

"Ah, an *Calvinist Detective*, a' nochdadh mu dheireadh thall."

Bha Kate sàmhach airson diog. Shruc i gàirdean Chameron air a socair agus thionndaidh e airson coimhead suas an leathad.

Bha cuideigin a' ruith a-nuas frith-rathad thuca.

14

Stad i mu fhichead meatair air falbh bhuapa. Nighean bheag, mu sheachd bliadhna a dh'aois. Air a druim bha sgian mhòr a bha 'd a' cleachdadh airson eòin a mharbhadh, fada agus dubh tro aois agus fuil, le faobhar airgid oirre. Bha aodach oirr' mar gun robh i ann an seann dealbh, air a dhèanamh à clòimh caoraich Shòdhaigh, grinn air fhighe agus air fhuaigheal. Bha nàdar de chleòc' oirre ann an dath a' chrotail a thruis i sìos agus choimhead i orra. Cha tuirt Cameron no Kate càil. Bha 'd gu math cinnteach nach e turchart a bh' ann, gun robh teachdaireachd aice dhaibh.

Bhruidhinn i mu dheireadh ann an seann Ghàidhlig an eilein. Bha ceangal ann ri Gàidhlig ceann a tuath an Eilein Sgitheanaich, oir 's ann à sin a thàinig na daoine trì tursan nuair a bhàsaich muinntir an àite le galar neo dìth bìdh. Ach bha e a-nis diofraichte bho Ghàidhlig sam bith eile, le a blas fhèin.

"Srainnsearan. Fàgaibh an t-eilean seo," thuirt i.

"'S e Cameron an t-ainm a th' orm. Feumaidh mi bruidhinn ris a' Phàrlamaid."

"Feumaidh sibh fàgail anns a' bhad."

Ghabh Kate ceum air adhart. Bha prèasant beag aice na pòcaid a thug i a-mach, sgàthan pòcaid beag. Thug an nighean ceum air falbh.

"Chan eil i airson tighinn faisg oirnn. Gun fhios nach eil galar againn."

"Lorg sinn boireannach òg à Hiort. Chaidh a marbhadh air na h-Eileanan Flannach. Feumaidh mi bruidhinn ris a' Choimhearsnachd mu dheidhinn."

"Tha i air siubhal, ma tha. Gum bi an Tròcaire leatha, 's gum faigh i sìth," thuirt i.

"Feumaidh mi faighinn a-mach cò i."

"Carson?"

"'S e Poileas a th' unnam. Bidh mi a' cuideachadh dhaoine a tha air an dochann agus air an goirteachadh."

"Tha fios agam dè th' ann am Poileas. Chan eil feum againn orra an seo."

"Tha mi ag iarraidh bruidhinn ris an teaghlach aice. Tha mi airson ge bith cò rinn seo a lorg."

"Chan fhaod sibh fuireachd. Chan eil srainnsearan a' dèanamh càil ach ag adbharachadh trioblaid agus a' toirt ghalaran leotha. Tha i air ar fàgail, tha sin an urra ri Dia, chan eil fios aig duine againn cuin a bhios an ùine againn air an t-saoghal seo gu bhith seachad. Pàighidh an duine a rinn seo anns an t-sìorraidheachd."

"An e fireannach a rinn e, ma tha?" dh'fhaighnich Kate.

"Chan eil fhios agam. Ach mar as trice, 's e. Nach e?"

"Chan eil mi a' fàgail," thuirt Cameron.

"'S e an lagh againne a th' ann a-nis, agus feumaidh tu falbh, beò neo marbh."

"Ò uill. Mas e sin tha romhainn, tha cho math dhomh balgam eile teatha òl," thuirt Cameron.

"Dè tha thu a' dèanamh?" dh'fhaighnich Kate fo h-anail.

"'S e barganachadh fada a bhios ann, a rèir choltais. Tha am pathadh orm mu thràth."

"Ach bha i a' maoidheadh oirnn gum marbhadh iad sinn mura fàgadh sinn."

Thionndaidh Cameron chun na h-ìghne.

"Dè an t-ainm a th' ort."

"MacQueen."

An toigh leat seoclaid?"

"Chan e do ghnothach-s' e," thuirt an nighean bheag.

"Mas ann mar seo a tha iad nuair a tha 'd beag, chan eil mi cinnteach a bheil mi airson coinneachadh ris an fheadhainn mhòra," thuirt Kate ann an cagar ri Cameron.

"Thugainn," thuirt Cameron. Shad e na bha air fhàgail dhen teatha air a' ghlasaich agus thog e na rudan aige.

"Cà 'il sinn a' dol? Bheil sinn a' fàgail" dh'fhaighnich Kate.

"Chan eil. Tha sinn a' dol dhan eaglais."

Thàinig coltas an uabhais air an nighinn.

"Na teirigeadh sibhs' a-staigh an sin."

"Agus cò thusa, ag ràdh sin riums'?"

"Tha mi . . ."

"Nach eil fàilte ro gach duine ann an eaglais Ìosa Crìosd? Gu h-àraidh peacach."

"An e peacach a th' unnad?" dh'fhaighnich an nighean.

"'S e," fhreagair Kate.

Sheall Cameron air Kate, drèin air an aghaidh aige.

"Dè shaoileadh e mu dhuine a bha a' stad cuideigin o dhol dhan eaglais aige? Cha chòrdadh sin ris idir."

Bha an nighean steigt' eadar dà fhaireachdainn làidir. Thug Cameron dòigh a-mach dhi.

"Nam biodh cuideigin airson tadhal air an eilean, coltach rinne, agus gun dèanadh iad rud sam bith airson sin a thoirt gu bith, dè dhèanadh iad?"

"Chan eil mi cinnteach an e ceist buileach glic a tha sin," thuirt Kate.

"A dh'fhuireachd gu deireadh ar latha-ne. Gu latha ar bàis?" ars an nighean.

"Chan e. Airson ràith, can. Dè dhèanadh duine?"

Choimhead an nighean air airson dreis.

"Tha mi dìreach airson cuideachadh," thuirt Cameron air a shocair. "Tha mi dìreach ag iarraidh bruidhinn ri teaghlach na h-ighinn a bhàsaich. Chan eil mi airson càil atharrachadh. Chan eil mi airson falbh le càil. Tha mi dìreach airson 's nach tachair seo a-rithist agus an uair sin falbhaidh mi agus bheir mi fois dhuibh."

Mu dheireadh thall, dh'aontaich an nighean. Ghnog i a ceann.

"Glè mhath. Mas e sin a tha sibh ag iarraidh. Cuiribh dhibh ur cuid aodaich."

"Thalla 's tarraing, Cameron," thuirt Kate.

"Ma tha thu airson fuireachd, feumaidh tu," fhreagair e.

Dh'fhalbh an nighean airson uair thìde. Nuair a thill i, dh'inns i dhaibh ann am barrachd doimhneachd na dh'fheumadh iad a dhèanamh nam biodh iad airson fuireachd air an eilean.

Bha aca ri clachan a chur dhan gheòla airson gum biodh i fon bhùrn fad sheachdainean, neo a losgadh. Dh'fheumadh iad an uair sin an aodach gu lèir a thoirt dhiubh agus a losgadh le gach rud eile a thug iad chun an eilein. Dh'fheumadh iad an uair sin coiseachd dhan mhuir agus iad fhèin a nighe anns an t-sàl. Mu dheireadh, bha aca ri iad fhèin a nighe ann am binigear mus cuireadh iad aodach Hiortach orra.

Dh'fheumadh iad an uair sin fuireachd ann an cill bheag, fada air falbh bho chàch. Sin an aon chill anns an robh Lady Grange a' fuireachd. Chan fhaodadh iad an t-àite sin fhàgail. Dh'fhàgadh muinntir Hiort biadh dhaibh aig àite diofraichte gach latha, le toirdse a' lasadh an àite. An dèidh dà fhichead latha, dh'fhaodadh iad a dhol a mheasg dhaoine a-rithist. Cuarantain. Dà fhichead latha.

An uair sin, bhiodh aon latha aca air an eilean mus feumadh iad fàgail a-rithist.

'S e an aon adhbhar a leigeadh iad dhaibh seo a dhèanamh, airson faochadh a thoirt dhan teaghlach.

"Dè cho mòr 's a tha a' chill seo?" dh'fhaighnich Kate dha Cameron.

"Ò, beag. Nas motha na cleit. Ach nas lugha na taigh. Ach 's mathaid gum bi e math ann an dòigh."

"Ciamar a dh'fhaodadh e bhith math?"

"Dà fhichead latha air falbh bho uallach agus trioblaidean. Cuin eile a gheibheadh tu sin nad bheatha? Ann an taigh nan seann daoine, sin cuin."

"Tha iomagain orm . . . gum marbh mi thu . . . nam chadal . . . dìreach chan eil fhios agam . . . am fuiling mi thu. Cho fada sin." Cha robh i a' tarraing às.

"Bidh cus fàileidh dhìom airson thu tighinn ro fhaisg' orm, tha mi a' creids'," thuirt e.

Thionndaidh i air falbh airson nach cluinneadh an nighean iad a' bruidhinn.

"Chan ann mar seo a bu chòir rudan a dhol idir. Chan eil rian a dh'òrdaicheadh air a seo. Tha mi ag iarraidh tilleadh le sgioba ceart. Chan urrainn dhomh coimhead a-staigh a dhroch-ghnìomh ann an latha. Cha bhi uidheam agam. Cha bhi sampaill DNA agam, camara. Cho robh mi fiù 's gan tuigsinn cho math sin. Carson a chuirinn mi fhìn tro mhìos dhen droch àite gun chàil air a shon?"

Sheall iad timcheall an dèidh dha Kate sgur a bhruidhinn. Cha robh sgeul air an nighinn.

"Agus nan tilleamaid le sgioba mòr, cò na daoine a bhruidhneadh rinn, saoil?" thuirt Cameron. "Tha fios agam gu bheil thu ceart. Ach feumaidh sinn a dhol timcheall air a seo ann an dòigh dhiofraichte."

"Agus dè an dòigh tha sin?" fhreagair Kate.

"Chan eil fhios agam fhathast, ach tha mi cinnteach gun tig rudeigin thugainn. Seo an aon dòigh a leigeas iad dhuinn fuireachd air an eilean, agus a gheibh sinn cothrom bruidhinn ri daoine. Agus tha 'd air a bhith snog gu leòr rinn gu ruige seo."

"Tha thu a' smaointinn?" arsa Kate.

"Uill, tha sinn fhathast ann an aon phìos, nach eil? Dè do bheachd, ma tha? Ag iarraidh a dhol a shnàmh?"

15

Bha am bùrn cho fuar an toiseach 's nach b' urrainn dha anail a tharraing. Ach fhuair e anail air ais an dèidh leth mhionaid agus thòisich e a' còrdadh ris barrachd nuair a sguir e a dh'fhaireachdainn a chasan. Cha robh càil ann ach pian ron sin. Laigh e air a dhruim, ag èisteachd ris na suailichean. Bha cop geal ann agus na suailichean fhathast mòr gu leòr, ach leig e leis a' mhuir a ghluasad air ais agus air adhart. Chitheadh e na beanntan bho oir a shùil. Chan fhaca e sealladh a-riamh coltach ris.

Nochd Kate ri thaobh, a' gluasad gu làidir tron uisge.

"Feumaidh tu d' fhalt a dhèanamh, Kate," thuirt e.

"Chan eil sàl math idir airson m' fhalt."

"Sin agad na riaghailtean."

Tharraing i anail agus chaidh i sìos, a' dàibheadh sìos fada, cuideam na mara air a h-uachdar. Gainmheach na làimh agus an uair sin air ais suas, anail làidir.

"Bu chòir dhuinn tighinn a-mach. Chan eil sinn airson fàs ro fhuar," thuirt Kate.

Choisich iad a-mach às an uisge, cho liormachd ris an latha a rugadh iad, gun stiall aodaich neo càil eile anns an t-saoghal. Air an tràigh bha pìle luathadh, an t-aodach aca, na bagaichean, agus uidheam Kate, uile air a chur na theine. Chuir iad brath eile dhan *Chuma*, ag innse dhaibh dè bha 'd a' dol a dhèanamh. Chluinneadh tu nach robh na daoine air ceann eile na loidhne a' smaoineachadh gur e deagh bheachd a bh' ann, ach dè b' urrainn dhaibh a dhèanamh? Bha 'd a' dol a thilleadh nuair a bhiodh an cuarantain seachad.

Sheall iad mun cuairt a dh'fhaicinn càit an robh an t-aodach ùr aca, ach cha robh sgeul air càil.

"'S mathaid far an do choinnich sinn an nighean?" thuirt Kate. Ach a-rithist, cha robh càil ann. Bha an dithis aca a-nis a' faireachdainn buaidh an fhuachd. Bha a' ghaoth fuar agus cha robh tubhailtean aca airson iad fhèin a thiormachadh.

"Am bu chòir dhuinn fasgadh a lorg? An àite bhith a' coimhead barrachd?" thuirt Cameron. Bha an dithis aca a' critheadaich a-nis.

"Cha bhiodh sinn blàth gu leòr a-nis, fiù 's le rud beag fasgaidh. Chan eil biadh againn. Tha mi a' dol rud beag troimh-a-chèile. Tha mi gu meileachadh. Toiseach hypothermia."

Bha iad a' smaoineacheadh gur mathaid gun robh iad air tighinn a shuidheachadh gu math dona.

"'S mathaid nach robh iad a-riamh an dùil aodach a thoirt dhuinn. Nach eil cill ann. 'S mathaid gur ann mar seo a tha iad a' faighinn cuidhteas dhaoine."

"Leugh mi mun bhoireannach sin," arsa Kate. "Boireannach . . . Grainger neo rudeigin."

"Lady Grange," thuirt Cameron. "Chleachd iad an t-eilean mar phrìosan dhi."

Sheall Cameron suas ris na beanntan. Bha an t-àite a' coimhead eagalach a-nis is iad gun bhiadh, gun aodach. Cho liormachd ris a' chiad latha ac' air an t-saoghal. Clach mhòr thairis air an tobar aca.

"'S mathaid gun robh iad a' ciallachadh gun robh an t-aodach anns a' chill, neo ge bith dè th' ann," thuirt Cameron. "An tèid sinn ann?"

"Bheil fios agad càit a bheil e?" thuirt Kate. Bha an guth aice neònach, slaodach.

"Fuirich. Feumaidh mi smaoineachadh. 'S mathaid gur e hypothermia a th' ann, a' toirt orm co-dhùnadh gun chiall a dhèanamh. A' coiseachd timcheall nam beanntan liormachd mar amadan. Amadan, amadan." Rinn iad na bha na Hiortaich air iarraidh orra, gun cheist. Nise phàigheadh iad air a shon, lem beatha.

Bha 'd air sàbhaladh trioblaid sam bith do mhuinntir an eilein, ach bha 'd air làmh a chur nam beatha fhèin.

Chrùb iad air cùl seann bhalla, a' feuchainn ri rud beag faochaidh fhaighinn bhon a' ghaoith. An dèidh beagan mhionaidean chitheadh an dithis aca dè thachradh, bha 'd a' faireachdainn an fhuachd gu dona. Sheas Cameron agus chaidh e a-mach gu meadhan an starain mhòir. Dh'èigh e àrd a chinn.

"Haoi! Haoi! Cà 'il an t-aodach againn!"

Cha tàinig freagairt, no fiù 's mac-talla. Bha e air a shlugadh le na beanntan agus a' ghlasach. Dh'fhannaich a spiorad, dòchas a' falbh. Bha aige ri cumail soilleir na inntinn. Bha aige ri dòigh fhaighinn às, cha robh e a' dol a bhàsachadh mar seo.

"Trobhad seo," thuirt e ri Kate. "Brisidh sinn a-staigh a thaigh. Tha fhios gu bheil teine ann, air a smùradh. Aodach agus biadh."

"Chan eil fhios a'm an còrdadh sin riutha. Chan eil mi a' smaoineachadh gu bheil daoine a' còrdadh riutha cho mòr sin," thuirt i. Dhùin i a sùilean airson diog ro fhada. Strì a bh' ann an cumail fosgailte.

Bha Cameron a-nis a' caoidh gun do chuir e a' gheòla aca gu grunnd na mara. Bha na clachan trom, agus bha e ro fhuar feuchainn ri faighinn air ais. Chan fhaigheadh e suas ann an ùine i, agus bhiodh e anns an uisge treis mhath, dàibheadh gu domhainn. Agus an uair sin dè? Cleachdadh nan ràimh airson a dhol càite? Bhiodh an *Cuma* ro fhada air falbh a-nis. Beachd gun chiall. Beachd eile gun sgot.

'S mathaid gum b' urrainn dhaibh falbh le eathar beag, ach cha robh sgeul air gin. Bha iad cho bog agus fosgailte. Nan aonar.

Chaidh e chun an taigh' a b' fhaisg agus sheas e air beulaibh an dorais. Ghabh e ceum air ais, smaoinich e air a bhreabadh, ach bhiodh sin ro ghoirt, doras làidir a bh' ann. 'S mar sin, ruith e agus chuir e a ghualainn ris. Cha do ghluais an doras idir, ach dh'fhairich e gu leòr pian na ghualainn. Smaoinich e air feuchainn a-rithist, ach bha an inntinn aige cho slaodach. Ach dh'fheumadh e a bhriseadh. 'S e an doras sin a bha eadar e fhèin agus a bhith beò.

Gheibheadh e clach mhòr airson a bhriseadh. Gheibheadh iad aodach anns an taigh sin. Cha tigeadh duine faisg orra oir bhiodh feagal orra gum faigheadh iad galar. Ach dè an uair sin? Thigeadh rudeigin thuige. 'S e a' chiad rud, fantainn beò. 'S dòcha gum faodadh iad a bhith beò sna beanntan, agus an uair sin chuala e guth beag na cheann. Dhùin e a shùilean, ach cha do sguir an guth. Guth coltach ri nighean bheag, a chuir iongnadh air.

Dh'fhosgail e a shùilean. 'S e nighean a bh' ann, an aon nighean 's a bha air an coinneachadh. Bha i aig ceann eile na sràid, ag èigheachd ris.

"Dè fo ghrian a tha thu a' dèanamh?"

Sheas Cameron ann am meadhan an starain, gorm agus liormachd.

"Breug a bh' ann. Chan eil aodach ann. Tha thu a' feuchainn ri ar marbhadh."

"Cha bhi sinn ag innse bhreugan."

"Chan eil mi cho cinnteach às a sin," thuirt Cameron.

"Bha d' aodach air an tràigh. Far a bheil an rathad a' tòiseachadh. Chitheadh duine sam bith sin. Chì thu às a seo e."

Sheall Cameron, chan fhaiceadh e càil.

"Seallaidh mi dhut, ach na tig faisg orm ann an dòigh sam bith."

"Am faigh sinn rud beag bùirn? Uisge?" dh'fhaighnich e. Bha pathadh uabhasach air an dèidh a bhith sa mhuir.

"Tha a h-uile sìon a' feitheamh ort aig Taigh Lady Grange. Na sruc ann an càil eile neo feumaidh tu fàgail anns a' bhad. Neo fuirichidh sinn gus am bi sibh marbh agus losgaidh sinn na cuirp agaibh às dèidh dà fhichead latha. Seall suas chun A' Ghap. Seallaidh mi an t-slighe dhut."

Chaidh an nighean òg à sealladh a-rithist.

Chaidh Cameron a-null gu far an robh Kate, dòchas air tighinn air ais thuige. Ach bha Kate na laighe gun deò innte, na làmhan aice timcheall air clach muilne mar gur e cluasag mhòr a bh' innte. A craiceann cho bàn ri sìthean as t-earrach.

16

Bha a' bhothag bheag a bha na prìosan do Lady Grange fada gu leòr bhon a' bhaile, faisg air na seann lotan. Bha an duine aice air adhbharachadh gun deach a toirt a Hiort, ann an 1732. An dèidh a bhith pòsta còig bliadhna fichead, agus naoinear chloinne a bhith aca, chaidh iad far a chèile gu dubh.

A rèir choltais bha litrichean aice a bha a' sealltainn gun robh an duine aice na Sheumasach gu smior, agus gun robh e an sàs ann a bhith a' feuchainn ri cuideachadh cur às dhan Riaghaltas Hanoverian. Bha i a' maoidheadh rudeigin a dhèanamh leis na litrichean mura sguireadh e a dh'fhalbh le boireannach eile. Ach a rèir choltais, bha sin ro chunnartach dhan duine aice agus dha na caraidean aige. Chaidh a goid à Dùn Èideann agus a cumail anns an Eilean Sgitheanach, Heisgeir agus mu dheireadh thall ann a' Hiort.

Bha nàdar gu math fiadhaich aice, agus chaidh ùine mhòr seachad mus do thòisich daoine a' faighneachd cheistean ann an Dùn Èideann.

Bha cumadh mar *duff* air a' bhothaig, letheach eadar cleit agus bàthach. Bha bùrn a' ruith sìos nam ballachan ann an stoirm, agus deigh fon leabaidh nuair a bha e puinnseanta fuar. Bhiodh i ag òl tòrr uisge-beatha. Mu dheireadh thall, chuir i litir chun an fhir-lagha aice, tro Mhinistear a dh'fhàg an t-eilean.

Ach cha do lorg iad i nuair a thàinig iad. Bha cuideigin air a toirt a dh'àiteigin eile, agus bhàsaich i às dèidh trì bliadhna deug anns a' phrìosan mara sin.

Cha robh a' bhothag air atharrachadh mòran bhon uair sin. Bha fhathast nàdar de bhròn na laighe air an àite, mar gun robh cuimhne ann fhathast air na faireachdainnean aig Lady Grange, a chaidh fhuadach gu iomall an t-saoghail.

Agus 's e fìor iomall an t-saoghail a bh' ann an uair ud – cha robh clàran-mara ri fhaighinn gu 1776 agus bha e cha mhòr do-dhèanta duine a lorg anns na h-eileanan mura biodh feachd agad nad chois.

Ballachan maol agus seann tughadh air a' mhullach. Làr air a dhèanamh de thalamh air a stampadh sìos. Doras beag agus bha aig Cameron ri crùbadh nuair a ghiùlain e Kate a-staigh.

Àite beag mì-chàilear, ach bha Cameron air leth dòigheil fhaicinn. Bha fasgadh ann agus beagan blàths. Bha teine sa chagailt. Bha na Hiortaich air sin a dhèanamh dhaibh co-dhiù.

'S e slighe dhuilich a bh' ann bhon tràigh, a' giùlan Kate fad na h-ùine. Bha e air na b' urrainn dha a dh'aodach a chur oirre agus bha i air sgur a chritheadaich. Cha robh cuimhne aige an robh sin math neo dona, bha na smuaintean aige a' càrnadh suas gun chiall. Bha e a' smaoineachadh gura mathaid gur e droch chomharra a bh' ann.

Bha i aotrom nuair a thog e i agus choisich e cho luath 's a b' urrainn dha. An anail aige tiugh na bhodhaig, an dòchas nach leigeadh i sìos e.

Nan tuiteadh iad, cha chuidicheadh duine iad. Bha na Hiortaich faiceallach nach toireadh cuideigin galar chun an eilein. Bha iad eòlach air an eachdraidh aca fhèin. Nam falbhadh am fuachd agus sgìths le Cameron agus Kate, 's e losgadh air breò-chual an rud a b' fheàrr a gheibheadh iad, neo bhiodh iad air an tiodhlacadh san talamh gun leac os an cionn. Ach cha robh Cameron a' dol a bhàsachadh an seo, anns an dòigh seo. Bha e ag ràdh sin ris fhèin gun sgur. Bha e a' dol a bhàsachadh na leabaidh fhèin le botal teth ri thaobh, agus leabhar math fosgailte aig an duilleig mu dheireadh.

Cha robh e tric a' smaoineachadh mun bhàs, rud a bha annasach, leis an obair a bh' aige. Ach bha e a' smaoineachadh air a-nis. Dhùin e an doras air a chùlaibh agus chaidh e chun an teine. Blàths àlainn ann. Dh'fheuch e ri rud beag dhen fhuil a thoirt air ais gu làmhan agus casan Kate, gan suathadh gu làidir. Chuir e uiread a mhòine 's a b' urrainn dha air an teine agus chuir e Kate na sìneadh gu socair an tac an teine.

Fhuair e cuidhteas, cho math 's a b' urrainn dha, uspag gaoithe sam bith a bha a' tighinn a-staigh. Bha bùrn ann agus ghabh e deoch fhada; cha robh e air mothachadh dhan phathadh a bh' air. Dh'ith e grèim beag bìdh gu luath, rud a bh' ann am baga beag *hessian*. Bha an t-acras ga tholladh. Nàdar bonnach agus càise chaorach. Dh'fhàg e leth aig Kate, airson nuair a dhùisgeadh i. Bha e an dòchas.

Air an làr bha rùsgan chaorach dorcha air nàdar de bhobhstair air a dhèanamh à stràbh. Plaidichean clòimhe cuideachd. Chuir e na chuimhne na leapannan-bogsa beag a chunnaic e ann an taigh-tasgaidh sna h-eileanan. Bha coltas glè mhath air, agus sgìths an latha a-nis domhainn na chnàmhan. Chuir e Kate fo na plangaidean agus chaidh e dhan leabaidh ri a taobh. Tharraing e suas mun cinn iad agus cha b' fhada gus an do thòisich an anail aca gam blàthachadh. Cha robh e ach airson fuireachd ann gus am biodh Kate blàth a-rithist, ach thàinig an cadal, mar bhàs beag gun phian. Cha do ghluais Kate ri thaobh.

17

Dhùisg e le cuideigin ga phutadh air falbh gu math làidir. Bha e ann am meadhan aisling agus e a' feuchainn ri ròp a shreap a bha a' sruthadh tro làmhan agus an uair sin bha e a' tuiteam fada sìos. Dh'fhairich e crathadh, an aisling aige air tuiteam às a chèile. An uair sin guth gu math soilleir a' guidheachdainn. Smaoinich e air na sùilean aige fhosgladh, ach roghnaich e an cumail dùinte airson beagan a bharrachd tìde. Cha do dh'obraich sin.

"Thu thu air èirigh, chì mi," thuirt Cameron.

"Bha thu anns an *leabaidh* agam?"

"Cha mhòr nach do bhàsaich thu."

"Gabh a-mach."

"Nach cuala tu mi? Bha thu gu bàsachadh. Sin a tha 'd ag ràdh anns a h-uile leabhar. Co-roinn blàths ar cuirp."

Chaidh gaoir tro bhodhaig Kate. Phut i a-mach às an leabaidh e.

"Bha mi dìreach gu math sgìth," thuirt i.

"Ò uill, tha thu làn dì-beathte," thuirt Cameron. Chaidh e a-null chun an teine agus dhùisg e na h-èibhleagean a-rithist. "An-ath-triop cha bhodraig mi."

"Dèan sin." Chunnaic i am baga beag *hessian* agus ghabh i grèim air. Dh'fhosgail i e.

"An e seo uireas a bh' ann?"

"Dh'ith mise leth dheth. Sin uireas."

"Chan eil mi ga do chreids'."

"Uill tha *mise* nas motha na *thusa*!"

"Troc."

"Co-dhiù, chan eil mi a' smaoineachadh gu bheil iad ag ith' buileach uiread 's a tha sinne."

"Ò dùin do chab," thuirt Kate agus thionndaidh i air falbh.

"Shìorraidh, abair taing," thuirt Cameron.

Bha a beul làn bonnaich airson treis.

"Thig an aileag ort. Neo losgadh-bràghad," thuirt Cameron. Ach bha a beul ro làn airson tuigsinn na thuirt i. An uair sin dh'iarr i bùrn agus dh'òl i sin sìos gu math luath.

"Nach gabh thu air do shocair," thuirt e.

"Abair latha," thuirt i. Sheas i agus ghluais i rud beag. Bha a h-uile càil ag obrachadh an ìre mhath.

"Ò uill," thuirt i. "'S math gu bheil sinn an seo co-dhiù, ged a bha e gu math cugallach airson treis. Faodaidh sinn bruidhinn riutha airson latha neo dhà agus falbh dhachaigh."

"Nach eil cuimhn' agad?"

"Dè?"

"Tha againn ri fuireach dà fhichead latha mus faod sinn a dhol faisg air duine. Agus an uair sin chan eil iad airson barrachd air latha a thoirt dhuinn air an eilean."

Shuidh i sìos gu trom a-rithist.

"Ò dìreach. Tha sin ceart. Dhìochuimhnich mi sin." Thòisich i ag imlich nam mìrean beag a bha air fhàgail dhen bhonnach aice. Bha car na stamaig, feumach air tuilleadh bìdh. Sheall i a-mach an doras. 'S mathaid gun robh iad air tuilleadh bìdh fhàgail. An dèidh coimhead airson treis, a' coimhead an astair a thàinig iad, thionndaidh i ri Cameron.

"Tapadh leat airson mo bheatha a shàbhaladh."

"Tha sin ceart gu leòr."

"Ciamar a fhuair sinn an seo?"

"Bha agam ri do ghiùlan, air mo dhruim."

"Trobhad seo, thoir sùil air seo," thuirt i, a' coimhead a-mach. Tharraing Cameron air a chuid aodaich agus chaidh e a-null chun an dorais. Chitheadh iad an Dùn air am beulaibh, mu choinneamh a' bhaile. Chitheadh iad daoine a-nis, fad às, ceò a' tighinn bho na similearan agus fàileadh mòna gan ruighinn. Chitheadh iad Clach na Maighdinn shuas gu h-àrd air an eilean, an t-adhar soilleir gorm agus an stoirm air falbh.

"Tha e cho brèagha."

Sheas iad ùine mhòr san t-sàmhchair.

18

Gach madainn bha cuideigin a' fàgail baga beag *hessian* aca an àiteigin faisg, agus peile beag le pìos sglèat air uachdar le bainne ann. Chan fhaodadh iad gluasad bhon taigh, agus airson dèanamh cinnteach nach dèanadh iad sin, chitheadh iad gun robh geàrd aca meadhanach faisg air làimh le gunna. Uaireannan bha an t-uisge ann, trom gu leòr airson iad fhèin a nighe a-muigh.

Bha am beatha mu na rudan bu shìmplidh' a bh' ann. Fasgadh agus biadh. Grian agus glasach. Dh'fhàs an craiceann aca ruadh agus thòisich iad a' faighinn an neart air ais. Rinn Kate cinnteach gun robh iad ag eacarsaich gach latha, agus an dèidh ceala-deug cha mhòr nach robh Cameron a-rithist cho tana 's a bha e nuair a bha e na chadet sna Poilis. Gu neònach, cha robh iad ag argamaid. Cha robh càil ann ri argamaid mu dheidhinn.

Chaidh na làithean seachad mar sin, aon an dèidh aon, a' suathadh agus ag amaladh ri chèile. Bha iad air dìochuimhn-eachadh dè an latha a bh' ann nuair a nochd an nighean a-rithist.

"Tha a' Phàrlamaid airson bruidhinn ribh. Trobhadaibh còmhla rium."

Shuidh i beagan air falbh bhuapa, ged a bha iad a-nis sàbhailte a bhith faisg oirre. Cha tug e fada a' dèanamh deiseil, cha robh càil aca ach an t-aodach air an druim.

Bha diofar fhaireachdainnean aig Kate an dèidh dhaibh an

taigh fhàgail. Cha robh i an dùil ri bròn, ach 's e sin a dh'fhairich i rud beag. Bha a beatha anns an taigh ud cho sìmplidh an taca ris an dachaigh. Bha i a' faireachdainn aotromas nach do dh'fhairich i o chionn ùine mhòr. Bha iad beò anns a' mhionaid, cha do choimhead iad air adhart idir an dèidh beagan làithean. Bha fad an latha aice airson suidhe ag èisteachd ris na fuaimean, na h-eòin a-muigh, na seallaidhean gun sgur air a beulaibh.

Ach a-nis bha feagal air nochdadh cuideachd, chionn cha robh fios aice dè bha a' dol a thachairt. 'S e àite coimheach a bh' ann dhaibh, Hiort. Cha robh e a-riamh cofhurtail a bhith an crochadh air daoine eile agus cha robh e a' còrdadh rithe nach robh ise a' dèanamh nan co-dhùnaidhean aice fhèin. Bha i a' cur seachad a beatha a' cur òrdugh air rudan a rèir mar a bha i fhèin ga choimhead. A-nis cha robh e furasta ciall a dhèanamh dhe na bha a' tachairt.

Cha tigeadh càil math às an fhaireachdainn ud, smaoinich i, agus thiodhlaic i i gu domhainn innte fhèin. Bha Cameron a' faireachdainn an aon dòigh, ach bha e an dòchas gun cuidicheadh an trèanadh e nuair a bhiodh feum air. Bha e a' faireachdainn làidir. Ged a bhiodh na Hiortaich fiot gu leòr, bha esan air trèanadh fhaighinn.

Bha e a' faireachdainn beò leis a h-uile sìon a bha timcheall air, na fuaimean, a' lorg chomharran agus ciall anns a h-uile càil. Bha e air a bhith làithean air cùl an taighe, a' dol tro na bha e a' dol a ràdh riutha. Oir tha fhios gum biodh a h-uile mac màthar aca ann. Bhiodh a h-uile h-aon dhiubh airson cluinntinn na bh' aige ri ràdh. 'S dòcha gun robh iadsan cho mì-fhoighidneach 's a bha e fhèin airson na fìrinn.

Bha 'd air bruidhinn air cò ris a bhiodh na daoine coltach

an dèidh a bhith nan aonar cho fada, agus bha an dithis aca ag aideachadh gun robh fadachd orra an coinneachadh agus bruidhinn riutha. 'S e daoine nàdarra a bh' annta, le sgil. Bhiodh na h-aon fhaireachdainnean aca ri duine sam bith eile. Gaol, fearg, toileachas, dìoghaltas. Sin a bh' aig Cameron ri cuimhneachadh air nuair a bha e air chall. Bha daoine air an eilean air an nighean aca a chall. Bhiodh iad ag iarraidh faighinn a-mach dè thachair.

Ann an dorchadas na h-oidhche bha e gu tric air a' cheist fhaighneachd, carson a bha e air e fhèin a chur ann an uiread a chunnart. Carson nach stadadh e nuair a bu chòir dha? An e an adrenalin a bha a' còrdadh ris? A bhith ceart nuair a bha a h-uile duine eile ceàrr, gun fhios dè bha air tachairt.

'S iomadh uair na bheatha a bha iomadach rud air còrdadh ris nach bu chòir. Agus carson nach dèanadh e rudan a-mach às an àbhaist, cunnartach neo gòrach. Bha beatha duine gu math goirid.

Bha an nighean a' coiseachd rud beag air falbh bhuapa. 'S e àite maoth a bh' ann, gorm timcheall a' bhaile, cnocan beaga cruinn agus starain bheaga. Bha an t-adhar a' dol eadar diofar dhathan gorm. Chaidh iad sìos an staran, seachad air na cleitean far an robh biadh nan Hiortaich ga chumail, an èadhar ga thiormachadh. Thàinig iad chun a' bhaile cheart a-nis agus leacan mòra trom a' phrìomh rathaid. Thionndaidh iad còrnair agus dh'fhosgail am baile air am beulaibh.

Ann am meadhan a' bhaile bha loidhnichean de dhaoine air dà thaobh an starain. Fir agus boireannaich, na fir le feusagan tiugha, fada, na boireannaich le beannagan ioma-dhathte. Bha aodach dorch clòimhe air a h-uile duine, le dathan an siud 's an seo. Stoc air dhath a' chrotail. Sgiort air dhath bàrr a' bhrisgein.

Sheas iad uile gun bhruidhinn, gan coimhead. Mu dheireadh thall choisich an dithis seachad air mu dhusan duine gu far an robh an nighean ag iarraidh orra seasamh. Bha a h-uile duine ann, ach dh'aithnicheadh iad, nuair a thionndaidh Cameron agus Kate, gur e seo na daoine bu chudromaiche, agus an fheadhainn ris am biodh iad a' bruidhinn.

Dh'fhairich an dithis aca iomadach sùil orra. Cha robh iongnadh anns na sùilean sin ach bha ceistean.

Thionndaidh iad.

Air am beulaibh a-nis, bha a' Phàrlamaid Hiortach.

19

"Seadh ma tha, dè mar a tha sibh ag iarraidh seo a dhèanamh?" dh'fhaighnich Cameron. Sheall Kate air le drèin. 'S e boireannach a bhruidhinn an toiseach.

"Tha i air siubhal, ma tha."

"Tha. Chaidh a marbhadh."

Thuit ceann neo dhà.

"Is mise Kate. Dè an t-ainm a th' oirbhse?" dh'fhaighnich Kate.

"Mairead NicCruimein."

"An sibhse màthair na h-ìghne?"

"Cha mhì," thuirt i. "Chan eil a pàrantan airson a bhith an seo, tha 'd a' caoidh na chaill iad. Thug e buaidh mhòr orra. Is e Raonailt an t-ainm a bh' oirre."

Thòisich fear a bha anns a' Phàrlamaid a' bruidhinn.

"Is mise Dòmhnall MacCruimein. Chan fhaic mi dè an fheum a tha seo. Cha toir càil dhen seo air ais i, chan eil e ach a' dùsgadh chuimhneachain."

"Leig dha na srainnsearan bruidhinn," thuirt tèile.

"Tha fios agad nach bu chòir dha na srainnsearan a bhith an seo. Chan eil e idir ceart. Leigeil dhaibh latha air an eilean, mar gum biodh sin a' cuideachadh, cuideigin a' cur a shròin a-staigh dhan a h-uile càil. Nach bi daoine air Tìr-mòr ag iarraidh faighinn a-mach mun àite bho na daoine seo. Agus mus bi fios againn air, bidh sinn air aire dhaoine, agus thig barrachd is barrachd. Mar na seann làithean.”

Thuirt duine neo dhithis ‘mar na seann làithean’ mar mhac-talla.

“Ach nach eil sibh airson bruidhinn rinn? Faighinn a-mach dè thachair?” thuirt Cameron. Bha fios aige gun robh e ann an suidheachadh cugallach, ach ’s e fhathast Poileas a bh’ ann, agus bheireadh iad spèis dhan sin.

Bhruidhinn Mairead a-rithist.

“Inns dhuinn na thachair.”

Thòisich Cameron.

“Lòrg tè a bha a’ tadhal air na h-Eileanan Flannach i. Bha i na laighe ann an cill bheag air an eilean, faisg air mullach nan creagan. Bha a h-amhaich air a gearradh, ach a bharrachd air sin, chan fhaiceadh sinn coltas sam bith eile gun robh sabaid ann neo gun deach a goirteachadh ann an dòigh sam bith eile, bho na dealbhan a chunnaic sinn. ’S e sin an obair aig Kate. Bidh i a’ feuchainn ri tuigsinn na thachair do dhaoine. Ach mun d’ fhuair sinn air ais a-mach chun an eilein, bha an dust air falbh.”

“Bidh i ag obair le na mairbh? Am boireannach a tha còmhla riut?” dh’fhaighnich aon duine nach robh anns a’ chearcall. Cha robh e ga chiallachadh ann an dòigh dhona.

“Bithidh. A’ feuchainn rin cuideachadh gus an fhìrinn a lorg mu na thachair.”

“Agus carson a tha sibh an seo? Ann a’ Hiort?” thuirt Dòmhnall ri Cameron.

“Chaidh sinn dha na h-Eileanan Flannach. An toiseach cha robh fios againn ciamar a fhuair i bàs. A rèir choltais, bha e air tachairt an àiteigin eile agus an uair sin chaidh an corp a thoirt dha na h-Eileanan Flannach. Agus an uair sin lorg sinn mar a fhuair iad suas, bha ròp air fhàgail air a' chreig bhon àite far an robh iad air sreap suas."

"Agus carson a tha thu a' smaoineachadh gur e Hiortaich a rinn seo?" thuirt Mairead.

"Coltas an ròpa. Àirde nan creagan."

"Agus dè bu choltas dhan ròpa?"

"Bha e sean. Chleachd sinne a bhith a' cleachdadh ròpaichean coltach riutha airson Sùlaisgeir, agus bha am fear seo air a chàradh diofar thursan."

"Ach chan urrainn dhut a bhith cinnteach."

"Chan urrainn. Ach bha sinn ceart gur ann à Hiort a bha an nighean. Agus feumaidh sinn tòiseachadh an àiteigin."

"Cha bhi sinne a' fàgail ròpaichean às ar dèidh. Is e ròpa ar beatha. Às aonais ròpa cha tèid duine às dèidh nan eòin. Cha tig duine beò. Chan fhàgadh duine air an eilean seo ròpa."

"A Mhurchaidh," thuirt i. Thàinig fear air adhart agus sheas e sa chearcall. "Is e Murchadh fear nan ròpaichean. Tha ròpaichean aig gach teaghlach, ach tha Murchadh a' toirt sùil air gach ròpa."

"Chan fhaca mi gun robh ròpa a dhìth," thuirt Murchadh.

"Cuin a chaidh thu timcheall nan taighean mu dheireadh?"

"A-bhon-dè."

Thionndaidh i gu Cameron.

"Faodaidh Murchadh cìs a chur air teaghlach sam bith nach eil a' coimhead ceart às dèidh nan ròpaichean aca – ged nach do thachair sin ro thric."

Bhruidhinn Kate. "Cha do leugh mi mun sin anns na leabhraichean mun àite."

"Chan eil fhios aig na leabhraichean sin ach mu bheagan," thuirt Dòmhnall. "Agus chaidh riaghailtean eile a dhèanamh bhon latha sin, airson ar gleidheil agus ar dìon. Aon de na riaghailtean sin, nach fhaod duine tighinn air an eilean."

"A Dhòmhnaill," arsa Mairead. "Tha sinn air còmhradh air seo mu thràth agus thàinig sinn uile gu co-dhùnadh, gum faodadh iad fuireachd air an eilean airson latha. Feumaidh tu a-nis gabhail ri sin, mar a tha a h-uile duine a' gabhail ri rudan air nach eil iad ag aontachadh uaireannan."

"Cha robh mi cinnteach mu dheidhinn leigeil dhaibh fuireachd idir, agus a-nis an dèidh am faicinn ceart, tha mi ag iarraidh gum falbh iad sa bhad. Bheir iad droch bhuaidh oirrn."

Bhruidhinn Mairead. "A Dhòmhnaill, tha mi cinnteach gu bheil d' inntinn treun gu leòr, 's nach cuir srainnsearan cus dragh ort."

"Chan eil mi a' bruidhinn mum dheidhinn-sa. Ach mun òigridh. Chuala mi iad a' còmhradh. A' bruidhinn air mar a dh'fhaodadh an saoghal a-muigh a bhith."

"Agus carson a tha sibh fhathast a' fuireachd an seo?" dh'fhaighnich Kate. "Carson nach leig sibh le duine tighinn? Neo nach eil ceangal sam bith agaibh ri Tìr-mòr?"

Cha tuirt duine càil.

"Tha fios agaibh uile air mo bheachd-sa air a seo," thuirt Dòmhnall.

Sheas aon tè air adhart. Bha i beag, le falt dubh dorch. Bha stoc fhada oirre ann an dath domhainn uaine. Catriona.

"Cha mhòr nach do chaill sinn an t-àite. Dh'fheuch sinn a h-uile sìon a tha sin. Bhiodh daoine a' tadhal. Bhiodh feadhainn againn a' fàgail agus feadhainn uaireannan a' tilleadh, le sgeulachdan mun t-saoghal mhòr. Cha do shaoil mi fhìn gun robh e tarraingeach. Bha fios againn mu na cogaidhean mòra. Chaidh feadhainn a chall anns a' chiad fhear. Ach ann an seo, tha an t-eilean a' coimhead às ar dèidh. Tha biadh ann. Tha glasraich a' fàs gu math an seo. Tha a h-uile sìon ann a dh'iarradh duine, mar a rinn an Cruthaidhear e, agus bho sguir sinn a smaoineachadh air falbh, tha an Cruthaidhear air a bhith bàigheil rinn. Tha iasg agus eòin rim faighinn ann am pailteas, an t-eòrna a' fàs. Chan fhalbh duine leinn às ar leapannan, chan fheum sinn a bhith ag obair a' cruinneachadh itean dha duine eile, a' pàigheadh cìs dha uachdaran nach fhaic sinn agus aig nach eil for oirnn. A leig dhuinn bàsachadh roimhe dà thuras. Tha e fìor, bha e duilich anns na làithean sin, agus bha an Cruthaidhear a' falbh leis a' chloinn againn agus cha thuigeadh duine carson. Ach a-nis tha fios againn, agus tha sinn a' tuigsinn nas fheàrr; chan eil sinn a' call uiread a naoidhein. Agus gach turas a dheidheadh sinn air ais gu na seann dòighean, 's ann a b' fheàrr a bhiodh sin ag obrachadh dhuinn.

"Agus ged a tha gu leòr deasbaid ann, agus is e rud math tha sin, faodaidh mi ràdh gu bheil sinn dòigheil le ar cuibhreann air an t-saoghal seo. Chan eil againn, mar a thuirt mi, ri sabaid dha duine eile, obair dha duine eile ach dhuinn fhìn. Chan eil airgead a' ciallachadh càil an seo, agus tha daoine a' coimhead às dèidh a chèile bhon latha a bheirear sinn gu latha ar bàis. Chan eil duine le acras air an eilean, chan eil duine gun àite far an laigh iad airson cadal. Ma tha duine tinn, bidh sinn a' dèanamh leighisean dhaibh. Tha an t-eilean gar dìon. Agus tha sinne a' dìon an eilein. Chan eil thusa 's dòcha ga choimhead, ach 's e rud prìseil a th' ann. Sonas."

"Chì mi sin," thuirt Kate. "Tha sinn a' tuigs'."

"Carson ma tha, a tha sibh an seo?" dh'fhaighnich i.

"Uill, airson am murtair a ghlacadh, tha fhios."

Chaidh monmhar tron chruinneachadh gu lèir.

"Ach cha lorg sibh a leithid a rud an seo," thuirt Calum.

"Tha thu a' smaoineachadh gur ann à àite eile a thàinig am murtair?"

"Tha sinn cinnteach às," thuirt Murchadh.

"Agus a bheil sibh airson gun glac mi ge bith cò rinn seo?"

Thuirt diofar dhaoine, "Tha."

"Feumaidh sibh leigeil dhomh an obair agam a dhèanamh ma tha."

"Agus dè an obair a tha sin?" arsa Dòmhnall.

Thionndaidh Cameron ris.

"Tha fios a'm nach eil sibh gam iarraidh an seo. Ach tha mi a' feuchainn ri ur cuideachadh. 'S ann à eilean a tha mi fhìn cuideachd, à baile ann an Eilean Leòdhais. Bidh sinne fhathast a' sealg nan eòin. Rinn mi fhèin sin nuair a bha mi òg."

"Dè na h-eòin?" arsa cuideigin sa chearcall.

"Gugannan. Chleachd feadhainn a bhith ag ithe sgairbh. Ach bidh sinn fhathast a' dol airson nan gugannan anns an sgìre agam, Nis."

"Tha fios againn mu Nis," thuirt Calum. "Agus bha iad cuideachd ga dhèanamh anns na h-Eileanan Fàrach. A bheil fhathast?"

"Tha mi a' smaoineachadh gu bheil."

"A bheil ar còmhradh deiseil an seo?" thuirt Dòmhnall.

"Cò tha a' coimhead às dèidh a' bhàta agaibh?"

"Tha mise," thuirt Murchadh.

"Bheil fios agaibh a h-uile turas a tha am bàta a' dol a-mach?"

"Tha."

"A h-uile turas?" dh'fhaighnich Cameron.

"Ciamar nach bitheadh?"

"Inns dhomh mu deidhinn," thuirt Cameron.

"Tha thu eòlach air bàtaichean, a bheil?"

"Eòlach gu leòr."

"Tha i *gaff rigged*."

"Feumaidh tu na h-uimhir a chriutha air bòrd ma tha," thuirt Cameron.

"Dìreach."

"Dè cho fad 's a bhios sibh a' seòladh leatha?"

"Dè tha thu a' ciallachadh?"

"Am bi sibh a' dol gu Tìr-mòr? Na h-eileanan?"

"Cha bhi. Chan eil innte ach bàta meadhanach beag. Dh'fheumadh miann mòr a bhith ort mus dèanadh tu sin."

"'S mathaid gun robh miann mòr air cuideigin."

Sheall Murchadh air.

"Bhiodh fios agam nam biodh am bàta a' falbh, le daoine air bòrd. Nach eil sibh a' smaoineachadh gum mothaicheadh daoine dhan sin san àite seo?"

"Shaoileadh tu. Bheil fios aig duine carson a ruith an nighean air falbh?"

"Chan eil," thuirt Dòmhnall.

"An robh i còmhla ri duine?" thuirt Kate.

"Chan eil fios againn carson a dh'fhàg i. Sin an fhìrinn."

"A bheil sin fìor?" Thog Cameron a ghuth agus bhruidhinn e ris a h-uile duine a bha an làthair. "Nach eil fios aig duine idir an seo carson a dh'fhàg i? Nach do bhruidhinn i ri caraidean idir?"

"Is mise caraid do Raonailt." Thàinig nighean air adhart. Àrd, sgian na crios, falt fada bàn. "Is mise Anna."

"Faodaidh sinn bruidhinn riut nad aonar às dèidh seo," thuirt Cameron.

"Chan fhaod," arsa Dòmhnall.

"Dè thuirt sibh?"

"Chan fhaod sibh bruidhinn rithe na h-aonar."

"Ma thogras mi, faodaidh mi," thuirt Anna. "Ma chuidicheas e faighinn a-mach na thachair do Raonailt." Chitheadh Cameron gun robh e duilich dhi, gun robh i faisg air an nighinn a bhàsaich.

"A bheil ceangal agaibh ri Tìr-mòr?"

Cha tuirt duine sìon gus mu dheireadh thall an do bhruidhinn Mairead.

"Chan eil ceangal ann. Nach eil fios agaibh air a sin idir?"

"'S e sin a tha daoine ag ràdh. Ach ciamar a tha sibh a' faighinn chungaidhean-leighis agus a leithid? Dè ma tha duine tinn?"

"Tha sinn ann an làmhan Dhè," thuirt aon fhear anns a' chearcall, fear nach robh air bruidhinn gu ruige seo.

"Cò th' agam an seo?" thuirt Cameron.

"Aonghas. 'S e èildear a th' unnam."

"Èildear. Dè an eaglais?"

"An Eaglais Shaor. Chan eil ministear againn an seo. Feumaidh na h-èildearan coimhead às dèidh anaman nan daoine."

"Chan eil sibh airson ceangal sam bith, fiù 's nam biodh e a' ciallachadh beatha nas fhaide. Faochadh bho thinneas? Dè mu fhiaclan?"

"Dè mun deidhinn?"

"Nach bi an dèideadh oirbh?"

"Chan eil siùcar againn air an eilean."

"Nach tuirt mi ribh," arsa Dòmhnall ris na h-eileanaich eile. "Ceist an dèidh ceist. Agus mus bi fios againn air, bidh na srainnsearan ag iarraidh tighinn an seo a-rithist agus cha bhi sìon ann a chuireas stad orra."

"Ach tha teatha agaibh. Ciamar a tha sin?" dh'fhaighnich Cameron.

"Bidh na h-iasgairean uaireannan a' fàgail rudan againn. Cha bhi iad a' tighinn air tìr. Ach bidh iad a' fàgail rudan dhuinn ma tha e ciùin."

"Carson a tha 'd a' dèanamh sin?" dh'fhaighnich Kate.

"Chionn tha 'd diadhaidh. Neo tha iad airson taing a thoirt airson an èisg a tha iad a' glacadh. Carthannas. Tha iomadach adhbhar ann. Chan eil a h-uile duine air an t-saoghal amharasach mun a' chòrr dhen chinne-daonna."

"Tha sibh ag ràdh sin, ach chan eil sibh ag iarraidh ceangal sam bith riutha," thuirt Cameron.

"Chan eil sin fìor," thuirt Aonghas. "Nach eil saoghal againn dhuinn fhìn, agus e mar a chruthaich Dia fhèin e. Chan e sinne a ghluais air falbh bhon t-saoghal, 's e an saoghal a ghluais air adhart, anns an dòigh cheàrr. Mus do chuir sinn stad air daoine tighinn an seo, bha am peacadh air gach làimh. Airgead. Miann falbh agus miann feise."

Cha tuirt Cameron càil, ach bha e an dùil nach falbhadh sin gu bràth fhad 's a bhiodh mac màthar air fhàgail air aghaidh an t-saoghail.

"Tha sinn brònach, cho brònach, mu na thachair dhan bhoireannach òg," thuirt Aonghas. "Ach tha sibh air ainmeachadh bàta nach do sheòl agus ròpa nach deach a chleachdadh. Tha sinn sìtheil an seo. Ach tha cuimhne againn air na thachair anns na seann làithean, agus feumaidh mi a ràdh a-rithist, gum feum sibh an t-àite seo fhàgail agus dìochuimhneachadh mu dheidhinn."

"Tha fhathast latha agam ge-tà?"

"Tha fhathast latha agaibh tha mi a' smaoineachadh, mun till am bàta. Faodaidh sinn an t-eathar beag a thogail on ghrunnd agus thèid sibh air ais thuice anns an dòigh san tàinig sibh," thuirt Mairead.

"Bidh mi ag iarraidh bruidhinn ri duine neo dithis fhad 's a tha mi an seo."

"Tha sibh dì-bheathte sin a dhèanamh."

Cha tuirt duine càil, ach thòisich daoine a' sgapadh. Bha iad a' faireachdainn modhail gu leòr, ach chitheadh Cameron nach robh cus cumhachd aige san t-suidheachadh idir.

Cha robh e cinnteach am faigheadh e air bruidhinn ri duine, leis mar a bha iad a' sgapadh. Agus 's mathaid gun robh iad ceart, agus nam biodh duine a' dol a dhèanamh a leithid a rud, falbh le bàta agus a bhith an sàs ann am murt, gum biodh fios aig cuideigin eile air an eilean mu dheidhinn.

Ach fhathast. Ach fhathast.

Thàinig Dòmhnall agus Mairead suas thuca.

"Tha mi ag iarraidh bruidhinn ri pàrantan na h-ighinn a bhàsaich."

"Bhiodh sin duilich."

"Pàrant sam bith a dh'aithnicheas mi, dhèanadh iad rud sam bith faighinn a-mach na thachair, ann a leithid seo a shuidheachadh," thuirt Cameron.

"Tha thusa beò ann an saoghal eile. Tha am bàs daonnan faisg oirnn an seo, agus tha sinn ag aithneachadh sin."

Bhruidhinn Mairead.

"A bheil biadh gu leòr agaibh?"

"Tha, tapadh leibh," thuirt Kate. "Tapadh leibh airson coimhead às ar dèidh agus airson ar leigeil air an eilean."

"Tha rudeigin a' dol air adhart an seo," thuirt Cameron.

Sheall an dithis air.

"Tha fios aig cuideigin air rudeigin. Agus gheibh mi a-mach e. Agus ma tha sibh glic, cuidichidh sibh mi. Tha sibh ag ràdh gur e Crìosdaidhean a th' unnaibh. Tha thìd' agaibh sin a shealltainn."

"Cameron . . ." Bha Kate a' feuchainn ri stad a chur air.

"Ma tha fios agaibh air càil, innsibh dhomh. Innsibh dhomh an-diugh."

"Trobhad. Thugainn chun na tràghad." Ghabh Kate grèim làidir air agus ghluais iad air falbh.

"Cha robh siud glic," thuirt i.

"Tha mise a' smaoineachadh gun robh."

"Agus carson a tha thu a' smaoineachadh sin?"

"Feumaidh fios a bhith aca dè an seòrsa dhaoine a tha 'd a' dèiligeadh ris."

"Agus dè an seòrsa dhaoine tha sin?"

"Daoine nach sguir gus an lorg iad an fhìrinn."

20

Bha an t-sràid a-nis cha mhòr falamh. Am faiceadh iad na daoine seo a-rithist? Am faigheadh iad air bruidhinn ri duine? Bha e mar gun robh na h-eileanaich uile eòlach air inntinn a chèile, air na chanadh càch mun canadh iad e. Agus cuideachd, cuin a dh'fheumadh iad fuireachd sàmhach.

"Cha robh mise a-riamh an sàs ann an obair mar seo," thuirt Cameron. "San àbhaist chan eil ach uimhir a dhaoine ann. An seo tha . . . dè chanadh tu an àireamh dhaoine a bh' ann?"

"Timcheall air ceud?" fhreagair Kate.

"Sin a bha mise a' smaoineachadh cuideachd."

"Dh'fheuch mi rin cunntadh, ach bha e duilich m' aire a chumail air a' chòmhradh cuideachd."

"Faisg air ceud *suspect*. An ainm an Àigh."

Choisich iad sìos chun na tràghad. Bha an tràigh bàn agus bàigheil ann am blàths an latha. Gu math diofraichte bhon oidhche a theab iad bàsachadh.

"A bheil thu a' smaoineachadh gu bheil iad ag innse na fìrinn?" dh'fhaighnich Cameron.

"Tha e duilich a chreids' nach robh fios aig duine air càil."

"Sin an t-adhbhar a tha mi airson bruidhinn riutha duine mu seach. Chan fhaigh thu an fhìrinn à duine le ceud duine eile a' coimhead ort."

"Ach fhathast," thuirt Kate. "Fhathast, chan eil coltas orra gu bheil iad ag innse bhreugan. Agus chan eil fhios a'm a bheil e nan nàdar sin a dhèanamh."

"Dè, air sgàth 's gu bheil iad diadhaidh?"

"Air sgàth 's mar a tha iad beò. Nam biodh duine ag innse bhreugan, bhiodh fios aig a h-uile duine air ann am beagan ùine. Agus ciamar a chuidicheadh sin an duine ann an àite far a bheil daoine an crochadh air a chèile? Agus a bharrachd air sin, tha e mar mhagaid, agus mura bheil thu air a bhith ag innse bhreugan fad do bheatha, tha e duilich tòiseachadh agus a dhèanamh ann an dòigh meadhanach comasach."

"Dè tha thu a' faireachdainn, ge-tà?" dh'fhaighnich Cameron.

"Chan eil iad uabhasach fosgailte. 'S mathaid gur e magaid a tha sin. Tha 'd beò ann an coimhearsnachd bheag, far am biodh a bhith air do ghearradh dheth bhon choimhearsnachd sin a' ciallachadh bàs."

"Neo a dhol gu Tìr-mòr."

"Seadh, ach chan eil cus chothroman ann sin a dhèanamh."

"An robh thu a' creids' na thuirt iad mu na h-iasgairean? Gu bheil iad a' fàgail stuthan aca an-asgaidh?" dh'fhaighnich Cameron.

"Tha."

"Ach, can nam biodh a h-uile duine a' gabhail cupan teatha gach latha. Sin ceud pocan-teatha. Sin timcheall air deich unnsaichean."

"Sin . . ."

"Timcheall air, chan eil fhios a'm. Trì cheud gram. Agus an uair sin . . . ann am bliadhna . . . Uiread 300, can. Dè tha sin? 9000?"

"90,000 gram."

"Agus . . . tha mi ga mo chur tuathal. Dè tha sin ann an cileagraman?"

"Shìorraidh, dè dh'ionnsaich sibh ann an *cadet school*. 90 cg."

"90 cg de theatha. Agus 's mathaid gu bheil feadhainn dhiubh dèidheil air barrachd na cupan teatha san latha."

"Neo cupan nas làidire."

"Tha thu a' tarraing asam."

"Rud beag," thuirt Kate.

"Seadh, uill, tha tòrr ann an 90 cg de theatha airson bàt'-iasgaich a tha a' dol seachad."

"'S mathaid gu bheil iad ga thoirt a-mach a dh'aon gnothaich."

"'S mathaid."

"Dè tha pacaid teatha a' cosg?" dh'fhaighnich Cameron.

"Chan eil fhios a'm. Dà not?"

"Sin . . . uill, chan eil mi a' dol a bhodraigeadh. Ach 's e tòrr airgid a tha sin. Tha mi a' smaoineachadh gu bheil barrachd ceangail eadar Hiort agus Tìr-mòr na tha daoine a' leigeil orra," thuirt Cameron.

"Ciamar a b' urrainn sin a bhith?"

"Chan eil fhios a'm. Teaghlach a dh'fhàg an t-àite ro na tritheadan agus a tha a' cuideachadh."

"Ach a bheil iad a' faighinn pàigheadh? Tha teatha a' cosg gu leòr. Agus chan eil càil aca an seo leis am pàigh iad."

Choimhead Cameron ris na suailichean.

"Cùm sùil a-mach airson rudan eile. Bheil iad a' cleachdadh snàth airson an cuid aodaich, bheil na ròpaichean aosta, bheil cungaidhean-leighis aca."

Ghnog i a ceann. "Cò ris a tha thu ag iarraidh bruidhinn an toiseach?"

"Chan eil fhios a'm. An teaghlach 's mathaid."

"Dè mu dheidhinn a bana-charaid?"

"Ise cuideachd. Bhiodh adhbhar aice ar cuideachadh."

"Agus dè cho fad 's a th' againn gus an tig an *Cuma* air ais? Ma dh'fhàgas i a-nochd, bidh i againn tràth madainn a-màireach."

"Mu dheidhinn sin . . ." thuirt Cameron.

Thionndaidh Kate thuige. Choimhead i air gu dlùth.

"Dè rinn thu?"

"'S mathaid gun robh mi rudeigin fuasgailte leis a' cheann-latha."

"Cameron. Cha chòrd sin ri na Hiortaich. Idir."

"Mus faigh iad a-mach, bidh dà latha air a dhol seachad."

"Bha feadhainn dhiubh a' coimhead gu math cunnartach. Cuimhnich air a sin. Chuala tusa na sgeulachdan cho math 's a chuala mise."

"Mu dheidhinn sin . . ."

"Dè?" thuirt Kate, agus i a' fàs sgìth de Chameron. Bhiodh uaireannan am faireachdainn sin a' tighinn thairis oirre, nàdar de sgìths agus an smuain na ceann – "Dè rinn e a-nis?"

"Uill, smaoinich air na sgeulachdan. An tè, mar eisimpleir, nuair a thàinig bàta gu tìr agus a mharbh na h-eileanaich iad."

"Seadh."

"Bha an sgeulachd sin ann an Dail Beag ann an Leòdhas cuideachd."

"Seadh."

"Dà rud. Ma mharbh iad a h-uile duine, ciamar a chuala duine mun sgeulachd? Nuair a bha bàta a' tadhal a' mhìos às dèidh sin, an tuirt iad, 'Dè do chor?' no 'Seadh, *ceart gu leòr*, mharbh mi duine neo dithis an t-seachdain ud, ach a bharrachd air sin tha cùisean air a bhith *car sàmhach*."

"An rud a tha thu a' feuchainn ri innse dhomh anns an dòigh fhada seo, 's e nach eil thu gan creids'."

"Bha feagal orm mun tàinig mi an seo. Ach tha mi air coinneachadh ri daoine as urrainn cuideigin a mharbhadh anns an dòigh fhuar ud. Chan eil mi cho cinnteach gu bheil iad cho comasach air 's a tha daoine a' dèanamh a-mach."

Thòisich stamag Cameron a' rùcail.

"Dhèanainn a' chùis le barrachd air brochan le fulmair air a bhruich ann."

"Ach seall an cuideam a tha thu air a chall. Siuthad ma tha, nach tòisich sinn."

A' coimhead suas ris a' bhaile, chitheadh iad gun robh cuideigin le sùil orra.

"Chan eil fhios a bheil duine a' dol gar cuideachadh a' lorg dhaoine.'

"Cho fad 's gum faigh sinn a' chiad duine. Càit an lorg sinn an nighean seo ma tha? Dè bh' oirre, Anna?"

"Tha sgoil bheag ann, nach tèid sinn an sin?"

Choisich iad suas gu meadhan a' bhaile tron fheur thiugh, ghorm.

21

Faisg air an eaglais bha togalach beag agus chluinneadh iad guthan na cloinne dreiseag mun do ràinig iad an doras.

Bha an doras fosgailte agus sheas an dithis aca an sin greis, ag èisteachd agus a' coimhead na cloinne a' leughadh na bha an tidsear a' sgrìobhadh air a' bhòrd – mas e tidsear a bh' innte. 'S e nighean òg a bh' innte agus cha robh coltas oirre gur e seo an obair a b' fheàrr leatha air an t-saoghal.

Ghluais an doras agus sguir an nighean a bhruidhinn. Thionndaidh an clas thuca, a' coimhead air na srainnsearan.

"An cuidich mi sibh?" thuirt an tidsear.

"Is mise Kate."

"Tha fios agam."

"Is mise Cameron."

"Is mise Mairi NicCuithein. A bheil sibh anns an àite cheàrr?"

"Tha sinn a' coimhead airson Anna."

"An tuirt Calum neo duine gun robh sin ceart gu leòr?"

"Thuirt," fhreagair Cameron.

Choimhead an nighean orra airson dreis.

"Thallaibh a-mach a chluich, a chlann. Na teirigibh fada."

Dh'fhàg a' chlann mar chlas sam bith ann an àite sam bith eile air an t-saoghal, a-mach an doras ann an diog gun sùil air ais.

"A bheil sibh ag iarraidh deoch uisge neo sìon?"

"Bhiodh sin glè mhath," thuirt Kate.

Thionndaidh i agus lìon i dà chupa chrèadha a-mach à siuga.

"Dè an aois a tha thu?" dh'fhaighnich Kate.

"Tha mi trì-deug," thuirt Mairi.

"Agus an e tidsear a th' unnad?"

"Chan e. Bidh a h-uile duine a' cuideachadh, uill, na daoine òga mar as trice. Tha cus obair aig na h-inbhich ri dhèanamh."

"Dè na leabhraichean a bhios sibh a' leughadh?"

"Chan eil mòran leabhraichean againn."

"Am feum iad ionnsachadh sgrìobhadh agus leughadh?" dh'fhaighnich Cameron.

"Feumaidh – a h-uile duine."

"Carson?"

"Tha mi fhìn a' smaoineachadh gu bheil e feumail co-dhiù. Agus feumaidh sinn e airson am Bìoball a leughadh. Ach 's e na Greugaich as toigh leamsa."

"Na Greugaich?"

"Homer. Agus a leithid."

"Bidh thu a' leughadh ann an . . ."

"Laideann."

"Ciamar a dh'ionnsaich thu sin?"

"Bhon tidsear agam. 'S e Friseal an sloinneadh a bh' oirre. Bha a seanmhair air an eilean aig àm an Sgaraidh. Bhàsaich i bho chionn beagan bhliadhnaichean."

"An Sgaradh sin . . ."

"Nuair a chuir sinn ar cùl ris an t-saoghal airson sinn fhìn a shàbhaladh. Agus feumaidh sinn sgrìobhadh airson ar n-eachdraidh a ghleidheil."

"Bheil na leabhraichean sin an seo?"

Rinn i gàire beag. "Chan eil. Chan eil, tha 'd sin ro phrìseil. Tha 'd air falachd. Gun fhios nach tig srainnsearan aon latha. Chan eil fios ach aig dusan duine far a bheil iad gan cumail."

"Bha dùil agam gur ann tro bheul-aithris a bha sibh a' cumail a h-uile sìon beò?"

"Tha sin ann cuideachd, ach bidh daoine a' bàsachadh. Tha na h-oidean ann, ceart gu leòr, agus tha tòrr air beul an t-sluaigh."

"Dè an seòrsa beul-aithris?" dh'fhaighnich Kate.

Sheall Mairi oirre mar nach e ceist uabhasach ghlic a bh' aice.

"Dìreach . . . mar a shaoileadh tu . . . òrain, sgeulachdan, eachdraidh . . . rudan mar sin."

"Dè an seòrsa rudan?"

Rinn Cameron fuaim beag. "Kate, chan eil cus tìde againn." Stad e nuair a chunnaic e an drèin a bh' air a h-aghaidh.

"Dè an seòrsa rud as toigh leat fhèin?"

"Na h-òrain. Bidh mi a' seinn."

"Bu toigh leam do chluinntinn."

"Chan urrainn dhomh. Tha sinn a' caoidh ar call."

"Tha mi a' tuigsinn."

Choisich Kate timcheall an t-seòmair, a' coimhead ri rudan a bha air na ballachan. Cha robh cus.

"Tha pàipear agaibh?"

"Dìreach beagan. Bidh sinn a' cleachdadh vellum airson càil cudromach."

"Cò às a tha am pàipear a' tighinn?" dh'fhaighnich Cameron.

"Chan eil fios agam. Dh'fhaodadh gu bheil e aost'. Tha e gus teireachdainn a-nis. 'S mathaid nuair a thilleas tu dhachaigh gun cuir thu rud thugainn?"

"Bhithinn deònach sin a dhèanamh. Ach chan eil fhios a'm ciamar."

"Dh'fhaodadh tu dòigh fhaighinn, tha fhios."

Ghabh i fhèin balgam beag bhon chupan a bh' aice.

"Inns dhomh mu dheidhinn an t-saoghail," thuirt i.

"Bheireadh e ro fhada innse dhut mar a tha an saoghal air atharrachadh anns an linn mu dheireadh."

"Chòrdadh e rium faighinn a-mach. Ionnsachadh barrachd," thuirt i.

"A bheil daoine eile air an eilean a' smaoineachadh an aon rud?"

Stad i agus thionndaidh i air falbh, a' coimhead a-mach an uinneag.

"Cha bu chòir dhut a bhith a' bruidhinn mu dheidhinn . . . mu dheidhinn nan laigsean agamsa. Chan eil. Tha a' mhòr-chuid cinnteach gun do rinn sinn an rud ceart. Agus am beagan a chuala sinn mun t-saoghal a-muigh, 's ann a dhaingnich e nar beachd sinn."

Chunnaic iad gun robh i air dùnadh rud beag, an còmhradh a bha a' fuasgladh a-nis a' falbh bhuapa.

"A bheil leannan agad?" dh'fhaighnich Mairi dha Kate.

"Chan eil."

"Chan e seo an duine agad?"

Rinn Cameron fiamh-ghàire a stad gu math luath nuair a thionndaidh Kate thuige.

"Cha tuirt mi càil," thuirt e.

"Ciamar a tha an dithis agaibh an seo còmhla? Dh'fheumadh sibh a bhith gu math faisg airson sin a dhèanamh."

"'S e obair a th' ann," thuirt Kate.

"Tha tòrr bhalaich air Tìr-mòr," thuirt Mairi.

"Tha, cus," fhreagair Kate. "Feadhainn dhiubh a tha a' fuireachd nam balaich bheaga fad am beatha.

"Chan eil an t-uabhas bhalaich òga an seo."

"A bheil leannan agad fhèin?" dh'fhaighnich Kate.

"Chan eil."

"A bheil sùil agad air duine."

"Chan eil. Ach tha fhios gum feum mi. Aon latha. Feumaidh sinn clann ma tha sinn gu bhith beò. Co-dhiù, tha thìd' agam na meabanan beaga a thoirt a-staigh a-rithist."

Sheas i agus shuath i an dreasa a bh' oirre, cotan aotrom le dìtheanan beaga dearg air.

"Chan eil mi airson gum bi am beachd ceàrr agaibh oirnn. Bidh sinn an-còmhnaidh a' leughadh an Leabhair agus a' gabhail ris na tha ann. Ach tha cuideachd àite ann dhuinn gu bhith ri sùgradh, seinn agus toileachas."

Bha Kate eudach le cho brèagha 's a bha i.

"Cha robh mi 'n dùil seo a lorg. Leabhraichean agus Homer agus a h-uile seòrsa rud."

"Dè bha thu a' smaoineachadh a lorgadh tu?"

"Chan eil fhios a'm, a dh'innse na fìrinn. Tha uiread a sgeulachdan ann mu dheidhinn an àite; chan eil fhios a'm."

"Tha sinn ag iarraidh nan aon rudan 's a tha daoine eile, tha fhios."

Bha fuaim a-nis anns an rùm 's a' chlann a' tighinn a-staigh, agus bha aice ri tionndadh air falbh airson beagan rian a chumail orra.

"Càit an lorgadh sinn Anna?"

"Bidh i aig lòn nan giomach."

"Dè tha sin?" dh'fhaighnich Cameron.

"Air làithean math bidh sinn a' dol a-mach a chur chlèibh airson giomaich a ghlacadh, agus ma tha cus ann, bidh sinn gan cur dhan lòn a thog sinn ri taobh na mara, airson an cumail beò."

"Càit a bheil e?"

"Cumaibh oirbh seachad air a' chidhe agus fuirichibh faisg air a' chladach agus chì sibh e. Chan eil e mòr."

Sheas iad. Dìreach mun do dh'fhàg i, chaidh Kate faisg oirre.

"Am biodh tu gu bràth ag iarraidh fàgail?" thuirt Kate rithe.

Cha do ghluais i airson dreiseag, ach an uair sin ghluais i a ceann, ann an dòigh cho beag, 's nach mothaicheadh tu mura biodh tu a' coimhead air a shon.

Bha a' ghrian làidir an dèidh dhaibh a bhith a-staigh. Bha an còmhradh a bha aice ri Mairi air buaidh mhòr a thoirt oirre. Nighean òg le iomadh tàlant, agus gun fuasgladh aice air a shon.

Sheall Cameron oirre.

"Chan urrainn dhuinn a bhith a' gabhail brath air beatha nan daoine seo," thuirt Cameron. "Chan eil i a' faighneachd ach ceistean a bhiodh duine sam bith airson faighneachd mum beatha. Dè tha mi a' dèanamh leatha? Dè tha a' còrdadh rium? Càit am bu chòir dhomh mo bheatha a chur seachad?"

"Ach 's e sin e, dìreach. Chan eil an roghainn sin aice."

"Ach tha, ach dìreach air an eilean. Agus chan eil sinne eòlach gu leòr air an àite. Nuair nach eil i a' bruidhinn ri dà shrainnsear, 's mathaid, air a' cheann thall, gur e sin a thaghadh i. Ach mhothaich mi aon rud," thuirt Cameron.

"Dè bha sin?"

"Na daoine a tha sinn air coinneachadh, tha 'd air a bhith dòigheil, chanainn. A bharrachd air an nighinn bhig ud leis an sgian mhòr, a' chiad latha."

"Chunnaic mi i a' gàireachdainn às dèidh na Pàrlamaid cuideachd."

"Thugainn, nach tèid sinn sìos gu lòn nan giomach."

Bha leathad beag uaine eadar na taighean, agus 's e sin a ghabh iad. Dh'fhàs e glè chumhang. Aig ceann a' bhalla sin chunnaic iad balach beag gam feitheamh. Bha e a' coimhead mun cuairt air agus bha e soilleir nach bu chòir dha a bhith ann.

Ruith e suas thuca ann an àite far an robh iad cha mhòr air an cuairteachadh le clachan, agus thug e pìos beag pàipeir dhaibh. Ruith e air falbh an taobh eile, cho luath 's nach fhaigheadh Cameron air càil a ràdh.

"Dè th' ann?"

"Pìos pàipeir." Dh'fhosgail e e agus leugh e am beagan sgrìobhaidh a bh' air.

"Dè tha e ag ràdh?" dh'fhaighnich Kate.

Sheall e am pìos pàipeir dhi.

"Cuidich Sinn."

22

Cha tug iad ach beagan mhionaidean a' faighinn chun an lòin. 'S e balla fada a bh' ann leis a' mhuir air aon taobh agus lòn air an taobh eile. Bha feamainn air gach taobh. Mar sin bha a' mhuir a' faighinn a-staigh dòigh air choreigin agus a' glanadh an lòin.

Bha Anna na seasamh anns a' bhùrn, a' càradh pìos clachair-eachd a bha gus tuiteam. Bha bòtannan oirre agus seann oillsgin.

A' coimhead sìos dhan lòn, chitheadh Cameron agus Kate gun robh beathaichean a' gluasad ann, giomaich agus crùbagan. Bha tòrr dhiubh ann.

"Halò, Anna," thuirt Cameron.

"Bha mi gur feitheamh. Chan eil fhios a'm am faod mi bruidhinn ribh nam aonar."

"Carson?"

"Dìreach . . . feumaidh duine a bhith faiceallach. Mura bheil duine eile ann, dh'fhaodadh sibh a ràdh gun tuirt mi rud nach tuirt."

"An do thachair sin dhut roimhe?"

Cha tuirt i càil.

"Faodaidh tu bruidhinn rium. Tha mi a' falbh a-màireach. Chan fhaic thu a-rithist mi. Agus chan inns mi dha duine," thuirt Kate.

"Chan eil sin fìor," thuirt Anna.

"Ciamar?"

"'S e Poileas a th' unnad. Feumaidh tu innse na chluinneas thu."

"Sin a thaobh obair. Chan ann a thaobh rudan pearsanta. Agus chan e Poileas a th' unnam. 'S e nàdar de dhoctair a th' unnam," fhreagair Kate.

"Dè an seòrsa Doctair?"

"Bidh mi a' cuideachadh gus dèanamh a-mach na thachair do chuideigin a bhàsaich. 'S mathaid gur e bàs nàdarra a bh' ann, ach 's mathaid gun robh iad air an goirteachadh neo am murt, agus bidh mi a' feuchainn ri dèanamh a-mach na thachair."

Thòisich an nighean a' rànail air a socair. Dh'fheuch i ri na deòir fhalachd an toiseach ach cha b' urrainn dhi.

"Tha mi duilich. Laigse a th' ann."

"Dè tha lag mu dheidhinn?"

"A bhith a' rànail. Cha dèan math dhuinn a bhith a' rànail."

"Chan eil sin fìor. Feumaidh a h-uile duine faochadh fhaighinn a thaobh nam faireachdainnean aca."

Shuath i na deòir air falbh agus choimhead i riutha.

"An cuidich thu sinn?" dh'fhaighnich Cameron.

"Mas urrainn dhomh."

"Inns dhomh mu Raonailt."

"Bha i an aois agamsa. Bha i . . . làn spòrs."

"An robh leannan aice?"

"Cha robh . . . uaireannan air an eilean . . . chan eil cus roghainn agad."

"A thaobh . . ."

"A thaobh cò phòsas tu."

"Seadh. Agus am feum thu pòsadh?" dh'fhaighnich Kate.

"Chan fheum ach . . . feumaidh sinn na h-àireamhan a chumail suas, nach fheum? De dhaoine. Sin a theab bàs a thoirt dhan eilean."

"Agus tha sibh cho ceangailte sin ris an eilean?"

"Nach eil fhios gu bheil," thuirt Anna. "Nach e an t-eilean a tha a' toirt beatha dhuinn."

"An robh adhbhar ann gun robh i airson an t-eilean fhàgail? An robh i mì-thoilichte?"

"Chan eil fhios a'm."

"Cha tuirt i càil?"

"Cha tubhairt."

"Agus an robh i diofraichte anns na seachdainean mun do dh'fhalbh i?" dh'fhaighnich Cameron.

"Rud beag. Bha i. Bha i a' leughadh a' Bhìobaill barrachd. Anns an eaglais barrachd."

"Carson?"

"Chan eil fhios a'm."

Chitheadh tu nach robh iad airson bruidhinn, na h-eileanaich, ged a bha iad a' sealltainn rudan an-dràsta 's a-rithist mu na faireachdainnean aca. Ged a bha Cameron is na Hiortaich a' cleachdadh an aon chànan, bha e a' faireachdainn coimheach.

"An neach a rinn seo, a bheil thu airson gun dèan e neo i a-rithist e?" dh'fhaighnich Kate gun bhlàths sam bith anns a' ghuth aice. Bha i a' fàs sgìth dheth. Cha robh i cleachdte ri mar a bha Cameron ri còmhraidhean fada, fada.

"Ciamar a bhios sibh a' faighinn rudan leithid teatha agus siùcar?" dh'fhaighnich Cameron.

"Bidh bàtaichean a' stad aig amannan."

"Ciamar a tha fios aca gum faod iad stad?"

"Chan eil fhios a'm."

"Bheil soidhne ann bho thìr? Robh duine air tìr ach na Hiortaich? Smaoinich. Rud sam bith a chuidicheas do bhana-charaid."

Cha robh càil a' chòrr aice ri ràdh mu dheidhinn agus sguir Cameron ga ceasnachadh. Sheall e air an uisge agus air a' chlachaireachd ghrinn.

"Cuin a thog sibh an lòn seo?"

"'S mathaid, chan eil fhios a'm, o chionn deich bliadhna. Fichead."

"Gu math feumail. Am bi sibh ag ith' mòran ghiomach?"

"Cha toigh leams' e."

"Cha bhi thu a' dol a shealg nan eòin ma tha? Cha do chleachd boireannaich co-dhiù."

"Bithidh."

Cha robh i a' faireachdainn dòigheil idir.

"An tuirt mi càil ceàrr?"

"'S urrainn dhòmhs' dèanamh rud sam bith a nì duine eile. Fireannach neo boireannach."

"Agus am bi sibh fhathast a' seasamh air Clach na Maighdinn?" dh'fhaighnich Kate.

"Ach . . ." thuirt i. "Feumaidh tu ionnsachadh dè tha thu a' dèanamh air na creagan bho tha thu òg, Clach na Maighdinn ann neo às. Bhiodh an seòrsa rud sin a' còrdadh ris na Bhictòrianaich."

"Nach eil e fìor?"

"Tha e fìor. Ach cha dèanainn-s' e."

"Carson?"

"Dè nan tuiteadh tu?" thuirt i.

"Tha rudeigin agad an sin."

Dh'fheuch Cameron ceist eile.

"Cò tha os cionn na coimhearsnachd, an canadh tu?"

"Chan eil duine," thuirt i. "Tha sinn a' dèanamh cho-dhùnaidhean còmhla. Tha sinn a' coinneachadh sa Phàrlamaid."

"Agus ma tha cuideigin a' dèanamh rudeigin ceàrr? Bheil laghan agaibh?"

"Laghan a' Bhìobaill."

"Seadh, agus cò bhios a' dèanamh co-dhùnadh air dè bu chòir tachairt do dhuine."

"Chan eil daoine a' dèanamh droch ghnìomhan an seo."

"Idir?"

"Carson a dhèanadh? Tha a h-uile sìon air a roinn eadarainn. Tha a h-uile càil againn a dh'fheumas sinn."

"Dè mu dheidhinn gaol?"

"Ach . . . gaol."

"Uill, bidh daoine a' tuiteam ann an gaol, uaireannan."

"Tha mi a' creidsinn. Bha Raonailt airson falbh, thuirt i rium."

"Carson a bha i airson falbh?" dh'fhaighnich Kate.

"Chan eil fhios a'm."

"'S e ceum mòr a bh' ann. Falbh. A' fàgail dachaigh agus teaghlach. Càit an deidheadh i?"

"Fada air falbh, sin an aon rud a thuirt i. Dùthaich fada air falbh."

"Ach ciamar a gheibheadh i cead-siubhail?"

"Chan eil fhios a'm, cha do smaoinich mi mu dheidhinn."

"Am biodh àireamh Àrachas Nàiseanta aice fiù 's?"

"Dè tha sin?" thuirt Anna.

"An robh iomgain oirre mu dheidhinn càil?"

Smaoinich i gu cruaidh.

"Dìreach . . . mar a thuirt mi, bha i a' cur seachad barrachd is barrachd tìde a' leughadh a' Bhìobaill. Tha mi a' smaoineachadh gun robh aon de na h-èildearan air rudeigin a ràdh rithe, neo a' feuchainn ri a cuideachadh neo rudeigin. Dh'fhaodadh e a dhol tro na pìosan anns a' Bhìoball a bheireadh mathanas dhi."

"Dè an t-ainm a bh' air an èildear? dh'fhaighnich Kate.

"Chan urrainn dhomh innse dhut."

"'S urrainn dhut."

"Bidh fios aca."

"Agus dè nì iad ma tha fios aca?"

"Chan eil thu a' tuigsinn," thuirt i. "Ma chuireas càch an cùl riut . . . tha e . . ."

"Inns dhomh."

Cha tuirt i càil.

"Tha cumhachdan agam, tha fios agad. Nuair a thilleas mi gu Tìr-mòr," thuirt Cameron. "Faodaidh mi tilleadh le barrachd dhaoine. Faodaidh mi do thoirt air falbh agus do cheasnachadh."

"Cha dèanadh tu sin."

"Feumaidh mi faighinn chun na fìrinn."

Cha do ghluais i.

"Ma chuidicheas e Raonailt. 'S e Ruairidh a bh' ann. Ruairidh Moireasdan."

23

Bha Ruairidh a' cur faobhar air na sgeinean aige nuair a lorg iad e san taigh aige. Bha seann chlach-speal aige air an robh e a' sadail smugaid bho àm gu àm agus an uair sin a' cur na sgian fhada, dhubh rithe.

"Am faod sinn bruidhinn," thuirt Cameron.

Chan e ceist a bh' ann.

Chuir Ruairidh sìos an sgian.

"Tha thu fhathast an seo, ma tha."

'S e duine tapaidh a bh' ann, falt ruadh agus peitean dorcha, bha an aghaidh aige dearg, an seòrsa aghaidh nach fàs ruadh gu bràth anns a' ghrèin.

"Chan eil mòran tìde agam, tha sinn a' dol a-mach airson nan eòin."

"Càit a bheil sibh a' dol?"

"Conachair. Feumaidh tu bhith luath. An d' fhuair thu sìon a-mach ma tha? Cò am murtair?"

"'S mathaid thu fhèin, eh?" thuirt Cameron.

"Dè tha thu ag ràdh?"

Sheall Kate air cuideachd.

"Thuirt cuideigin gun robh thu a' cur seachad tòrr ùine còmhla ri Raonailt mun do dh'fhalbh i."

"Bha ùidh aice sa Bhìoball."

"Agus 's e . . . èildear a th' unnads'."

"'S e. Agus cha bhi èildearan a' dol timcheall a' marbhadh dhaoine."

"Seadh. An robh feagal aice bhuat airson adhbhar sam bith?"

"Shìorraidh, cha robh."

"Carson a ruith i air falbh?" dh'fhaighnich Cameron

"Chan eil fhios a'm. Chan eil fios aig duine."

"Tha fhios gu bheil teòiridh air choreigin agad."

Smaoinich e airson mionaid.

"Chan eil fhios a'm. Cò 's urrainn a ràdh?"

"An robh thu a' dèanamh seo còmhla ri tòrr dhaoine? A' leughadh nan sgrioptairean còmhla riutha."

"Nam biodh daoine ga iarraidh. Chan eil ministear againn agus feumaidh daoine cofhurtachd aig amannan. Cofhurtachd spioradail."

Bhruidhinn Kate.

"Tha blas diofraichte agad."

"Dè?"

"Tha am blas-cainnt agad diofraichte bho na Hiortaich. Cluinnidh mi e air cùl na tha thu ag ràdh. Chan ann à seo a tha thu."

Thug e treis mhath mun tuirt e càil.

"Chan ann."

"Cò às a tha thu ma tha?"

"À eilean eile."

"Dè am fear?"

"Chan e sin do ghnothach-sa."

"'S mathaid gur e," thuirt Cameron.

"Tha an t-seann bheatha sin air falbh a-nis. Chan eil an duine sin ann."

Bhruidhinn Kate, bha i a' coimhead nach robh an còmhradh a' dol a dh'fhàs càil nas fheàrr nan cumadh iad a' piobrachadh a chèile.

"Ciamar a thàinig thu an seo?"

"Thuit mi far cliathaich bàt'-iasgaich. Fhuair mi gu tìr, dìreach. Bha feagal orm. Ach choimhead na daoine às mo dheidh. 'S ann leotha a tha mo bheatha a-nis."

"Faodaidh mi do thoirt air ais gu Tìr-mòr airson ceasnachadh. Tha fios agad air sin," thuirt Cameron.

Thog Ruairidh an sgian mhòr, chunnartach aige.

"Chan e seo an saoghal agads' idir. Agus faodaidh rudan tachairt an seo."

"Chì mi thu a-nis," thuirt Cameron. "Chan eil thu buileach na do Chrìosdaidh cho mòr 's a tha thu a' dèanamh a-mach, a bheil?"

"Anns an t-Seann Tiomnadh bhiodh an Cruthaidhear a' cur às dha naimhdean. Agus ma chumas tu a' dol mar seo, 's e nàmhaid a bhios unnadsa.

"Nach eil thu a' smaoineachadh gu bheil e neònach gun robh an nighean còmhla riuts' an latha mun do dh'fhalbh i agus cha do mhothaich thu do chàil às an àbhaist. Nach do smaoinich thu air adhbhar sam bith a dh'fhaodadh i a bhith airson falbh? Èildear a th' unnad, tha fhios gu bheil thu a' bruidhinn ri gu leòr dhaoine, agus tha thu ag ràdh riumsa nach robh ceistean sam bith agads' neo aig duine eile mun nighinn seo." Bha guth Chameron a-nis a' fàs gu math àrd agus chuir Kate a làmh air a ghàirdean. "Agus tha thu ag ràdh nach eil fios aig duine ciamar a fhuair i air falbh bhon eilean, cò chuidich i, cò bha 's mathaid ga h-iarraidh marbh, ann an àite mar seo. Nach eil e gu diofar leibh? A bheil sibh coma?"

Bha Cameron a-nis ag èigheachd agus chitheadh tu gun robh an grèim a bh' aig Ruairidh air an sgian aige a' sìor fhàs teann.

"Bu chòir dhuts' fàgail," thuirt e.

"Chan fhàg. Chan fhàg mi an dòlas àite seo gus am bi fios agam dè fo ghrian a tha a' tachairt an seo."

"Bidh thu feitheamh dreis, ma tha. Thèid do thiodhlacadh air taobh a-muigh a' chladh, mas e sin a tha fainear dhut."

"Chì sinn mu dheidhinn sin. Chan eil sibh cho gleusta 's a tha sibh a' dèanamh a-mach. Tha rudeigin ann a tha thu a' cleith. Agus gheibh mi a-mach dè."

"B' fheàrr dhut a dhèanamh luath. Oir tha an cloc a' ruith an seo. Agus an dèidh dhut fàgail, cha bhi dòigh agad faighinn air ais. Oir tha fios againn cò thu a-nis, agus chan fhaigh thu cuideachadh bho dhuine an-ath-turas a tha thu liormachd agus gus bàsachadh air an tràigh."

Choimhead an dithis air a chèile agus airson diog cha robh Kate buileach cinnteach dè thachradh.

"Thugainn," thuirt i.

Thionndaidh Cameron a chùl ri Ruairidh agus chrùb iad beagan airson faighinn a-mach tron doras. Bha Ruairidh gan coimhead a' falbh agus an uair sin chaidh e air ais chun na cloich-speal, a' gluasad na sgian air ais agus air adhart gus an robh faobhar geal, geur oirre.

24

"Feumaidh mi bruidhinn riut," thuirt Kate. Faisg air an taigh bha staran beag eadar dà bhalla cloiche agus coltas gum biodh e rud beag prìobhaideach.

"Cò mu dheidhinn a bha siud?" dh'fhaighnich i.

"Dè?" fhreagair e. Bha e fhathast làn adrenaline bho bhith a' bruidhinn ri Ruairidh.

"An ann mar siud a bhios tu a' stiùireadh ceasnachadh san àbhaist?

A' maoidheadh air cuideigin? Bha an duine . . . cha chuidich e sinn ann an dòigh sam bith a-nis."

"Chan fheum sinn a chuideachadh-san."

"Ach dh'fhaodadh gu bheil fios aige air rudeigin."

"Tha fhios gu bheil. Tha mi eòlach air daoine mar siud. Tha 'd a' feuchainn ri àite fhaighinn dhaibh pèin, cràbhach, a' gabhail brath air daoine, a' liùgadh a-staigh a bheatha dhaoine. Chunnaic mi anns an oilthigh e. Choisich fear a dh'aithnichinn air beulaibh bus an dèidh dha cluinntinn iomadach uair bho thè a bha ag obair air agus ag obair air gur e peacach a bh' ann. Diadhaidh? Chan eil an duine ud diadhaidh."

Stad e, an anail aige a' dol gu luath, feargach.

"Uill, feumaidh tu feuchainn ri smachd a chumail ort fhèin fhad 's a tha sinn an seo. Chan eil cus tìde gu bhith againn agus tha thu air a' chais a chur air leth dhen eilean mu thràth."

Chunnaic e faileas air a' ghlasaich far an robh an staran a' fàs rudeigin leathann a-rithist. Rug e air gàirdean Kate agus chuir e òrdag gu shùil, a' ciallachadh 'Seall' leatha. Ghluais an sgàile dorch air a' ghlasaich.

"Tha cuideigin ag èisteachd rinn," thuirt e ann an cagair.

Chuir e a chùlaibh an ìre mhath ris a' bhalla agus choisich e air a shocair gu far an robh am faileas. Dh'fhairich ge bith cò bh' ann gun robh cuideigin a' tighinn agus ghluais an sgàile air falbh. Chuala Cameron an uair sin dà chois a' tuiteam gu socair air glasach, agus na sheasamh air a bheulaibh bha am balach beag a chunnaic iad roimhe, am balach beag a bha air am pìos pàipeir a thoirt dhaibh.

"Fuirich, na ruith air falbh," thuirt Cameron. Bha am balach air a chorra-biod, a' dol a dhèanamh às. "Tha mi dìreach ag iarraidh bruidhinn riut. Airson mionaid. Chan eil thu ann an cunnart sam bith."

Ruith am balach air falbh. Chaidh Cameron às a dhèidh, ach ann am beagan dhiogan bha Cameron air chall agus bha am balach air a dhol à sealladh. Cha robh Kate fad air a chùlaibh. Chunnaic iad a-rithist e. Sheall e orra agus ruith e air falbh.

Thòisich an leathad a' cromadh rud beag. Chaidh iad seachad air cùl nan taighean a bha air cùl na h-eaglais, agus bha Cameron mionnaichte às gun robh am balach a' gabhail rud beag air a shocair uaireannan, nach robh e airson an call.

Taobh eile a' chidhe a-nis, agus na togalaichean a' ruith a-mach mu dheireadh thall. Bha tòrr a bharrachd dhiubh ann a-nis na bha anns na seann dealbhan.

Stad am balach air beulaibh togalach. Dìreach airson diog. Bha anail Chameron na uchd a-nis. Bha an dithis aca a' smaoineachadh an aon rud. Cha robh am balach a' ruith airson faighinn air falbh bhuapa, bha e a' ruith airson rudeigin a shealltainn dhaibh.

Sheas am balach ri taobh doras an àite, dìreach airson diog. Choimhead e gu luath, a' dèanamh cinnteach gun robh Cameron ga choimhead agus ghnog e a cheann dìreach rud beag. Mura biodh tu a' coimhead dìreach air, cha mhothaicheadh tu.

Agus an uair sin bha e air falbh, timcheall còrnair an togalaich agus an uair sin, cha robh sgeul air.

"Am faca tu siud?" thuirt Kate. "Bha e a' feuchainn ri rudeigin a shealltainn dhuinn."

"An toir sinn sùil?"

Sheas iad aig a' bhalla, mar nach robh càil air an aire, agus ghluais iad air an socair chun an dorais.

"Carson a dh'fheumadh tu glas mar siud air doras ann an àite far nach eil duine a' goid càil?"

Bha Kate ceart. Air an doras bha glas mhòr mheirgeach, a bha a' coimhead cho aost' ri na bruthaichean. Timcheall air sin bha ròpa. 'S e doras dùbailte a bh' ann, coltach ri garaids anns am biodh tu a' cumail càr. Bha uinneag ann a bha làn lìn dhamhain-allaidh agus dust, agus chan fhaiceadh e mòran troimhpe idir. Dubh dorch na bhroinn.

"'S truagh nach eil toirdse agam an-dràsta," thuirt e.

"Am faic thu càil idir?"

"Chan fhaic ach . . . 'S mathaid dath orains air rudeigin, agus pocannan *hessian*."

"Put airson iasgach?"

"'S mathaid. Ach chan eil an cruth a' faireachdainn buileach ceart. Ach . . . taigh odhar air seo!" thuirt Cameron.

Chaidh e gu far an robh an doras agus thog e clach meadhan-ach mòr bhon bhalla. Chaidh e null chun na glais agus thug e brag oirre.

"Cùm cluais ri claisneachd, gun fhios nach tig duine."

"Chan eil fhios a'm a bheil seo glic. Fhios agad, tha 'd air a bhith sona gu leòr an-diugh, ach chan eil mi buileach cinnteach dè dhèanadh iad nam beireadh iad oirnn a' dèanamh a leithid seo."

"Bheil thu a' smaoineachadh gun dèanadh iad rudeigin oirnn? Agus fios aig daoine air Tìr-mòr far a bheil sinn?"

"Chì thu fhèin an t-àite. Chan fheum feagal a bhith orra bho dhuine sam bith. Chan fhaigh bàta mòr dhan bhàgh le na mèinnichean, tha an seann ghunna mòr sgreataidh ud aca. Na creagan. An aimsir . . ."

"Uill, a bheil mi a' dèanamh seo neo nach eil?"

"Nach till sinn dhachaigh? Bheil thu a' smaoineachadh gu bheil rudeigin ann as fhiach dhuinn a leantainn?"

"Bha am balach beag ud a' feuchainn ri rudeigin innse dhuinn."

Chlisg an dithis aca. Thuit a' chlach a bha ann an làmh Chameron chun an làir agus diog às dèidh sin, thàinig fear timcheall a' chòrnair. 'S e Murchadh a bh' ann. Bha taigh-thàbhaidh aige air a ghualainn, nàdar de liagh mòr, mòr, barrachd air meatair a leud. Bha cuimhne aig Cameron air bho òige ann an Nis. Bhiodh ministear sa bhaile a' cleachdadh fear nuair a bha e ri creagach – na shuidhe air bàrr na creig, agus a' sadail phìosan beaga buntàta dhan uisge. An dèidh ùine a' dèanamh sin bhiodh am bùrn làn èisg, cudaigean agus saoidhein. Bhiodh e an uair sin a' cur an inneil mhòir aige dhan mhuir agus gan glacadh. Lìonadh e na pocannan aige le iasg agus dheidheadh e dhachaigh, gar fàgail le na dhà neo thrì èisg a ghlac sinn leis an t-slait bambù.

Bha buntàta aig Murchadh ann am baga, sgian air a' chrios aige agus cha do mhothaich e do Chameron agus Kate gus an robh e orra.

"Dè tha sibhs' a' dèanamh an seo?"

"Bha sinn a' feuchainn ri do lorg," thuirt Cameron.

"Uill, tha sibh air sin a dhèanamh. Chan fhaca sinn bàta sam bith bho mhullach Chonachair. Bidh sinn ag iarraidh bruidhinn ribh."

"'S mathaid gun robh rudeigin ceàrr air an einnsean aca. Cò aig tha fios?"

"An inns mi dhut dè tha mise a' smaoineachadh a th' ann?"

"Siuthad," thuirt Cameron.

"Thug thu dhuinn d' fhacal gum falbhadh tu às dèidh latha. Ach tha fios againn a-nis. Chan urrainn dhuinn creids' na tha thu ag ràdh. Sin an t-adhbhar a thug sinn ort aontachadh ri na rudan ud. A dh'fhaicinn am b' urrainn dhuinn earbs' a chur unnad. Ach chan urrainn. Tha sin follaiseach."

Cha tuirt Cameron càil airson diog. Cha dèanadh Kate a-mach an robh e air a ghoirteachadh neo nach robh. Cha robh i a' smaoineachadh gun cuireadh e dragh air Cameron. Cha robh mòran rudan a' dèanamh sin.

"Tha thu ceàrr," thuirt Kate ri Murchadh. "Inns dhomh dè th' anns an t-seada seo."

"Carson?"

"Bha mi a' dol seachad air. Chunnaic mi rudeigin."

"Ò, am faca?"

"Freagair a' cheist, mas e do thoil e," thuirt Cameron.

"Stuth airson iasgach."

"Chan eil càil eile ann?"

"Dè an seòrsa rud a tha thu a' lorg?"

"Carson a tha glas air? Ann an àite far a bheil a h-uile càil air a roinn a-mach eadar a' choimhearsnachd air fad co-dhiù?"

Chuir e sìos an taigh-thàbhaidh aige.

"Tha seo air a dhol fada gu leòr a-nis. Chan eil an dithis agaibhse a' dol gar cuideachadh a' lorg cò mharbh Raonailt. Agus tha an ùine agaibh air ruith co-dhiù. Tha mi a' gairm coinneamh. Bithibh ann. Neo chan fhaigh sibh an còrr cuideachaidh bhuainn."

Choisich e air falbh bhuapa.

"Tha sinn a' ruith a-mach à ùine," thuirt Kate.

"Tha sin fìor."

Thòisich iad a' coiseachd air ais chun a' bhaile.

"Dè nì sinn, ma tha?" thuirt Kate.

"Chan eil càil a dh'fhios a'm. Chan eil mi a' faighinn fuasgladh air idir. Chan eil mi . . . chan eil mi a' tuigsinn."

Choisich iad ann an sàmhchair airson dreis, gus an do bhris an t-sìth a bh' air a' bhaile. Sgreuch bho chuideigin a thug air na h-eòin sgèith.

25

Bha Cameron air a bhith air Sùlaisgeir dà thuras, ach an dàrna turas bha aig a' chriutha ri tighinn dhachaigh tràth oir bha bàs ann. Cha robh ach aon bhàs air an sgeir fad na h-ùine a bha iad a' dol a-mach, mar bu chuimhne le daoine. Thug iad an duine air ais a Nis agus rinn iad an rannsachadh-bàis anns a' chladh. Bha aon fhear eile a chaidh far na cliathaich air an t-slighe ann. Ach airson obair cho cruaidh, agus aig àirde, bha 'd gan cumail fhèin glè shàbhailte.

'S e iongnadh a bh' ann a sin, gu h-àraidh leis mar a bha cùisean às dèidh a' chogaidh. Bha na balaich a thill às an Dàrna Cogadh ga fhaighinn rudeigin dòrainneach a bhith air ais aig amannan, agus thòisich iad le rèis eadar na bailtean chun na Sgeir, a' fàgail ann an sgoth tràth sa mhadainn le poca phìosan agus gu leòr bùirn a dhèanadh a dhà neo thrì làithean. Bhiodh iad a' lìonadh na sgoth le gugannan agus an uair sin a' dèanamh às dhachaigh mun tigeadh droch aimsir.

Ach bha aon sgioba a chaidh a-mach aig an àm cheàrr. Chaill iad an t-eathar aca, agus bha aca ri bùrn òl bho na lòin bheaga a bh' air an eilean, a thug builgeanan orra. Cha robh iad ach air pìosan gu leòr a thoirt leotha a dhèanadh dà latha, agus an dèidh còig latha bha 'd sgìth ag ithe guga agus ag òl na fala.

Thàinig am bàta-teasairginn gan iarraidh. Oidhche gharbh.

Thuirt Caiptean a' bhàta-teasairginn gun robh iad a' dol a-staigh, ach cha robh e cinnteach an tigeadh iad às.

Bha a' mhuir ro dhona airson a dhol ro fhaisg air a' chreig, agus shad iad ròpa gu na daoine, aon an dèidh aon. Leum iad dhan mhuir agus tharraing an criutha iad suas dhan bhàta-teasairginn. Shad aon fhear, Eachainn, a sheacaid dheth, agus lorg iad i a' bhliadhna às dèidh sin air cùl creig.

Bha am fear mu dheireadh nas diombaiche na càch mu leum dhan mhuir, oir bha uaireadair òir athar aige, a bha e air toirt leis seach nach robh uaireadair eile aig duine air an sgioba. Cha robh e airson a chur na phòcaid gun fhios nach tuiteadh e a-mach. Mar sin, chuir e fo smiogaid e, ghabh e grèim air an ròpa agus leum e cho math 's a b' urrainn dha. Tharraing an criutha a-staigh e cho luath 's nach deach an t-uaireadair fiù 's a fhliuchadh.

A' bhliadhna às dèidh sin, chaidh an aon chriutha a-mach a-rithist, an turas seo gu Sule Skerry. A-rithist thàinig droch aimsir, agus fhuair iad tobha air ais chun an eilein air cùlaibh tancair. Ach cha do dh'obraich sin oir bha an tancair gan draghadh ro luath, agus chitheadh iad asnaichean an eathair a' gluasad a-mach 's a-steach mar gun robh i a' tarraing anail. Leig iad às an tobha agus fhuair iad dhachaigh air èiginn.

'S e iongnadh a bh' ann nach do bhàsaich barrachd le cho cunnartach 's a bha e aig amannan. Ach mar a thuirt na bodaich, a bh' air a bhith sa Chogadh, cha robh mòran rudan às dèidh sin a' toirt orra smaoineachadh cus.

* * *

Am fear a bhàsaich nuair a bha Cameron a-muigh air an sgeir, 's ann a bha e air an eilean a' feuchainn ri stad a chur air an sgioba bho dhol às dèidh nan eòin. 'S e Smith a bh' air an duine. Nochd e air an dàrna latha a bha an sgioba ann. Bha iad air na *slides* mhòra fhiodh a chur an àirde agus an acfhainn gu lèir a thoirt gu mullach an eilein. Bha iad air a' bhothag chloiche ullachadh, ga glanadh agus a' cur tarpaulin air a' mhullach. Bhiodh a h-uile duine dhen dusan a bh' air an eilean a' cadal agus ag ith' anns a' bhothaig.

Chuir iad air dòigh an t-àite a bh' aca airson na h-eòin a phròiseasadh, àite air falbh beagan airson na h-itean a spìonadh, teine airson losgadh dhiubh na bha air fhàgail, pìos mòr fiodh a thàinig bho àirc Noah, airson sgoltadh agus sailleadh. Bhiodh na closaichean an uair sin gan cur ann an cearcall coltach ri dùn, a' fàs gach latha gus am biodh iad a' falbh.

Bha iad air a bhith a' marbhadh nan eòin fad madainn nuair a chunnaic iad bàta beag air fàire. Bàta glè, glè bheag, agus cha bhiodh iad air mothachadh idir mura biodh iad air a bhith cho àrd air an eilean. Fhuair iad prosbaig bhon bhothan agus thug iad sùil. 'S e caidheag a bh' ann, agus cha robh coltas gun robh an duine a bh' innte ro sgileil. Co-dhiù, bha a h-uile duine air an eilean air a h-uile seòrsa rud fhaicinn aig muir agus cha do smaoinich iad mu dheidhinn. Bhiodh ge bith cò bh' ann 's mathaid a' dol a Ronaidh (gur math a dheidheadh dha le sin) neo 's dòcha a' cumail air dha na h-Eileanan Fàrach. Bha duine neo dithis air sin a dhèanamh roimhe, rud a bha buileach craicte.

Chuir e iongnadh orra ma tha, an dèidh beagan uairean a thìde, gun robh coltas air an duine gun robh e a' tighinn a Shùlaisgeir. Chitheadh iad a-nis anns a' phrosbaig gur e fireannach a bh' ann. Bha bratach bheag air a' chaidheag.

Chùm iad orra ag obair, a' cur an àirde nam pulaidhean agus

loidhnichean a bha 'd a' cleachdadh gus pocannan làn eòin a ghluasad bho aon taobh dhen eilean chun an taoibh eile. Fuaim nan eòin daonnan ann, an fhairge, am fuaim mar armachd cogaidh nuair a bhiodh suaile anns na creagan fon eilean.

Bha Cameron nas eòlaiche a-nis air an obair agus bha rud mu dheidhinn a bha a' còrdadh ris. An obair chruaidh. A bhith a-muigh fad an latha. Cho math 's a bha am biadh, neo cupan teatha an dèidh na h-obrach. A h-uile càil cho sìmplidh.

Na b' fhaide dhen fheasgar, chaidh duine neo dithis sìos dhan àite a b' fheàrr airson tighinn air tìr. Chan e àite math idir a bh' ann; cha robh cala a dh'òrdaicheadh air an eilean.

Bha an duine a' coimhead claoidhte, na làmhan aige dearg agus na sùilean aige mar dhà shirist leis an t-sàl. Co-dhiù, chuidich iad e agus fhuair iad air tìr e, agus 's ann orra a bha an t-aithreachas gun do rinn iad sin air a' cheann thall.

Cha b' fhada gus an do sguir iad ga chuideachadh. Bha camara aige agus bha e na dhragh uabhasach dhan h-uile duine a bha a' feuchainn ri obrachadh air a' chreig. An dèidh beagan làithean chaidh a' chùis na bu mhiosa. Bha e' dol a-mach tron oidhche, agus a' briseadh nam pulaidhean agus an *slide* a bha 'd a' cleachdadh nuair a bha 'd a' toirt na h-acfhainn gu lèir far an eilein. Glè luath, chaidh iad bho bhith ga chuideachadh gu gràin a bhith aca air. Agus 's ann aig Donnchadh a bha a' ghràin bu mhotha air an duine.

Bha Donnchadh air breith air aon latha a' feuchainn ri dèanamh às le na sgeinean aige, sgeinean a bha air a bhith aig athair fhèin, agus co-dhiù, cha robh cead aig duine falbh le rud bho dhuine eile. Bha seo faisg air na creagan, far an robh Donnchadh gu bhith ag obair a' chòrr dhen latha. Bha e air ceann eile an ròpa nuair a chuala e fuaim gu h-àrd, an duine a' feuchainn ri dèanamh às leis an stuth. Rinn seo dragh dha Tom, an duine a bha air an ròpa shuas gu h-àrd, agus airson diog nach do chòrd ris idir, dh'fhairich e an ròpa a' dol rud beag flagach agus cha mhòr nach do thuit e far na lic.

Chaidh Donnchadh air ais suas cho luath 's a b' urrainn dha agus, beagan air falbh, bha an duine a' dèanamh às leis an trusgan aige gu lèir. Ruith Donnchadh às a dhèidh agus mun deach iad ro fhada fhuair e grèim air. Bha an duine dìreach a' dol a shadail an uidheam gu lèir dhan mhuir, ach ghabh Donnchadh grèim air a' bhaga le aon làimh agus amhaich an duine leis an làimh eile, agus chrath e e gus an deach e dearg le dìth anail.

Leig e às e agus thuit Smith gu talamh, aon làmh air an amhaich aige.

"A shalachair. Thalla 's clìoraig bhon an eilean agus leig dhuinn an obair againn a dhèanamh," thuirt Donnchadh.

"Thèid thu dhan phrìosan airson seo."

"Seall far a bheil thu. Tha mi gu math cinnteach nach tèid."

"Tha dealbhan agam. Seo an turas mu dheireadh a thig sibh a-mach an seo."

Bhreab Donnchadh an duine na stamaig agus chaidh an èadhar a-mach às. Dh'fheuch e an uair sin ri grèim fhaighinn air a' chamara aige. Cha b' urrainn Smith anail cheart a tharraing, ach dh'èirich e bho ghlùinean agus spìon e an camara air ais.

Ruith e gu Donnchadh. Le chuideam gu lèir, leum e air, agus thuit an dithis aca gu làr. Cha robh Donnchadh an dùil ri seo, 'S nuair a bha e air a dhruim, bhuail Smith e na aghaidh. Fàileadh salchair nan eòin na shròin agus aodach a' fàs fliuch.

Dh'fheuch Smith ri seasamh agus teiche, a' cumail grèim air

a' chamara aig an aon àm. Fhuair Donnchadh grèim air a chois ge-tà agus thuit e air creag bhiorach, a' goirteachadh a chinn.

"Airson sìochantair, tha thu geur air sabaid," thuirt Donnchadh ris. Chaidh e a-null gu far an robh am baga aige agus thug e a-mach an sgian bu phrìseile a bh' aige, feuch an robh i ceart gu leòr. Cha robh, bha i air tuiteam air a' chreig agus bha cnap meadhanach mòr air a ceann.

"Mhill thu i. Mhill thu an sgian agam."

Bha Donnchadh feargach a-nis, aodach salach agus a cheann tuathal bhon bhuille a fhuair e. Feargach gun robh an duine seo air tighinn gu far an robh iadsan, a' cur stad orra a dh'obair, a' falbh leis an stuth aca agus a' togail dhealbhan. Chaidh e a-null gu far an robh camara an duine, thionndaidh e an sgian airson gun robh am faobhar air an taobh cheàrr, agus bhuail e an camara aon turas, dà thuras, gus an robh e na sgàrd, an lionsa briste agus an ceas na dhà leth.

Thug an duine peansail às a' phòcaid aige agus bhrùth e e ann an calpa Dhonnchaidh. Rinn Donnchadh sgreuch agus gun smaoineachadh dh'fheuch e ris an duine a ghluasad air falbh bhuaithe leis an sgian. Ach cha do ghluais an duine. Chùm e air a' bruthadh leis a' pheann, nas doimhne ann am feòil cas Dhonnchaidh. Lìon inntinn Dhonnchaidh le fearg, thug e buille uabhasach dhan duine agus thuit e gu làr, na sùilean aige fhathast fosgailte, feagal na aghaidh.

Thog Donnchadh an sgian aige agus gheàrr e an duine, ach 's ann a rug e air amhaich. Cuisle a bh' ann, agus thòisich an fhuil a' sruthadh às an duine, feagal na shùilean mar chaora fa chomhair a' bhàis.

Chuir e a làmh ris a' ghearradh, ach cha robh càil ann a

stadadh e. Bha anail a' fàs lag. Daoine a' ruith thuca, faisg a-nis. Thuit an sgian bho làmh Dhonnchaidh agus thug e ceum air ais. Dh'fhaodadh e bhith air a chuideachadh, ach cha do chuidich. Chan e gun robh e air a dhol cho fada 's nach b' urrainn dha càil a dhèanamh. Bha fuath aige dhan duine.

Cha b' e siud a' chiad turas a bha e air duine fhaicinn a' bàsachadh, an dèidh a bhith san arm. 'S mathaid gum biodh e air a bhith na bu mhiosa do dhaoine eile. Chuala e guth beag na cheann. Bu mhath an airidh, thuirt an guth. Thoill e e. Bha chead aige.

Bha an fhuil a' coimhead glan, dearg air a' chloich shalaich. Ràinig na daoine agus cha robh càil ri dhèanamh. Bha an anail aig Smith air stad. 'S e Cameron an dàrna duine a thàinig far an robh iad ach cha robh mòran feum ann. Chuir e a-mach air cùl creig nuair a chunnaic e a' bhùidsearachd.

26

Hiort.

Ruith Cameron agus Kate sìos an staran gu far an robh iad a' smaoineachadh an cuala iad am fuaim, duine a' sgreuchail. Bha daoine a' tighinn a-mach às na taighean aca, a' feuchainn ri dèanamh a-mach dè bha air tachairt.

"Thall far an robh sinn," thuirt Kate. "Timcheall air taigh Ruairidh. 'S ann à sin a thàinig am fuaim, cha chreid mi."

Bha duine neo dithis air an taigh a ruigheachd romhpa agus bha an doras fosgailte. Chuala iad fuaim bho staigh, agus guth ag ràdh, "Cuir fios gu Mòrag, tha e air a ghoirteachadh."

"Dè thachair?" dh'fhaighnich Cameron dha duine a bh' aig an doras.

"Chaidh Ruairidh a ghoirteachadh. Sgian."

Chaidh Cameron agus Kate a-staigh, Kate an toiseach, agus chunnaic i Ruairidh na shuidhe air an t-sèathar aige, a cheann eadar a chasan agus aon ghàirdean a' cumail na gàirdein eile le fuil a' sruthadh aiste.

Thàinig Murchadh a-staigh; bha e air a bhith meadhanach faisg.

"Dè tha sibhs' a' dèanamh an seo? Thallaibh a-mach," thuirt e.

"Bheil doctair agaibh?" dh'fhaighnich Kate.

"Chan eil," thuirt boireannach a bha na seasamh air a chùlaibh.

"Gu dearbh, chan fhalbh ma tha. Bheil càil agaibh? Brèidean agus a leithid."

"Tha dòigh againn fhìn air a dhèanamh," thuirt Ruairidh.

"Tha. Agus tha mi cinnteach gum bi thu dòigheil nuair a thig cnàmhainn innte. Bheil clobhdan glan agad a-staigh?"

Ghnog e a cheann ri drathair san dreasair. Bha pìosan clobhd ann, cotan, agus thug i air bruthadh air a' ghearradh.

Bha Cameron fhèin a' fàs caran uaine. Bha e cleachdte gu leòr fhaicinn anns an obair aige, ach cha robh e buileach cho dòigheil nuair a bha ge bith cò bh' air a leòn fhathast beò. Sheas e a-muigh airson rud beag èadhair agus airson smaoineachadh. Carson a bha seo air tachairt an-dràsta? An robh e co-cheangailte ri na bha iad a' lorg?

"Snàthad agus snàithlean, sin a dh'fheumas mi. Agus solas. An tig thu a-mach dhan t-solas?"

Ghnog e a cheann a-rithist agus sheas e le cuideachadh. Bha being bheag a' feitheamh air nuair a chaidh e a-mach agus shuidh e oirre le osna. Thòisich Kate air an obair càraidh.

"Fhios agad," thuirt i. "Cha do smaoinich mi air cus roimhe; bidh thu dìreach a' gabhail ri rudan mar a tha iad. Ach le rudan mar seo . . . chan eil mi a' tuigsinn carson nach bi ceangal beag air ais agus air adhart agaibh ri Tìr-mòr. Nach fheum sibh *antibiotics*? Rudan mar brèidean agus cungaidhean-leighis agus . . . chan eil mi ga thuigsinn."

Bhruidhinn Ruairidh. "Chan eil thu a' tuigsinn. Agus cha thuig. Bha mise a' smaoineachadh sin cuideachd mun tàinig mi seo. Ach seo a' bheatha dhut. Seo Freasdal mar bu chòir dha a bhith. Tha sinn a' gabhail cus os làimh anns an t-saoghal. A' cuideachadh dhaoine gus fuireach beò fada nas fhaide na bu chòir dhaibh."

"Tha sin ceart gu leòr, fhad 's gur e duine eile a tha tinn. Ach dhomh fhìn dheth, bhithinn ag iarraidh a h-uile seòrsa inneil ceangailte rium, a h-uile seòrsa pile."

"Ach carson?" thuirt Ruairidh. "Dè an seòrsa beatha a tha sin?"

Cha mhòr nach robh Kate deiseil. Choimhead Ruairidh suas agus chunnaic e am balach beag air an robh Kate agus Cameron eòlach, am fear a bha air an toirt chun na bothaig.

"A bhalgair bhig, trobhad an seo."

Mun robh fios aig Kate dè bha air tachairt, bha Ruairidh air leum suas agus bha e a' dèanamh air a' bhalach, fuath na shùilean. Leum dithis neo triùir air a bheulaibh, boireannach 's dà fhireannach agus chuir iad stad air bho bhith a' leagail a' bhalaich gu làr.

"An ann às do chiall a tha thu?" dh'èigh am boireannach.

"'S e am balgair beag ud a rinn e, esan a gheàrr mi."

Bhuail am boireannach Ruairidh mun pheirceall agus ghabh e ceum neo dhà air ais.

"Dèiligidh mise ri seo," thuirt i. Chaidh i sìos air aon ghlùin agus bhruidhinn i ris a' bhalach.

"Inns dhomh dè rinn thu, agus cuimhnich gu bheil an Cruthaidhear gad choimhead."

"Chan eil e," thuirt am balach. Cha do chòrd seo ri feadhainn anns an t-sluagh a bha a-nis a' cruinneachadh.

"Isd, nach eil fhios agad gu bheil fios aig a' Chruthaidhear air gach nì, gach gnìomh a nì sinn, a tha sinn ag iarraidh dèanamh, agus gach smuain."

"Chunnaic mi e. An duine sin. Ruairidh."

"Dè chunnaic thu? Chan eil thu ann an trioblaid sam bith, a ghràidh."

Bha aghaidh Ruairidh air fàs glas. "Chan eil fhios aige cò air a tha e a-mach, am balach sin. Siuthadaibh, air ais dhachaigh leibh," thuirt e.

"Bha fios agaibh. Nach robh? Na bha e a' dèanamh?" thuirt am balach. "Agus cha do rinn sibh càil mu dheidhinn. Rinn e beatha na clainn-nighean ud . . . truagh nan saoghal. Agus chunnaic mi a h-uile duine snog ris anns an eaglais, mar nach robh càil a' tachairt."

Thàinig fear air thoiseachd air chàch.

"Inns dhuinn na chunnaic thu. Leig dha bruidhinn."

"Tha e ga dhèanamh an-àirde," dh'èigh Ruairidh.

"Dè tha e a' dèanamh an-àirde? Chan eil fios agad dè tha am balach a' dol a ràdh."

"Rud sam bith a thig a-mach às a bheul, breug a th' ann. Bha e a' feuchainn ri goid tè de na sgeinean agam. Rug mi air a làmh agus gheàrr e mi."

"'S ann a bha mi a' feuchainn ri do mharbhadh, a shalachair," thuirt am balach. Bha Cameron air ceum a ghabhail air ais bhon chùis, a' coimhead gu geur air na bha a' tachairt. Bha Kate faisg gu leòr gum faodadh e cagair a chur na cluais.

"Trobhad gu oir a' chearcaill," thuirt e. "Mun tachair rudeigin."

"Dè dh'fhaodadh tachairt?"

"An robh thu a-riamh ann an ùpraid?"

"Cha robh."

"Seo an fhaireachdainn a th' ann mun tòisich dad."

Ghluais iad air falbh air an socair. Bha dithis fhear mhòra, làidir a-nis air gach taobh de Ruairidh. Cha robh grèim aca air, ach cha leigeadh iad a leas. Bha tòrr dhen neart air sìoladh às co-dhiù. Bha am balach ag innse na sgeulachd aige. Gun robh Ruairidh a' feuchainn ri tàladh bhoireannaich chun an taigh' aige airson ùrnaigh, ach gun robh e a' toirt orra rudan a dhèanamh, rudan nach robh iad ag iarraidh. 'S e Raonailt aon dhen fheadhainn sin.

Lean am balach air ag innse mar a bha. Bha feadhainn a' smaoineachadh gun robh gibht aig Ruairidh. Bha e air a dhol a-mach a dh'iasgach agus air an t-slighe air ais bha e ag ràdh gun do choinnich e ri Eòin Baistidh. Thug e a chreids' air daoine gun robh aca ri feòil agus tombaca a thoirt dha, agus biadh a dhèanamh dha, bhon a bha e air an teachdaireachd sin fhaighinn. Agus nuair nach gabhadh boireannach ris, bhiodh e a' feuchainn le fòirneart, agus sin a thachair do phiuthar a' bhalaich, Raonailt.

"Bha eagal a beatha oirre," thuirt am balach, "an aon oidhche a chaidh i ga fhaicinn anns an taigh aige."

"'S e cuideigin eile a chuir ann i," thuirt e. "Boireannach na b' aosta a bha cuideachd a' gabhail biadh còmhla ris agus a bhiodh ag ràdh ri daoine eile gum feumadh iad gabhail ri na bha e ag ràdh. Ach 's e Ruairidh am Mealltair a bh' ann. Agus sin bu choireach gun robh Raonailt ag iarraidh falbh."

Choimhead duine àrd, brònach suas ri Ruairidh agus dh'fhaighnich e, "An e an fhìrinn a tha seo?"

"Air m' onair, chan e. Cha do rinn mi càil nach robh na boireannaich ag iarraidh," thuirt Ruairidh.

"Agus Raonailt agamsa. Rinn thu sin oirre?"

Bha an duine a' critheadaich a-nis le fearg, a làmh a' dol chun na crios aige far an robh biodag bheag.

"Feumaidh sinn stad a chur air seo," thuirt Cameron.

"Carson?" dh'fhaighnich Kate.

"Oir tha mi a' smaoineachadh gur e seo am murtair againn."

27

Sùlaisgeir

Chuidich Cameron Donnchadh air ais chun na bothaig. Bha rud beag luairean air agus cha robh e buileach cinnteach dè dhèanadh e ris fhèin. Chaidh dithis eile de na fir air ais suas gu far an robh an dust le tarpaulin air gus an dèanadh a h-uile duine a-mach dè bu chòir dhaibh a dhèanamh. Bha Tom agus Cameron, an dithis aca, air na thachair fhaicinn agus bha iad fhèin a' faireachdainn rudeigin fad às. Bidh daoine ag ràdh criothnachadh ris, ach bha sin ceàrr. Bha cuimhne aig Cameron air sin a leughadh ann an iris nuair a bha e a' feitheamh aig an doctair.

Air a' chuairt air ais bha iomadach smuain a' dol tro cheann, na bha air tachairt, ach cuideachd bha tàmailt. Bha e mì-riaraichte leis fhèin. Bha fios aige gun robh e ag iarraidh a bhith na phoileas, ach siud e a' dol air cùl creig a dhìobhairt an dèidh dha corp fhaicinn. 'S mathaid gun robh e ceàrr anns a' cho-dhùnadh aige, smaoinich e. Bha dùil aige gun robh e nas làidire na siud.

Bha rud beag feagail air bho Dhonnchadh cuideachd, a bha fhathast làn adrenalin agus deiseil airson sabaid aig àm sam bith. Nuair a ràinig iad am bothan, thuirt Donnchadh, "Dh'fheuch e ri mo phronnadh, dh'fheuch e orm le clach, a choire fhèin a bh' ann. Cha robh mise ach a' coimhead às mo dhèidh fhìn. Mearachd a bh' ann, ruith e air an sgian agam." Ach bha Cameron cinnteach mu na chunnaic e. Gun do bhuail Donnchadh air falbh an duine, agus an uair sin, gun do gheàrr e amhaich an duine nuair nach leigeadh e a leas.

Ràinig iad taobh a-muigh a' bhothain. Bha daoine a-nis a' tilleadh bho na stèiseanan aca gus faighinn a-mach na bha a' tachairt.

"Dè bu chòir dhuinn a dhèanamh?" thuirt Cameron, agus e air chall.

"Haoi, trobhad seo," thuirt Donnchadh.

Ghabh e grèim làidir air gàirdean Chameron.

"Trobhad seo, 's e coire an duine a bh' ann. Chunnaic thu sin."

"Cha robh e a' gluasad."

"Dh'fheuch e orm. Bha rudeigin aige na phòcaid. Sgian. Seall air mo chois. Gheàrr e mi leatha. Bha e a' dol ga mo mharbhadh."

Bha an ìomhaigh a' dol tro cheann; Donnchadh a' coiseachd a-null chun an duine agus a' gearradh amhaich. An duine na laigh' air an làr, an sgian a' tighinn thuige, mar gun robh fios aige na bha a' dol a thachairt.

Dh'fhàs an grèim a bh' aig Donnchadh air a làimh nas làidire.

"Cuimhnich gu bheil thu air an taobh agams'. Daoine mar siud, a' milleadh a h-uile càil. A' tighinn an seo, a' togail dhealbhan. A' sabaid rinn, a' goid stuth oirnn. A' piobrachadh. Dè eile bha e an dùil?"

Sheall Cameron suas na shùilean.

"Mhurt thu e," thuirt e.

Ghluais Donnchadh e gus an robh an dithis aca air cùlaibh balla, agus bhuail e e gu cruaidh anns an stamaig.

"Na cluinneam thu ag ràdh sin a-rithist. Chan eil fios agad dè chunnaic thu. Bha an sgian aige na làimh, an sgian a ghoid e bhuam. Seall mar a gheàrr e mo chas. Agus dh'fheuch e orm, dh'fheuch e ris an sgian a chur unnam, thuit e agus chaidh an sgian ann. 'S e sin a thachair. Sin a dh'innseas tu dha na balaich."

"Chunnaic Tom cuideachd."

"'S e caraid dhomh a th' ann an Tom. Deagh charaid. Tha sinn air a bhith a-muigh an seo còmhla iomadach bliadhna. Tha fios aig Tom na chunnaic e. Feumaidh cuideachd fios a bhith agads'. Neo chan eil fhios dè thachras."

"Dè tha sin a' ciallachadh?" Bha Cameron òg agus fiot, ach bha Donnchadh air a bhith na iasgair fad bhliadhnaichean, agus roimhe sin bha e anns an arm. Duine cunnartach, duine a bhiodh tu a' seachnadh nuair a bha an deoch air, agus an-dràsta bha coltas air gun robh e air mhisg.

'S ann bho theaghlach sònraichte anns an Eilean a bha iad. Bha 'd air tighinn às an Eilean Sgitheanach bho chionn beagan ghinealaichean agus bha 'd gu math soirbheachail san iasgach. Nuair a bha bàtaichean eile a' fàs na bu lugha neo a' dol à bith, bhiodh an teaghlach glè thric a' faighinn soitheach na bu mhotha. Bha bràthair dha aig an robh soitheach-fairge, agus bhiodh iadsan a' dol fada bho thìr.

B' ann ag iasgach ghiomaich agus chrùbagan a bha e fhèin, gan cur dhan Spàinn agus uaireannan gu Iapan.

Bha e air a bhith ag iasgach bho bha e beag. A' chiad turas a chaidh e mach ceart air bàt'-iasgaich, 's ann nuair a bha e ceithir bliadhna a dh'aois. Bha caraid dha athair a bhiodh a' dol a Rònaidh le na caoraich aca. Dh'fhaodadh iad caoraich a chumail ann, agus chaidh e a-mach airson latha a thogadh cridhe agus spiorad balach beag sam bith – ag ithe phìosan làn muic-fheòil agus cupannan mòra teatha airson a' chiad uair, a' seasamh aig toiseach a' bhàta agus a' coimhead nan suailichean agus iad a' tighinn thuige, nas àirde agus nas àirde, gus mu dheireadh thall am biodh am bàta ag èirigh agus a' dol seachad orra. Cha robh cur-na-mara idir air agus 's ann a bha e duilich toirt air a dhol dhan bhunc aige, ged a rinn e e gun rànail oir bha e ag iarraidh a bhith na bhalach mòr agus cha robh e airson gun tionndaidheadh iad airson a thoirt air ais a Nis.

Dh'fhàg e an sgoil cho luath 's a b' urrainn dha agus chaidh e dhan arm airson dreis, dha na Marines, oir bha e ag iarraidh fhathast a bhith air bàtaichean, agus dh'fhaodadh e bhith ag obair mar dhràibhear airson nan RIBS aca. Rinn e seo airson grunn bhliadhnaichean, gus an d' fhuair e peinnsean agus dh'fhàg e.

Cha robh e airson èirigh suas na dhreuchd, cha b' e sin an seòrsa rud a bu toigh leis idir. Bha e ag iarraidh a bhith a-muigh, a' dèanamh obair chorporra. Mar sin, chaidh e air ais chun an iasgaich agus bhiodh e a' toirt luchd-turais a-mach air cuairtean, a' fàgail iomadach duine a' cur a-mach air a' chidhe fhad 's a bha an t-airgead aca ga chleachdadh le Donnchadh ann am bàr.

Cha chanadh tu gur e duine dòigheil a bh' ann, agus nuair a bha deoch na bhroinn, dh'fheuchadh tu ri cumail air falbh bhuaithe. Bha e fhathast dèidheil air sabaid, ged a bha e a' fàs nas aost'. Ach aig an aon àm, bha taobh eile air, geur, fiosraichte. Air a bhogadh sa chànan, sheinneadh e òran anns a' phub uaireannan, gun cus piobrachaidh.

Rinn Cameron cupan teatha dha. Cha mhòr nach robh e a' fàs nas uabhasaiche dha gun robh Donnchadh cho coma mun mhurt fhèin. Shuidh e an tac an teine mhònach a bh' aca airson an coire a bhlàthachadh, a' coimhead air an sgian aige. Chanadh e "am balgair" ris fhèin an-dràsta 's a-rithist. Bha barrachd iomagain air mun sgian aige na bha air gun do bhàsaich cuideigin.

"Nach eil e a' cur dragh ort?" thuirt Cameron, an dèidh dreis.

"Dè?"

"Gun bhàsaich cuideigin."

"Tha sinn uile a' bàsachadh. Chì thu uaireannan nuair a tha e a' tighinn."

"Dè tha thu . . . dè tha thu a' ciallachadh?"

"Cha bu chòir dhan duine ud a bhith an seo. Chitheadh duine sam bith sin. 'S ann a bha e deamhnaidh fortanach nach do bhàsaich e air an turas a-mach an seo. An uair aige a bh' ann. Sin uireas. Cha bu chòir dhòmhs' pàigheadh airson sin. 'S cha bu chòir dhuts' a bharrachd."

Bha na fir eile an ìre mhath uile ann a-nis agus bha 'd a' faighneachd cheistean. Fhreagair Donnchadh iad, ag innse na h-aon sgeulachd dhaibh 's a dh'inns e do Chameron. Bha Tom ann cuideachd agus thug Cameron sùil air fhad 's a bha seo a' dol air adhart, ach cha robh Tom ag iarraidh coimhead air san t-sùil idir. Dh'òl Donnchadh an teatha. Rinn Cameron cupan dha fhèin agus nuair a bha barrachd fuaim ann, dh'fhàg e airson a bhith an aonar.

Choisich e air falbh bhon bhothan, ga chumail eadar e fhèin agus na daoine. Dh'fheumadh e faighinn air falbh bhuap'. Dh'fheumadh e bhith na aonar.

Chitheadh Cameron far an robh seo a' dol. Cha robh Tom a' dol a ràdh càil, bha e fhèin 's a bhràthair ag obair air bàtaichean teaghlach Dhonnchaidh, agus co-dhiù, chan e sin an seòrsa duine a bh' ann. Bhiodh e deònach rudeigin mar sin a chumail dìomhair, agus cha bhiodh e ga ithe, mar a bhiodh e ag ithe Cameron. Cha robh Cameron a' smaoineachadh gum b' urrainn dha bhith beò leis.

Dè an seòrsa duine a bhiodh ann mura canadh e rudeigin? Sin pàirt dhen adhbhar a bha e ag iarraidh a dhol chun nam Poilis. Bha faireachdainn làidir, moralta aige, agus cuideachd, bha e airson daoine a chuideachadh. Bha e ag iarraidh a bhith na lorg-phoileas air a' cheann thall.

Ach dè thachradh nan canadh e rudeigin? Bha e a' fàgail an eilein co-dhiù, ach cha bhiodh e cofhurtail tilleadh nan deidheadh Donnchadh dhan phrìosan air sgàth 's na chanadh esan. Cha b' urrainn dha co-dhùnadh a dhèanamh. Chitheadh e dè chanadh daoine nuair a thilleadh e.

Bha 'd nan suidhe timcheall a' choire nuair a nochd e a-rithist. Thionndaidh aon dhen fheadhainn a bha air a bhith air Sùlaisgeir iomadh turas roimhe thuige. Fionnlagh a bh' air.

"Bha Donnchadh ag ràdh gun do chuidich thu e. Nuair a bha e a' feuchainn an duine bochd ud a chuideachadh."

"An tuirt e sin?"

"Rud duilich. Rud duilich, ach 's math gu bheil an dithis agaibh ceart gu leòr."

"Am bu chòir dhuinn fios a chur gu na maoir-chladaich?" thuirt cuideigin eile. "Am bu chòir dhan heileacoptair tighinn a-mach?"

"Cha bu chòir," thuirt Donnchadh. "Airson dè, corp a thoirt dhachaigh? 'S e a' cheist, am feum sinn innse dha duine. Smaoinich air. An àite a dhol dhachaigh le lod iseanan agus do phòcaid làn airgid aig deireadh an latha, dh'fheumadh sinn a dhol dhachaigh gu Poilis agus sgrùdadh-bàis agus a h-uile seòrsa rud. Chan fhaigheadh sibh sgillinn ruadh, ach chitheadh sibh gu leòr de thaobh a-staigh Stèisean a' Phoileas ann an Steòrnabhagh."

"Dè th' agad' ri ràdh, Tom?" thuirt Donnchadh. Cha robh fios aig Cameron ciamar a bha seo air tachairt, gun robh an duine an rinn an eucoir a-nis os cionn na cùirte, mar gum biodh, ach sin an t-àite a bh' aige anns a' bhuidheann. Chaidh Donnchadh timcheall nan daoine gu lèir, agus bha tòrr dhiubh an crochadh air an teaghlach aige, ge b' ann airson obraichean air bàtaichean, neo airson an t-iasg aca fhaighinn gu margaid – bha 'd diofraichte bho na marsantaich eile, teaghlach Dhonnchaidh, a' cuideachadh iasgairean tron gheamhradh nam biodh droch aimsir ann neo mura faigheadh iad prìs mhath air an iasg aca. 'S iomadh teaghlach anns an sgìre a bha taingeil airson na rinn teaghlach Dhonnchaidh dhaibh.

Chuir Tom sìos an teatha aige.

"Dh'fhaodadh rud sam bith bhith air tachairt dhan duine. A' tighinn a-mach a seo ann an caidheag. Rud sam bith. Tha fhios againn cuideachd gur e seo an duine a bha a' maoidheadh bàs air a' fòn."

Sin na thuirt e. Ach dh'fhàg e an doras fosgailte. Cha robh fios aig Cameron ciamar a b' urrainn Tom smaoineachadh mar siud, agus e fhèin na èildear anns an eaglais. Ach sin mar a bha, bha e deònach am murt a chur an dara taobh airson Donnchadh a shàbhaladh.

Thionndaidh an uair sin an còmhradh bho 'an inns sinn na thachair' gu 'dè nì sinn?' 'S mathaid gun robh e na b' fhasa air sgàth 's gun robh iad an sàs sna làithean ud ann an leigeil fala gun sgur, ach bha an còmhradh duilich sin aca. 'S e taghadh a bh' ann eadar an corp a thiodhlacadh air an eilean, a chur dhan mhuir, neo fhàgail aig na h-eòin.

Bha trioblaidean ann le gach rud. Cha robh cus talaimh air an eilean airson an corp a thiodhlacadh domhainn gu leòr, agus le uimhir a bheathaichean air an eilean, 's mathaid gun tigeadh e am bàrr a-rithist. Bha gu leòr dhiubh eòlach air daoine a chaidh a chall aig muir agus bha fios aca mar a bha a' mhuir uaireannan a' foillseachadh rudan a bha dìomhair. Dh'fhaodadh sruth na mara rudan neònach a dhèanamh agus cha chuireadh e iongnadh orra nan tigeadh corp air tìr an àiteigin. Bha e fìor gun robh an sruth-mara a' dol gu tuath an seo, ach le sin bha teans' ann gun tigeadh corp air tìr ann an Nirribhidh neo a leithid. Agus a thaobh fhàgail a-muigh aig na h-eòin, uill, cò bha airson faisg air ceala-deug a chur seachad air an sgeir le sin a' dol air adhart. Agus an uair sin, bha teans' ann gum biodh tu fhèin ag ithe eun a bha air sin a dhèanamh. 'S e sin an argamaid a bhuannaich an deasbad.

"Carson nach inns sinn dè thachair?" thuirt Cameron mun robh fios aige dè bha e ag ràdh.

"Dè thuirt thu?" thuirt Donnchadh, na sùilean aige a' fàs tana.

"Mar a thuirt thu, bha an duine a' toirt ionnsaigh ort. Bha thu a' feuchainn ri na rudan agad fhaighinn air ais, thuit e agus gheàrr e e fhèin air an sgian a ghoid e. Neo rudeigin mar sin. Ge bith dè an stòiridh a tha thu airson innse."

"An stòiridh? Dè tha thu a' ciallachadh le sin?"

"Tha fios againn uile dè thachair."

Bha sàmhchair anns an àite.

"Nach eil?" thuirt Cameron a-rithist. 'S e Cameron aon de na daoine a b' òige air an Sgeir a' bhliadhna sin, ach a-nis bha e a' faireachdainn gur e clann a bh' annta uile, ag iarraidh ruith air falbh bhon rud a bu chòir dhaibh a dhèanamh.

"Smaoinich ma nì sinn rudeigin mar seo? Nach bi . . . nach bi e air ur n-aire a' chòrr dhe ur beatha, dè ma gheibh iad a-mach?"

"Cò iad?" arsa Tom.

"Daoine eile. An-dràsta tha thu am measg charaidean, a Dhonnchaidh. Ach chan eil càil a dh'fhios againn cò ris a bhios e coltach nuair a thilleas sinn gu ar beatha. Am bi e ag obair oirnn? An inns duine dha bhean neo . . ."

"Chan eil bean agad," thuirt Donnchadh.

"Chan e sin a tha mi a' ciallachadh; chan eil mi a' bruidhinn mu mo dheidhinn fhìn."

"Uill, chan eil duine eile an seo a' dol a bhruidhinn mun a' chùis, a bheil?" thuirt Donnchadh, a' coimhead timcheall airson aonta bho chàch. "A bheil?"

"An rud tha dèant' tha e dèant'," thuirt Malcolm, an còcaire.

"Ach chan eil e dèant'. Chan eil e dèant'. Robh an duine pòsta? Robh clann aige? Cha chòrdadh e ri duine an seo nan deidheadh cuideigin san teaghlach a dhìth gun fhios aig daoine, gun fhois aig deireadh an latha."

"Shìorraidh, tha thu man ministear."

"Tha mi dìreach airson 's nach dèan sinn rud a dh'adhbharaicheas aithreachas. Ann an dorchadas na h-oidhche, cò nach smaoinich, an do rinn sinn an rud ceart? Bha an duine a' cur cais oirnn, ach cha robh e airidh air bàsachadh."

"Tubaist a bh' ann. Thubhairt mi sin."

"Seadh, uill. Ma thig sinn troimhe, bidh e seachad, agus bidh saorsa againn a' chòrr dhe ar beatha. Le seo . . . nam biodh corp air an eilean, smaoinich a' tilleadh bliadhna an dèidh bliadhna, le fios agaibh. Smaoinich air daoine eile air a' chriutha, an innseadh sibh dhaibh? Am fuiricheadh sibh sàmhach? Ach dè an uair sin, mhilleadh sin an t-àite, an seòrsa dìomhaireachd sin."

"Tha fios againn gu bheil thu ag iarraidh a dhol chun nam

Poilis," thuirt Tom. "Ach nach cùm thu agad fhèin e. Chan e seo an t-àm airson a leithid a dhol a-mach. Feallsanachd. Feumaidh sinn aontachadh dè nì sinn."

Bhruidhinn Donnie, am fear a bha air a bhith a' tighinn a Shùlaisgeir na b' fhaide na duine sam bith eile.

"Gabhaidh sinn rud beag tìde airson smaoineachadh air. Tha thu air tarp a chur air a' chorp?" thuirt e ris an dithis a bha air tilleadh.

"Tha, le clachan mun cuairt air."

"Uill, bhiodh e math rud beag tìde a bhith againn an àite a bhith a' dèanamh co-dhùnadh ro luath."

"Bheil sinn fhathast gu bhith ag obair?" thuirt Malcolm.

"Ma tha sibh ag iarraidh, ma tha sin a' cuideachadh."

Sheas Tom.

"Tha fios agam dè bu chòir dhuinn a dhèanamh," thuirt e.

"Dè?" dh'fhaighnich duine neo dithis.

"Tha an *tender* againn. Faodaidh sinn a dhol a Rònaidh agus a thiodhlacadh an sin."

28

Hiort

Cha robh fios aig Kate agus Cameron de dhèanadh iad, neo an èisteadh duine dhe na Hiortaich riutha, ach bha iad ag iarraidh ceistean a chur air Ruairidh ann am fois.

"Càit an dèan sinn sin?" dh'fhaighnich Kate.

"Dè mun bhothaig againn?"

"Tha i caran fad às; am faigh sinn ann?"

"Nach feuch sinn."

Chaidh Cameron a-null gu far an robh Ruairidh agus chuir e a làmh air a ghàirdean.

"Thig còmhla rium s'," thuirt e. "Chan eil e sàbhailte dhut an seo."

Thionndaidh e gu na daoine eile a bha air cruinneachadh.

"Sin a-nis, sin e seachad. Feumaidh mi bruidhinn ris an duine seo. Bidh sinn anns a' bhothaig anns an robh sinn ma tha duine gar n-iarraidh."

Bhruidhinn e ann an cagair ri Ruairidh.

"Dè an dòigh as luaithe faighinn air ais chun na bothaig gun am prìomh rathad a ghabhail?"

"Carson a dheidhinn còmhla riutsa?"

"Oir chan e àite ro shàbhailte a th' ann an seo dhut."

Choimhead Ruairidh timcheall agus chunnaic e gun robh Cameron ceart. Cha robh fios aig daoine dè dhèanadh iad, ach bha droch fhaireachdainn ann, mar gum faodadh aimhreit tòiseachadh uair sam bith.

Dh'fheumaist cuideachd cuimhneachadh nach e Hiortach ceart a bh' ann an Ruairidh, agus bha sin a' daingneachadh na sgeulachd a bh' acasan, gun robh daoine bho muigh airson droch rudan a dhèanamh orra.

"Thalla 's faigh e. Tha mi airson bruidhinn ris," thuirt Ruairidh.

Cha do ghluais duine le seo, ach mhothaich Cameron an rud a thuirt e.

"Cò ris a tha thu ag iarraidh bruidhinn?" thuirt Cameron. Cha tuirt duine sìon, ach airson a' chiad uair smaoinich Cameron gun d' fhuair e fuasgladh air a' chùis. Bha cuideigin ann nach do choinnich iad, cuideigin aig an robh ìre shònraichte anns a' choimhearsnachd. Chan e àite a bh' ann far an robh an aon chothrom aig daoine bruidhinn agus pàirt a ghabhail ann an co-dhùnaidhean, mar a bha e an dùil, 's mathaid. Mura robh e air nochdadh, bha sin a' ciallachadh gun robh adhbhar air a shon. Agus bha an-còmhnaidh rudeigin air cùl na bha daoine a' dèanamh.

Thionndaidh Ruairidh ris. Bha Cameron a' smaoineachadh gun robh beagan feagail na shùilean. "Faodaidh sinn a dhol suas an cùl, an rathad àrd shuas mun bhalla."

"Leanaidh sinne thu."

Dh'fhàg iad, agus lean duine neo dithis iad, a' cumail sùil an robh iad a' dol dhan bhothaig mar a thuirt iad. Letheach slighe, thionndaidh Cameron agus Kate agus chitheadh iad gun robh còmhradh a' dol, cearcall mòr de dhaoine, air taobh a-muigh taigh Ruairidh. Cha chluinneadh iad na bha daoine ag ràdh, ach chitheadh tu bho na gluasadan aca gun robh iad feargach.

Ràinig iad agus chaidh iad a-staigh dhan bhothaig. Cha robh glas air an doras air an taobh a-staigh, ach chuir Cameron sèathar ris airson gun cluinneadh iad nan tigeadh duine.

"Chan eil cus tìde againn," thuirt Cameron.

"Dè . . . dè tha thu a' ciallachadh?" thuirt Ruairidh.

"Dè tha a' dol shìos an siud?" dh'fhaighnich Kate. "An ann a' còmhradh dìreach a tha iad, neo bheil iad a' dèanamh cò-dhùnadh air choreigin?"

"Cha eil fhios a'm, ach chan eil e a' coimhead math. Feumaidh sibh mo thoirt leibh," thuirt Ruairidh, a' coiseachd air ais agus air adhart mar gun robh e air bacan.

"'S mathaid gun toir, ceart gu leòr. Ach an toiseach . . . *I am arresting you on suspicion of murder* . . ." leugh Cameron na còraichean aige dha agus lìon an aghaidh aige le uabhas.

"Dè? Murt? Murt cò?"

Chaidh Cameron suas dìreach gu aghaidh. Bha e a' fàs sgìth dhen h-uile càil, an t-eilean, an dìomhaireachd. "Na bi cho carach. Tha fios agad glè mhath cò air a tha mi a' bruidhinn. Raonailt."

Rinn Ruairidh fuaim doilgheasach.

"Uill, an do rinn thu càil air Raonailt? An do dh'èignich thu i?"

"Cha do dh'èignich."

Ghabh Cameron grèim air a sheacaid agus bhrùth e suas ri balla e.

"Inns dhomh an fhìrinn, neo sadaidh mi thu thuca."

"Thachair rudeigin, ach . . . bha sin co-cheangailte ri . . . gràs . . . an Tighearna."

Dh'fhairich Kate tinn.

"Chunnaic mi tòrr rudan anns an taigh agad, nach robh aig na Hiortaich eile. Bha biadh gu lèor ann, barrachd na am pailteas do dh'aon dhuine. Agus tha . . . uill, feumaidh mi a ràdh, tha thu tiugh."

"Tiugh?" thuirt Ruairidh.

"Seadh, tiugh. An taca ri daoine eile. Carson a tha sin?"

"Bidh mi a' leughadh nan sgrioptairean còmhla ri daoine agus uaireannan bidh iad a' toirt biadh leotha."

"Agus am bi thu a' gabhail brath orra? Mar a thuirt am balach ud?"

"Breugaire beag a th' anns a' bhalach ud. Breugaire."

Bha Cameron a' faireachdainn faisg air rudeigin, air fuasgladh, ach dh'fheumadh an duine seo an fhìrinn innse. Ghabh e grèim air a-rithist agus thug e slais dha mu ghruaidh. Leig Ruairidh èigh.

"Cameron, dè tha thu a' dèanamh?" dh'fhaighnich Kate.

"Chan eil tìde againn airson seo. 'S dòcha nach eil thu a' smaoineachadh ceart. Chan urrainn dhomh do dhìon an seo. Ma tha iadsan a' smaoineachadh gun do mharbh thu cuideigin, dè nì iad?"

"Ach cha do mharbh mi duine, cha do rinn mi càil ceàrr."

"Chan e na laghan againne a tha a' cunntadh, ach na laghan acasan. Agus tha deagh theans' nach tèid sin gu math dhut."

Shleamhnaich e sìos am balla agus shuidh e na chnap air an làr. Bha an lùths air falbh às.

"Bheil thu ag iarraidh glainne uisge?" dh'fhaighnich Kate.

"Bha 'd a' dol ga mo mharbhadh nuair a thàinig mi air tìr. Bha mi leth mharbh mar a bha e. Thug iad orm m' aodach a thoirt dhìom agus mi fhìn a nighe ann am bineagar agus fuireachd airson . . . chan eil cuimhne agam dè cho fada . . . seachdainean agus seachdainean . . . nam aonar. Agus bha mi cho acrach. Agus aon latha chunnaic mi boireannach a bha a' toirt biadh suas thugam agus dh'fheuch mi ri bruidhinn rithe. Thuirt mi . . . gun robh mi air . . . Eòin Baistidh fhaicinn. Agus gun robh rudeigin math a' dol a thachairt dhi. An dèidh sin, fhuair mi rud beag a bharrachd bìdh. Mu dheireadh leig iad a-mach mi, agus bhithinn an uair sin a' leughadh nan Sgriobtairean còmhla riutha agus gam mìneachadh."

"Seadh, agus ciamar a tha thu cho fiosraichte air sin?"

"Chan eil mi . . . ach . . . bha Spurgeon aig mo sheanair agus bhiodh e' bruidhinn air agus . . . sin an rud a tha math mu dheidhinn a' Bhìobaill. Faodaidh tu mìneachadh rudan mar a thogras tu."

Cha robh seo coltach ri duine a bha uabhasach diadhaidh.

"Inns dhomh, a bheil thu cùramach?"

Sheall e ris an làr.

"Chan eil. Feumaidh mi aideachadh. Ged a bha mi uaireannan . . . uaireannan bha mi a' smaoineachadh gur mathaid gun robh Dia air cùlaibh na thachair."

"Tha sin rudeigin mòr asad fhèin, dè?" thuirt Kate.

"Cha robh fios agam dè eile a dh'fhaodadh a bhith ann, mar a dh'obraich cùisean. Fhios agad. Tha mi ag innse seo dhut oir cha do rinn mi sìon ceàrr. Tha sin follaiseach. Ceart gu leòr, chaidil mi còmhla ri . . . boireannach neo dhà. Bha mise an dùil gum biodh iad ag iarraidh . . . fhios agad, daoine bho muigh . . . a bhith . . ."

"Tha sinn a' tuigsinn," thuirt Kate.

"Uill, co-dhiù, thachair e le tè a bha pòsta. Agus smaoinich mi airson dreis gur mathaid gur e seo an seòrsa àite a th' ann."

"Carson nach deach thu dhachaigh?"

"Chan urrainn dhomh."

"Ist, nach eil fhios agad gum faigh thu air ais ma thogras tu. Dè mu na bàtaichean-iasgaich a bhios a stad an seo?" thuirt Cameron.

"Cha leig iad faisg mi. An toiseach bha mi a' smaoineachadh gur e nàdar de phrìosan a bh' ann, ach an uair sin, smaoinich mi nach robh cùisean cho dona. Bha na boireannaich ag innse dha na daoine aca gun robh mi . . . gun robh mi a' coimhead rudan . . . agus cha robh agam ri uiread a dh'obair a dhèanamh idir. Agus smaoinich mi gun dèanainn na b' urrainn dhomh às. Bha fhios gum faighinn bean uaireigin. Bha mi an dòchas . . ."

"Chan eil fhios a'm," thuirt Cameron. "Nam bithinn-s' steigt' ann an àite, dhèanainn a h-uile càil a b' urrainn dhomh gus faighinn às."

"'S mathaid nach biodh an cothrom agad. Chan eil iad idir airson gum bi daoine a' dol air ais agus air adhart. An t-seann bheatha agam . . . tha mi a' creids' gum bi iad a' smaoineachadh gu bheil mi marbh, co-dhiù. Chan eil fhios nach bi mo bhean pòsta a-rithist. Chan eil mi airson rudan mar sin fhaicinn. Co-dhiù, chan eil sin . . . feumaidh sibh m' fhaighinn far an eilein. Nuair a thig am bàta agaibh, cumaidh sibh sàbhailte mi, nach cùm?"

"Inns dhuinn mu Raonailt," thuirt Kate.

"Raonailt. Bha Raonailt . . . nighean àlainn. Agus thòisich i a' tighinn thugam airson stiùireadh spioradail. Agus . . . rinn mi peacadh."

"Ò nach sguir thu leis an t-seòrsa cainnt' sin, a shalachair. Tha fios againn nach eil thu cùramach."

"Bha sinn . . . a' faighinn air adhart. Bha sinn . . . bha i airson faighinn a-mach mun t-saoghal mhòr. Agus an toiseach, cha robh càil ann. Bhiodh sinn a' còmhradh mu rudan. Agus aon oidhche, cha do rinn mi càil ach . . . chuir mi mo làmh air a glùin. Agus dh'fhalbh i a-mach. Cha do dh'èignich mi i. Fhios agad. Cha dèanainn sin."

"Ach chleachd thu do chumhachd. Agus ghabh thu brath air boireannaich. Nach do ghabh?"

"Dh'inns mi cus dhi."

"Dè tha thu a' ciallachadh?" dh'fhaighnich Cameron. Cha d' fhuair e freagairt.

"Dè tha thu a' ciallachadh? Inns dhomh," thuirt Cameron a-rithist, ann an guth làidir.

"Cha . . . chan eil fios agam dè tha mi ag ràdh. Dh'inns mi cus dhi . . . mu mo dheidhinn fhèin. Ach bha an t-àite seo mar fhàsach. Bhiodh iad a' tighinn thugam uaireannan airson ùrnaigh agus a leithid. Ach a thaobh còmhraidh . . . chan urrainn duine a bhith mar phàirt dheth. Feumaidh tu bhith às an àite neo tha beàrn eadaraibh nach tuig thu. Bha mi ag ionndrainn . . . uiread . . . ged a bha e nas fheàrr na bhith marbh. Leabhraichean agus . . . chan eil fhios a'm, a h-uile càil. Ach chaill mi mo dhòchas. Agus chuir mi romham a bhith dhen àite uiread 's a b' urrainn dhomh."

Bha coltas air an duine gun robh e ag innse na fìrinn. Ach cha b' urrainn dhut a bhith cinnteach. Chòrdadh e ri Cameron smaoineachadh gum b' urrainn dha rudeigin a dhèanamh mu dheidhinn, ach cha b' ann na làmhan-sa a bha a' chùis, smaoinich e, ach ann an làmhan nan Hiortach. San àbhaist bhiodh e ga thoirt dhan Stèisean, a' ceasnachadh, a' toirt rudan gu cùirt. Cha robh fios aige ciamar a bhiodh muinntir Hiort a' dèiligeadh ri fear a rinn eucoir anns a' choimhearsnachd aca.

"Tha bàta a' tighinn, tha fhios? Tha fhios gu bheil. Feumaidh dìreach . . . mo bhean gabhail ris, ach 's mathaid . . . nach till mi. 'S mathaid gun tèid mi a-null thairis. Tha mi coma. Dìreach . . . Saorsa. Thoir dhomh mo shaorsa."

"Bheil fios agad dè tha mise a' smaoineacheadh a thachair," thuirt Cameron.

"Dè?" fhreagair Ruairidh.

"Dh'èignich thu an nighean. Bha i a' dol a dh'innse, agus mharbh thu i. Dh'fhalbh thu le eathar agus thug thu i dha na h-Eileanan Flannach, oir bhiodh daoine air mothachadh an seo nam biodh uaigh ùr ann."

"Ach chan eil sin . . . chan eil sin a' dèanamh ciall. Cha b' urrainn dhomh dìreach falbh le eathar agus a seòladh nam aonar."

Bha fios aig Cameron gun robh an duine ceart. Bha e dìreach airson faicinn na gheibheadh e às.

"Thalla a-mach airson gum faigh an dithis againn bruidhinn," thuirt Cameron.

"Bheil sin glic? 'S mathaid gun dèan e às, agus tha ceistean eile agam," thuirt Kate.

"Nam biodh tusa na àite, dè dhèanadh tu? fhreagair Cameron. "A dhol sìos dhan bhaile neo fuireachd faisg oirrne? Sinne na h-aon charaidean ceart a th' aige an seo."

"Cha tèid mi a dh'àite," thuirt e, agus dh'fhalbh e a-mach. Gheibheadh e rud beag faochaidh bhon cheasnachadh co-dhiù.

Shuidh Kate agus Cameron.

"Bheil thu ga chreids'?" thuirt Cameron.

"Tha mi a' smaoineachadh gu bheil, ged a tha e a' falachd rudan. Bhiodh e duilich . . . a thoirt gu cùirt. Ged a rinn e cron air na boireannaich ud, an tigeadh iad dhan chùirt? Neo an togadh iad casaidean na aghaidh fiù 's? 'S mathaid nach biodh iad airson bruidhinn idir, idir. Ann an coimhearsnachd bheag mar seo . . . agus chan eil an lagh air taobh bhoireannaich a th' air an èigneachadh. Chan eil fhios a'm dè . . . dè 's urrainn dhuinn a dhèanamh a thaobh an lagh."

Shuidh iad ann an sàmhchair airson dreis.

"Am bu chòir dhuinn a thoirt leinn? Nuair a dh'fhàgas sinn?" dh'fhaighnich Cameron. "Chan eil fhios a'm dè an seòrsa beatha a bhios aige an seo mura faigh e far an eilein. Duilich a chreids' gun robh e steigt' an seo."

"Nach eil gu leòr dhaoine ann am prìosan air choreigin; cha leig a leas balla a bhith ann. Boireannaich bho air feadh an t-saoghail, air an toirt dhan Roinn Eòrpa airson obair ann an taighean-siùirseachd. Daoine ag obair gun phàipearan a' togail lusan agus mheasan. Daoine le obraichean gun àite aca dhan tionndaidh iad. Chan eil fhios nach eil na Hiortaich ceart. Ma tha na tha dhìth orra aca, gun eucoir agus a leithid . . . chan e saoghal dona bhiodh an sin, dè?"

"Seadh, ach cha bhiodh obair againne, dè?" thuirt Cameron.

"Sin agad Cameron, daonnan a' smaoineachadh mu chor an duine."

Dh'fhosgail an doras le clab. Ruith Ruairidh a-staigh.

"Tha 'd a' tighinn. Ò, cuidichibh mi!"

Chaidh Kate agus Cameron a-null chun an dorais agus sheall iad. A' tighinn suas an leathad, loidhne de dh'fhir agus de bhoireannaich, ròpaichean air an druim agus sgeinnean nan làmhan.

29

Sùlaisgeir

A' fàgail Shùlaisgeir agus a' dol a Rònaidh leis an dust.

Cha robh fios aig daoine dè dhèanadh iad leis a' bheachd. Bha feadhainn aca gu math cinnteach, nan gluaiseadh iad an corp, gum biodh iad fhèin an uair sin ri euceart. 'S e sin an rud le bhith ag innse bhreugan, chan eil deireadh orra nuair a thòisicheas duine.

Chùm Cameron a-mach à rathad Dhonnchaidh airson a' chòrr dhen fheasgar. Cha do rinn e pioc obair, bha e fhathast a' faireachdainn ro thinn, agus bha na smuaintean aige a' dol mun cuairt le na bha air tachairt, na bha ceart a dhèanamh agus na bu chòir dha a dhèanamh.

Dè shaoileadh an teaghlach aige nam b' esan a dh'innseadh dha na Poilis mu na thachair? Agus an stadadh seo iad bho dhol a Shùlaisgeir a' bhliadhna às dèidh sin? An e seo a chuireadh crìoch air? Bhiodh gu cinnteach caraidean aig an duine, Smith. Bhiodh e an sàs ann am buidhnean air choreigin, agus bha teans' ann gun nochdadh iad ann am bliadhna agus bhiodh soitheach a' cur stad orra faighinn air an eilean.

Choisich e suas gu far an robh na cùirn aig mullach an eilein agus shuidh e. Cha robh e fhèin air tòiseachadh a' togail càrn fhathast; bha na h-uiread dhiubh gan togail agus a' cur riutha a h-uile bliadhna a bhiodh iad a' dol a-mach. Ach bhruidhinn e ri seann duine a chaidh a-mach às dèidh a' Chogaidh a thuirt gur e dìreach rud a bh' ann a bhiodh iad a' dèanamh nuair nach biodh càil eile aca ri dhèanamh. Tha an-còmhnaidh dà thaobh air gach sgeulachd.

Na shuidhe an sin, rinn e suas inntinn gun innseadh e na thachair nuair a thilleadh e dhachaigh. Bha e a' fàgail airson a dhol dhan Phoileas co-dhiù, agus bha e an dùil nach tilleadh e, fiù 's ged a bha coltas gun robh rudeigin ann a bha a' toirt air daoine aig aois shònraichte tilleadh dhan eilean. Mar a bha e a' faireachdainn an uair ud, bhiodh e dòigheil gun chas a chur air an eilean a-rithist.

Thug e sùil agus chunnaic e gun robh daoine a' cruinneachadh faisg air a' bhothaig a-rithist. Choisich e sìos eadar na h-eòin, a chasan trom. Chitheadh e Donnchadh a' dol eadar duine neo dithis agus na daoine sin a' gnogadh an cinn. Tha fhios gun robh Donnchadh air a bhith trang, a' bruidhinn ri gach duine air an eilean.

Thug Donnie air a h-uile duine suidhe agus thòisich e a' bruidhinn. Dheidheadh iad timcheall a' chearcaill a dh'fhaighinn a-mach beachdan dhaoine airson an turais mu dheireadh. Sin a rinn iad, leis a h-uile duine ag aontachadh air an aon rud ach Cameron.

Cha b' urrainn dha a chreidsinn na bha e a' cluinntinn. Nach fhaiceadh a h-uile duine gun robh Donnchadh ag innse nam breug? Bha e follaiseach gun robh daoine ag aontachadh bhon a bha feagal orra airson an teaghlaich aca, neo airson am beòshlaint.

"Tha sinn air aontachadh, ma tha," thuirt Donnie. "Thèid triùir againn a Rònaidh agus fàgaidh sinn an dust an sin."

Chrom Cameron a cheann. An rud as miosa, a' cur eucoir air muin eucoir. Chùm Donnie air a' bruidhinn.

"Thèid Donnchadh ann. Tom. Agus thusa, Cameron. Thèid thusa ann còmhla riutha."

Sheall Cameron ris.

"Dè? Carson a tha mise a' dol ann?"

"Nach eil thu ag iarraidh a bhith nad phoileas? Bidh fios agad na rudan a dh'fheumas sinn a dhèanamh airson nach tèid an corp a lorg a-chaoidh."

"Dè mura h-aontaich mi a dhèanamh?"

"Chan ann dhut fhèin a nì thu e. 'S ann a bhios tu a' cuideachadh a h-uile duine againn. Agus bidh sinn taingeil airson sin."

Ach bha fios aig Cameron carson a thagh iad e. Le bhith a' dèanamh sin, bheireadh iad air eucoir a dhèanamh e fhèin. Chuireadh e stad air bho dhol dhan Phoileas, tha fhios, nan tigeadh a leithid a rud a-mach. Cò bhiodh ag iarraidh cadet a bh' ann am meadhan cùis lagha, agus tha fhios gum biodh ùidh aig na pàipearan ann?

Am b' urrainn dha seo a ghiùlan airson a' chòrr dhe bheatha? Cha robh fios aige. Dè thachradh nan diùltadh e? Bhriseadh e a h-uile ceangal a bh' aige ris an àite. 'S mathaid gun robh daoine air an sgioba a bha a' smaoineachadh an aon rud riutha fhèin, ach cha chanadh iad a-chaoidh. Bha 'd ag iarraidh a chur air an cùlaibh agus faighinn dhachaigh le airgead nan pòcaidean.

An robh diofar ann nach biodh fios aig caraidean agus teaghlach an duine a bha a-nis marbh dè thachair dha? Bha aon fhear air an sgioba ag ràdh gum bu chòir dhan h-uile duine a ràdh gum faca iad an caidheag aige air fàire agus an uair sin gun deach e à sealladh. Ach an uair sin bhiodh a h-uile duine am bogadh ann am breug na bu mhotha. 'S mathaid gum biodh na maoir-chladaich ga lorg. Uaireannan bhiodh a' heileacoptair a' dol a-mach fad làithean, a' lorg cuideigin air chall aig muir.

Agus bha na h-aon argamaidean ann, cho mì-fhortanach 's a bhiodh e corp a bhith air an eilean. 'S e buidheann gu math baoth-chreidmheach a bh' ann an iasgairean san fharsaingeachd. Chan fhaodadh tu 'bradan' a ràdh air bàta, agus nam biodh boireannach le falt ruadh a' dol seachad air na bàtaichean-iasgaich, cha deidheadh gu math leat.

B' e sin dìreach na bha ann am Freasdal an duine. Agus nam Freasdal-san.

Chuir Donnie làmh air a ghàirdean.

"Cuidichidh sinne sibh."

Agus airson dreis, chreid Cameron iad. Ach bha Cameron òg. Cha robh tuigse aige air a' cheangal a th' aig inbhe agus teaghlach agus beòshlaint agus mìle rud eile air daoine. Cha robh e a' tuigsinn mar a dh'fhadaodh daoine laighe air daoine eile agus am beatha a dhèanamh duilich.

"Cha sruc mi anns a' chorp," thuirt Cameron.

"Sin thu fhèin, a bhalaich. Bha fios a'm gum b' urrainn dhomh earbs' a chur unnad," thuirt Donnchadh.

Cha robh Cameron cho cinnteach mu dheidhinn seo. Nan tigeadh e gu aon 's gu dhà, dh'fhaodadh e a ràdh gun do chuir iad tòrr cuideim air, gun tug iad air a dhèanamh. Dh'inns e iomadach breug dha fhèin. Ach an dèidh dha aontachadh, cha robh càil ann ach feuchainn ri faighinn seachad air cho luath 's a ghabhadh.

Dh'fhalbh sguad beag airson an corp a thogail agus rinn

Cameron am beagan a bh' aige deiseil airson a dhol dhan eathar. Chan e soitheach a bh' innte a bha math idir aig muir, air a dèanamh à meatailt, bonn rèidh oirre, bhite ga cleachdadh airson uidheamachd agus acfhainn a ghluasad, chan ann airson astar sam bith a dhèanamh aig muir. Bhiodh cuimhne aig Cameron air fuaim a' bhàta bhig ud air na creagan, sgreuch coltach ri eòin nuair a shlìobadh i air a' chreig agus na bàirnich.

Bha a h-uile duine a' cuideachadh uiread 's a b' urrainn dhaibh. Fhuair Malcolm biadh deiseil dhaibh agus poit bheag teatha, tilley agus stòbha gas. Shad iad pocannan-cadail a-staigh "dìreach gun fhios nach biodh feum orra, ach bidh sibh air ais an-diugh." Bha beachd ann gum biodh e na b' fheàrr tòiseachadh sa mhadainn ach bha an latha ann an ìre mhath fad na h-ùine agus cha robh e dèanamh cus diofar cuin a dh'fhalbhadh iad. Chaidh iad uile dhan eathar, an corp air a shuaineadh ann an tarpaulin a bh' aca ri thoirt air ais leotha.

"Chan eil fhios a'm a bheil triùir gu leòr," thuirt Cameron.

"Ist."

Choimhead Donnchadh air.

"'S e seo an seòrsa rud a bhios tu a' coimhead fad na h-ùine ma bhios tu ag obair nad lorg-phoileas. Bheil thu a' smaoineachadh gum bi thu comasach air?"

"Bithidh. Oir cha bhi mi an sàs ann mi fhìn."

Ghabh Donnchadh grèim air na clachan aige. Chlisg e leis a' phian.

"Tha an seòrsa còmhraidh sin a' stad an-dràsta. Ceart? Tha thu air an aon ràmh rium, nach eil. Bheil thu a' tuigsinn? Ma tha mise ullamh, tha thusa ullamh. Chan iarr sinn ort càil a dhèanamh nuair a ruigeas sinn Rònaidh ach coimhead às dèidh a' bhàta."

Èigh bho shuas gu h-àrd.

"Haoi, dè tha a' dol an sin?"

"Na can thusa facal ri duine beò, neo air m' onair, nì mi cinnteach às gum pàigh thu air a shon."

Le na facail sin, leig e às e. Chunnaic duine neo dithis na thachair, ach cha tuirt iad càil. Bha a h-uile duine aca a' faireachdainn an uallaich, mì-chinnteach dè dhèanadh iad.

Shad Donnie an ròp-ceangail dhan bhàta agus ghluais cuideigin air falbh iad bhon chreig le chas. Bha a' mhuir a' coimhead ciùin gu leòr, le rabhladh beag ann. Chan e bàta beag càilear a bh' innte idir, agus cha robh Cameron a' coimhead air adhart ri bhith a-mach à fasgadh an eilein.

"Cuairt latha," thuirt Donnchadh. Cha tuirt Tom càil. Bha e na shuidh' aig toiseach a' bhàta a' coimhead gruamach. Shuidh Cameron anns a' mheadhan, a chùl ri Donnchadh.

Cha robh e airson gum faiceadh e gun robh e a' rànail.

⤝ 30 ⤞

Hiort

Choimhead Cameron air an loidhne de dhaoine a bha a' tighinn thuca. Bha e mar nach robh fios aige air càil mun àite, ged a bha e a rèir choltais, anns an aon dùthaich. Bha rudeigin a' dol air adhart agus cha robh tuigs' aige air. Bha sin cinnteach.

Chùm iad orra a-nuas an staran tana chun na seann bhothaig. Bha an dà chuid boireannaich agus fireannaich ann, a h-uile duine le acfhainn air choreigin air a dhruim.

Airson diog smaoinich Cameron air seasamh gu aon taobh, feuch dè thachradh. Ach cha robh e na nàdar sin a dhèanamh. Rinn na Hiortaich leth chearcall air taobh a-muigh an taighe. 'S e Dòmhnall a bh' air an ceann.

"Cameron," thuirt Dòmhnall, a' tighinn thuige. "A bheil Ruairidh a-staigh agaibh?"

"Tha," thuirt Cameron. "Carson a tha sibh ga iarraidh? Dè tha a' dol an seo?"

"Tha sinn a' dol airson nan eòin, agus feumaidh e tighinn còmhla rinn. Nach e rud nàdarra tha sin. Tha cuideigin a dhìth orm fhìn air taobh eile an ròpa."

Bha seo neònach, mar nach robh càil air tachairt. Cha b' e sin an stoidhle aig Cameron idir.

"Seadh a-nis, agus tha thu ag innse dhòmhs' gu bheil sibh dìreach a' dol a dh'fhaighinn isean neo dhà airson na prais, an dèidh na chuala sibh?"

144

"Chan eil sinn air co-dhùnadh a dhèanamh air sin fhathast. Feumaidh gach duine an cothrom fhaighinn innse an taobh aca dhen sgeul."

"Agus cuin a thachras sin?"

"Tachraidh ann an trì latha. Tha sin a' toirt gu leòr tìde dha na daoine faighinn thairis air an fheirg a th' orra agus smaoineachadh gu soilleir. Tha an-còmhnaidh fearg ann. Agus cha leig sin dha duine gluasad air adhart, neo an fhìrinn a lorg."

Bha feadhainn de na bha còmhla ris ag èisteachd, feadhainn eile a' coimhead timcheall mar nach robh càil às an àbhaist mu dheidhinn an latha.

Bhruidhinn Cameron a-rithist.

"'S mathaid gu bheil mise an dùil gur esan a rinn an droch ghnìomh air na h-Eileanan Flannach. 'S mathaid gu bheil mi feumach air barrachd tìde còmhla ris."

"Carson a bhiodh tu a' smaoineachadh gur esan a bh' ann?"

"Tha diofar adhbharan airson sin."

"Chan eil sinne a' creidsinn gur esan a bh' ann. Faodaidh sinne a cheasnachadh mun sin cuideachad. Ach cha bhi thusa seo, tha mi 'n dòchas. Cha mhòr nach eil an latha agad seachad."

"Ach chan eil sgeul air a' *Chuma*," thuirt Cameron.

"Ach gheall thu dhuinn gur e sin a dhèanadh tu. Nach e duine a th' unnad a tha a' cumail ri do ghealladh?"

"'S e."

"Tha fhios gun tig an soitheach, ma tha. An suidheachadh le Ruairidh, feumaidh sinne mar choimhearsnachd dèiligeadh ris agus a rèiteachadh. Ach gu ruige sin, feumaidh sinn fhathast biadh a chur air a' bhòrd. Feumaidh sinn fhathast obair a dhèanamh. Thug sinn leinn an acfhainn aige."

Thàinig tè air adhart le ròpa agus sgian Ruairidh, a bha a-nis glan.

Dh'èist Cameron ri na thuirt an duine, ach cha robh e fhathast ga chreids'. Bha fios aige gun robh diofar eadar an rud a bha duine ag ràdh agus na bha na chridhe, tric gu leòr. Ach dè b' urrainn dha a dhèanamh mu dheidhinn. Thàinig e thuige cho lag 's a bha e air an eilean. Cha leigeadh a leas duine èisteachd ris neo dèanamh na thuirt e.

"Gheibh mi e," thuirt Cameron, a' dol a-staigh dhan taigh.

Bha Ruairidh anns a' chòrnair.

"Na leig leotha falbh leam."

"Tha 'd ag ràdh gu bheil sibh dìreach a' dol airson eòin."

"Cuidich mi . . . feumaidh tu mo chuideachadh . . ."

Chaidh Cameron a-null thuige.

"Tha cuideigin ann, chuala mi thu ga ainmeachadh. Cuideigin, saoilidh mi, nach do choinnich sinn fhathast. Nach fhaca sinn. Bheil fios agad cò air a tha mi a-mach?"

Ghnog e a cheann.

"Inns dhomh mu dheidhinn."

Ach mun tuirt e càil, bha Dòmhnall na sheasamh anns an doras.

"Thugainn, no bidh an latha seachad."

Dè eile a b' urrainn dha a dhèanamh? Sheas Ruairidh agus choisich e air a shocair a-null chun an dorais agus a-mach. Thug iad dha an acainn aige agus thòisich iad a' coiseachd suas an leathad àrd gu Conachair, an t-àite a b' àirde air an eilean. Bha Kate agus Cameron gan coimhead a' falbh.

"An tèid sinn còmhla riutha?"

Chuala iad guth air an cùlaibh.

"Cha tèid. Cha tèid sibh còmhla riutha." 'S e Murchadh a bh' ann. "Dè lorg sibh, ma tha? Na lorg sibh am murtair?"

"Cha do lorg fhathast."

"Chan fhada gun tèid a' ghrian fodha. Agus a-màireach bidh sibh a' falbh. Agus chan eil fios againn cò rinn e. Chan eil thu uabhasach math air d' obair."

Thòisich Murchadh a' coiseachd suas an leathad cuideachd.

"Dè tha sibh a' dol a dhèanamh?" dh'fhaighnich Kate.

"Mura bheil e ciontach, cha thachair càil dha."

"Agus ma tha?"

Cha tuirt Murchadh càil. Dh'fhàg e iad. Bha am buidheann a-nis beag air fàire.

"Shìorraidh, tha e àrd."

"Thugainn. Chan eil fhios a'm mu do dheidhinn-sa, ach chan eil faireachdainn math agam mu dheidhinn seo. Cha chanainn gum biodh mòran teans' aig an duine ud air deireadh ròpa leotha siud."

"Cha dèanadh iad càil, an dèanadh?" thuirt Kate.

"Cò aig tha fios dè dh'fhaodadh tachairt anns an àite seo?"

Ràinig iad nuair a bha na sgiobaidhean dìreach a' dol sìos a' chreag. Bha aon duine aig a' mhullach agus cuideigin eile air an ròp, a' dol sìos agus a' marbhadh nan eòin. A-nis bha ròpa eile le baga air a' cheann thall, airson na h-iseanan a chur suas. Bha na boireannaich math air an obair, làidir, agus nas aotruime na na fir.

Shuidh Cameron agus Kate air clach ìosal, fhada, le sealladh de chuid a' dol sìos aghaidh na creige.

"Am faca tu càil coltach ris na do bheatha?" thuirt Kate ris.

"Chan fhaca," thuirt Cameron. Bha na daoine seo a' tighinn

beò air na creagan. Bha iad a' gluasad mar gun robh iad dìreach a' dol suas staidhre aig an taigh, làidir, comasach. Cha robh brògan idir orra, agus ged a bha Cameron a' faireachdainn gun robh e faisg gu leòr far an robh e fhèin na shuidhe, bha na Hiortaich a' còmhradh gu nàdarra fhad 's a bha iad ag obair. Dh'aithnicheadh e daoine a bha math air sreap nuair a bha e a-muigh ann an Sùlaisgeir, ach 's e rud gu tur diofraichte a bha seo. 'S e seo a bha 'd a' dèanamh gu nàdarra, a' trèanadh air a shon agus ag obair air an liut aca bho aois òg.

"'S bochd nach eil camara agam," thuirt Kate.

"Carson?" dh'fhaighnich Cameron.

"Dìreach airson cuimhneachadh."

Chunnaic Cameron Ruairidh air ceann ròpa a' dol sìos àite garbh, cas.

"Tha e beò fhathast co-dhiù," thuirt Cameron.

Chunnaic i fhèin e.

"An-dràsta," thuirt i. "Chan eil thu a' smaoineachadh gun dèanadh iad sin, a bheil?"

"Cha chuireadh e iongnadh orm, a dh'innse na fìrinn. Bha mi a' smaoineachadh air a' chreideamh aca agus mar a tha e air atharrachadh."

"Seadh."

"Tha e air a dhol air ais beagan gu seòrsa de chreideamh ann an nàdar, co-cheangailte ri Dia Chalvin. 'S e rud neònach a th' ann. Tha mi creids' gu bheil sin nàdarra, nuair a tha thu ann a leithid a dh'àite, gu bheil buaidh aig nàdar ort. Spioradan sna clachan. Gu bheil fios aig nàdar dè tha e a' dèanamh ag amannan. Cha chuireadh e iongnadh orm nam biodh diathan eile aca a' tighinn am bàrr a-rithist."

"Coltach ri dè?"

"Chan eil fhios a'm an seo. Ann an Nis bha Seonaidh againn, dia na mara. Agus bha daoine a' toirt . . . dè a' Bheurla a th' air . . . *libations* . . . dha. A' dòrtadh leann air uachdar an uisge gus am biodh a' mhuir fialaidh. Tha iad nas coltaiche ris an t-Seann Tiomnadh na ris an Tiomnadh Nuadh. Nach eil? Tha 'd a' creids' gu bheil Dia gan dìon, agus tha mi a' creids' gu bheil sin measgaichte le diathan beaga ionadail. Tha 'd cràbhaidh, ach 's e cuideachd daoine cruaidh a th' annta."

"Dh'fheumadh tu bhith, tha mi a' creids'," thuirt Kate. "Airson a bhith beò an seo. Mar seo."

"Agus a' choimhearsnachd thar nan uile. Sin an t-adhbhar nach eil mi dhen bheachd gun urrainn Ruairidh fuireachd an seo. Tha e a' cur dragh air na cothroman. Tha e a' toirt mì-fhortan air an àite. Bha mo sheanair a' seòladh fad a bheatha agus bha athair-san anns an Nèibhi. 'S e 'Jonah' a bh' aca air daoine coltach ri Ruairidh. Duine a tha a' toirt mì-fhortan leis ge bith càit an tèid e."

"Chan eil fhios a'm dè b' urrainn dhaibh a dhèanamh leis ma tha. Chan eil prìosan ann, agus chan e seo an seòrsa àite co-dhiù, far am b' urrainn duine a bhith beò gun obair sam bith a dhèanamh, le daoine eile a' coimhead às a dhèidh."

"'S e nàdar de phrìosan a th' ann dhan an duine, thuirt e."

"Sin e. Tha mi dìreach an dòchas nach e an uaigh a bhios ann dha," thuirt Cameron.

"Ist, na bi ag ràdh sin."

"'S e dè nì iad rinne an rud as motha a th' air m' aire. Thug iad aon latha dhuinn. Agus tha sin a-nis seachad."

"Ach dh'fhaodadh sinn a ràdh, gur mathaid gun do bhris

rudeigin air a' *Chuma*. Tha mìle adhbhar ann nach tàinig duine air ar son."

"Tha bàtaichean eile rim faighinn. Chan e . . . bidh fios aca, agus bhiodh iad ceart, gun do dh'inns sinn breug dhaibh. Agus chan fhuiling iad sin gun rudeigin ga chur ceart. Na cothroman."

Sheall iad air na dannsairean air na creagan ann an sàmhchair a-rithist. Bhris Kate an t-sàmhchair sin an toiseach.

"Carson a thug iad suas an seo e, ma tha, mura bheil iad a' dol ga mharbhadh?"

"Tha mi a' smaoineachadh gu bheil iad rudeigin nas innleachdaiche na sin."

Bha an obair deiseil air na creagan. Bha aon fhear na sheasamh air mullach na creig a' cunntadh àireamh nan eòin a bh' aca. Bha Cameron mionnaichte às gun robh adhbhar eile ann gun robh iad air a dhol gu Conachair. Sheall e sìos ris a' bhaile far an robh daoine a' gluasad.

Rinn iad cuibhlichean de na ròpaichean agus chaidh iad air ais sìos, pocannan mòra *hessian* air an druim làn fhulmairean. Bha Ruairidh nam measg, a' còmhradh air a shocair ri daoine. Bha coltas nas dòigheile air, mar gun robh iad air tighinn gu aonta.

"Tha poca mòr gu leòr aig Ruairidh co-dhiù," thuirt Kate
"Bidh e airson sealltainn cho feumail 's a tha e."

"Cha leig iad dha fuireachd às dèidh na thachair, an leig?"

"Chan eil fhios a'm, Kate."

Choisich iad sìos an leathad cas, Cameron agus Kate gan leantainn aig astar, gus an robh iad faisg air na cleitean aig ceann shuas a' bhaile. 'S ann an uair sin a thòisich rudan às an àbhaist a' tachairt. Choisich iad chun na cleit san robh iad a' cumail itean nan eòin, ach an àite tòiseachadh a' spìonadh, a' sgoltadh, a' sailleadh, 's ann chùm am buidheann orra sìos chun na tràghad.

Agus a-nis chitheadh Cameron gun robh Ruairidh an-fhoiseil.

Chitheadh iad buidheann dhaoine air an tràigh faisg air rudeigin, mar closach muic-mhara a bh' air tighinn air tìr. Ach 's e nàdar de ràth a bh' ann. Bha e ceangailte le sìomain agus bha e beag, oir cha robh cus fiodh aca idir air an eilean.

Bha Cameron agus Kate a' coiseachd rud beag nas luaithe a-nis gus an robh iad faisg gu leòr airson cluinntinn na bhathar ag ràdh.

"Dè tha seo?" dh'fhaighnich Ruairidh. "Dè tha a' tachairt?"

Bha Aonghas, fear de na h-èildearan, an sin. 'S e esan a bhruidhinn ris.

"Tha thu air breugan innse, a Ruairidh MhicFhionghuin. Ghabh thu brath air daoine. Chan urrainn dhut fuireachd nar measg. 'S e puinnsean a bhiodh ann, a' lìonadh cridheachan dhaoine le fuath an dèidh na rinn thu."

"Leig dhomh bruidhinn, leig dhomh."

"Is e seo an co-dhùnadh againn."

"Feumaidh sibh mo chluinntinn air beulaibh a h-uile duine. Feumaidh sibh. Sin an lagh againn."

"Chan eil thu mar phàirt dhen choimhearsnachd seo a-nis. Ach stiùiridh Dia far a bheil thu a' dol agus mar sin cha leig a leas feagal a bhith ort. Pàighidh tu mar sin airson nam peacaidhean agad agus bidh e an urra ri Freasdal na thachras dhut."

"Chan urrainn dhuibh . . . tha sibh a' dol ga mo mharbhadh . . . chan urrainn dhomh a dhol gu muir air a sin." Bha Ruairidh a-nis uabhasach troimh-a-chèile, ach cha robh truas ann an sùilean duine.

"Tha sinn air biadh agus uisge a thoirt dhut. Tha aodach agad agus plangaid ròin a chumas blàth thu. Gun cumadh Dia slàn thu."

"Bruidhinn ri na boireannaich! Cha do ghabh mi brath orra idir. Thuirt iad. Dh'fhaighnich iad dhomh. Thigeadh iad thugam. A Dhòmhnaill, do bhean. Feumaidh i an fhìrinn innse."

Sheas Dòmhnall air adhart agus thug e slais dha mun ghruaidh.

"Salachar. Ruairidh an Cealgaire a bhios ort bhon latha seo a-mach. Tha e a-nis an urra ri Dia dè thachras dhut. Chì Esan do chridhe agus d' anam, agus na gnìomhan a rinn thu. Agus ma tha thu glic, iarraidh tu mathanas air mun tèid thu gu muir."

Ghabh Aonghas grèim air Dòmhnall air a shocair agus ghluais e air ais e. Thòisich am buidheann air an trìtheamh salm thar an fhichead.

"Is e Dia fhèin is Buachaille dhomh
Cha bhi mi ann an dìth . . ."

Thuit Ruairidh sìos air a' ghainmhich ghil, agus dh'èigh e, èigh bho dhoimhneachd a bhodhaig, agus na deòir a' tuiteam.

Aig deireadh an t-sailm dh'fhàg a h-uile duine an tràigh, ga fhàgail na aonar. 'S e Aonghas an duine mu dheireadh a dh'fhàg, agus mun do rinn e sin, chaidh e gu Cameron agus Kate agus thuirt e,

"Bidh sinn ag iarraidh bruidhinn ribh."

Bha Cameron agus Kate leotha fhèin a-nis. Chaidh iad a-null gu Ruairidh nuair a thog e a cheann mu dheireadh thall.

"'S e peanas-bàis a th' ann."

"'S mathaid nach e. Fhios agad, 's mathaid gun tig thu tarsainn air bàt'-iasgaich, neo iacht. Neo ann am beagan làithean, le soirbheas, bidh thu faisg air a' chosta agus chì daoine thu."

"Am faca tu am muir an-diugh? Chan fhaigh mi a-mach às a' bhàgh."

Cha robh Kate cinnteach dè bha i a' smaoineachadh. Bha truas aice ris, ceart gu leòr, ach cuideachd chan fhuilingeadh i e nuair a bha fireannaich a' gabhail brath air boireannaich. Mar sin, cha robh i ann airson cofhurtachd a thoirt dha.

"Cò air a bha thu a-mach nuair a thuirt thu gun robh thu airson bruidhinn ri cuideigin? Nach gabhadh e ri seo," dh'fhaighnich i.

Thionndaidh e riutha.

"Tha mi 'n dòchas nach bi sibh cho fada air an eilean 's gun coinnich sibh e."

Chaidh Cameron suas faisg air.

"Cò? Cò th' ann? Carson nach eil e ga shealltainn fhèin?"

"Dè am feum a bhiodh ann innse dhuibh? Cha bhiodh fios agaibh cò e. Chan eil sinn anns an t-saoghal agaibhse. Neo sibhs' anns an t-saoghal agams'. Chan eil fhios dè tha an dàn dhuinn anns an dòlas àite seo."

"Cuidichidh e sinn. Gus faighinn a-mach na thachair dhan bhoireannach òg ud."

"Fàgaibh. Ruithibh le ur beatha. Sin a chanainn ribh."

Sheas e agus choimhead e a-mach gu muir. Choisich e air a shocair a-null chun an ràth. Bha e cho aotrom 's nach robh e feumach air cuideachadh sam bith leis.

Bha nàdar de phleadhag bheag ann a chleachd e gus a ghluasad, ach bha e fhathast slaodach, slaodach, gun mòran dòchais ann dha a-muigh air a' chuan, fada air falbh bho thìr agus bho chobhair sam bith.

Fear cràbhaidh a' siubhal fàsach mara, an urra ri Dia agus Freasdal, càit an deidheadh e, neo am biodh e beò neo marbh nuair a dh'èireadh a' ghrian a-rithist.

31

Rònaidh

'S ann air an naomh Rònan a bha an t-eilean air ainmeachadh – Rònaidh. Neo an ann air na ròin a bha pailt ann. Eilean bàigheil, uaine ann am meadhan a' chuain. Bha riamh ceangal làidir eadar e agus Sgìre Nis ann an Leòdhas, agus bha coimhearsnachd ann chun an 19mh linn deug.

Bha an naomh fhèin air a dhol ann còmhla ri phiuthar, Brianuilt. Chaidh e ann air druim cionaran-crò, an dèidh teachdaireachd fhaighinn bho Dhia. Ach dh'fhàg Brianuilt e agus dh'fhalbh i a Shùlaisgeir, far an deach a lorg marbh, le na h-iseanan a' neadachadh na h-asnaichean. Bha teampall air Sùlaisgeir – 'Taigh Bheannaich' an t-ainm a bh' air, agus còig togalaichean beag eile. Chan eil fhios carson a chaidh an cleachdadh, gun tobar air an eilean neo fearann sam bith.

Dh'fhaodadh gur e àite a bh' ann far am biodh daoine cràbhach, leithid nam manaich, a' dol airson sealltainn dìreach cho dìleas 's a bha iad, ga fhàgail an urra ri Dia an cumail beò leis an uisge a gheibheadh iad bhon talamh. Bha àiteachan mar sin air feadh nan eileanan, dùin bheaga neo eileanan beaga iomallach far a' chosta, far am biodh na dìthreabhaich a' dol. Bha na daoine seo a' feuchainn ris an aon rud a dhèanamh 's a rinn 'Athraichean an Fhàsaich' anns na tìrean Arabach, ach gur e a' mhuir a bha iad a' cleachdadh mar fhàsach, airson a bhith nas fhaisge air Dia.

Bha manaich eile ann, leithid Bhrianain, a thogadh bàtaichean agus a leigeadh dhan mhuir an toirt far an robh Dia ag iarraidh. Tha feadhainn ag ràdh gun do rinn e a' bhòidse aige gus Gàrradh Eden a lorg, ach chan eil sgeul air sin anns an leabhar mu dheidhinn.

Bha Cameron fhèin a' faireachdainn coltach ri Rònan, air na tonnan, ann an àite coimheach, biast air a ghualainn.

Bha Rònaidh a' coimhead cho uaine an dèidh a bhith air Sùlaisgeir, smaoinich Cameron. Agus airson mionaid, smaoinich e gun còrdadh e ris a bhith ann airson cothrom fhaighinn laighe air feur glan, fionnar, air falbh bho fhàileadh nan eun.

Bha e a' faireachdainn nas làidire a-nis seach nach robh aon duine deug eile ag argamaid ris, ach cha tuirt e mòran. Bha Donnchadh a' coimhead nas cunnartaiche mar a b' fhaisge a thàinig iad air an eilean.

Bha iomagain air gun robh cuideigin eile air an eilean, agus chaidh iad timcheall bonn an eilein gu far an robh aon dhen dà àite a bha daoine a' cleachdadh airson faighinn air tìr. Cha robh cala neo fiù 's àite ceart ann airson bàta a cheangal, dìreach creagan air am feumadh tu leum nam biodh an aimsir dona.

An dèidh coimhead nach robh duine eile air tìr, thill iad gu deas, far an robh iad nas fhaisg' air a' bhaile.

"Dè am plan ma tha?" dh'fhaighnich Tom.

"Gheibh sinn a h-uile càil air tìr, an t-eathar agus a h-uile càil, agus thèid sinn suas chun a' bhaile. Chan eil e fad às a seo."

"Carson a tha sinn a' dol an sin?"

"Bidh daoine uaireannan a' tighinn chun an eilein, tha fios agad. Chan eil mi ag iarraidh uaigh a dhèanamh far am faic duine gun robh cuideigin a' cladhach. Eilean beag a th' ann agus cha deach spaid a thionndadh ann airson iomadach bliadhna. Tha cleitean beag anns a' bhaile a tha làn iseanan a' neadachadh. Nì sinn toll ann an aon de na cleitean. Cha bhi luchd-turais a' dol nam broinn, tha na h-iseanan gan cumail air falbh. Làr ùir a th' ann co-dhiù, tha e dorch agus chan eil càil a' fàs ann. Cha lorg duine an corp an sin."

Sheall e air Cameron airson mionaid. Cha mhòr nach robh e a' coimhead bàigheil airson diog.

"Chan fhada gum bi e seachad. Bidh cuimhne agam air seo. Tha cuimhne agam air na daoine a tha gam chuideachadh."

Cha tuirt Cameron càil.

Chaidh iad air tìr agus 's iad a bha taingeil nach robh mòran suaile ann. Leum Tom air tìr agus ghabh e grèim air an ròp-cheangail, a' feuchainn ris an t-eathar a chumail cho dìreach 's a b' urrainn dha. 'S e brùid duine a bh' ann an Donnchadh. Thog e an corp a bha anns an tarpaulin, a' dèanamh cinnteach gun robh an tarpaulin dùinte, agus chuir e thairis air aon ghualainn e. Le aon cheum bha e air tìr. Chuir e sìos an corp, smèid e ri Cameron airson a chuideachadh agus fhuair an triùir aca an t-eathar suas air tìr.

Cha robh Donnchadh ann an sunnd airson dabhdail. Shad e poca agus spaid gu Tom. Thog e an corp a-rithist air a ghualainn agus rinn e às suas chun a' bhaile.

"Cùm sùil a-mach airson cleit mhath. Doras beag. Làn eòin. Le coltas àbhaisteach."

Nuair a bha 'd a' coiseachd, thuirt Tom, "Nach fheum sinn na fiaclan aige a thoirt às?"

"Dè?" thuirt Cameron.

"Na fiaclan. Agus na làmhan agus na casan. Nach e sin a bhios iad a' dèanamh airson nach dèan duine a-mach cò th' annta. Daoine a th' air am murt."

Cha do sheall Donnchadh air ach thuirt e, "Chan eil mise a' dol a spìonadh fiaclan à duine. Dèan fhèin e ma thogras tu."

"Ach dè ma lorgas iad na meur-lorgan againn?"

"Cha lorg."

"Ach ma lorgas."

"Chan fhaigh iad meur-lorgan air aodach," thuirt Donnchadh.

"Gheibh a-nis," thuirt Cameron.

"Dè?" thuirt Tom. Bha e follaiseach gun robh e a' fàs beagan feagalach.

"Tha 'd a' cleachdadh DNA a-nis, ga thogail bho aodach. Chan eil fhios a'm fhìn an e beachd math a th' ann. Dh'fhaodadh rud sam bith tachairt. Arc-eòlaiche, mar eisimpleir. Tha 'd sin a' dèanamh rudan sna h-eileanan an-dràsta. Agus nach eil plèan aca, a' cumail sùil air bàtaichean-iasgaich."

"Cessna. Tha mi air fhaicinn," thuirt Tom.

"Sin e dìreach. Dè ma chì iad sinn?"

Bha Tom a-nis a' coiseachd rudeigin nas slaodaiche. "Chan eil . . . chan eil fhios a'm, a Dhonnchaidh. Dè . . . dè ma thèid rudeigin ceàrr?"

"Tom, gabh smachd ort fhèin. Agus thusa," stad e agus thionndaidh e ri Cameron. "Dùin do chlab."

Bha Donnchadh a' fàs sgìth, bha na bha e a' giùlan trom, ach chùm e a' dol. Cha robh e a' dol a stad a ghabhail fois; bha e ga iarraidh seachad.

"Dè mun tè sin?" thuirt Tom mun a' chiad chleit a chunnaic e.

"Ro fhaisg air an staran. Thugainn chun an fheadhainn ud thall."

"An e sin an eaglais aca? Bha mo sheanair a' bruidhinn mu deidhinn. Chleachd e bhith a' tighinn an seo gu fleansadh nan ròin."

Bha mullach oirre agus doras beag, clachaireachd bhrèagha.

"Bu chaomh leams' a dhol a-staigh innte."

"Chan e a th' againn ri dhèanamh."

"Chan eil fhios dè an seòrsa duine a bh' ann. An Naomh Rònan. Smaoinich tighinn a dh'fhuireachd a seo."

"Chan eil fhios a'm am biodh e cho dona. Seall cho math 's a tha an talamh," thuirt Cameron. Bha e ceart, bha feannagan fhathast rim faicinn mar nach robh ach bliadhna neo dhà bho chaidh an cleachdadh. Eilean torrach, uaine. Bha clach gu leòr ann airson togail bhallachan is thaighean airson fasgadh, agus bhiodh creagach ann, tha fhios. Cha robh àite ann airson bàta a chur dhan mhuir ann an dòigh chunbhalach, ach tha fhios gum biodh creagach math ann.

Agus leis an àireamh bheag de dhaoine a bhiodh air an eilean, le caoraich, cearcan agus crodh, coirce agus eòrna, nach cumadh sin a' dol iad? Chan e an aonranachd a chuir crìoch orra ach an saoghal tha muigh. Radain dhubha a' tighinn air tìr bho bhàta agus ag ithe an eòrna aca, iasgairean a' goid an tairbh aca, agus mu dheireadh bha am bàta fadalach aon turas a' tighinn a-mach le biadh an dèidh a' gheamhraidh. Bhàsaich iad.

"Bha mo shìn-shìn-sheanair an seo airson dreis," thuirt Tom. "Chaidh a ghlacadh a' dèanamh uisge-beatha agus fhuair e taghadh a bhith na chìobair an seo neo a dhol dhan phrìosan. Bha e seo airson beagan bhliadhnaichean, bha fiù 's leanabh aige an seo. Nuair a thill e a Nis, bha cianalas air. Thuirt cuideigin ris gum faiceadh e an t-eilean nan deidheadh e gu mullach Mùirneag air latha math. Ach thuirt e nach deidheadh, gum briseadh e a chridhe an t-àite fhaicinn."

"Tha sin inntinneach," thuirt Cameron.

"Nach sguir sibh dhen chur-a-mach agaibh. Tha sibh a' fàs rudeigin ro dhàimheil, nam bheachd-sa," thuirt Donnchadh. Stad e airson sealltainn far an robh e. "Am fear seo," thuirt e. 'S mathaid gur e seann àite bh' ann airson eòrna a chumail. Togalach beag cloiche le mullach fhathast air, doras beag air am feumadh tu a dhol a-staigh air do ghlùinean.

"Thalla a-staigh, Tom, agus faic a bheil eòin a' neadachadh ann."

"Mise?"

"Seadh, thusa, neo robh thu a' smaoineachadh gur ann air saor-làithean a bha thu?"

"Thug e a-mach an lanntair bheag a bh' aca agus chuir e a cheann a-staigh dhan toll. Chuala an dithis eile e a' guidheachdain agus thàinig e a-mach cho luath 's a b' urrainn dha.

"Balgair fulmair. Chuir e a-mach orm." Bha ola air a dhol air, rud a bhios fulmair a' dèanamh ma bhios iad a' faireachdainn gu bheil iad ann an cunnart. Shad e sheacaid dheth, agus thuit i ri cliathaich a' chuirp.

"Bheil thu deiseil?" thuirt Donnchadh.

"Mhill e mo sheacaid. Mìthealadh, abair fàileadh."

"Chan e sin dìreach am fulmair. Thalla 's faigh e. Na marbh e. Tha mi airson gun suidh e air an nead a-rithist nuair a tha sinn deiseil. Ceangail e le ròpa airson dreis."

"Dèan fhèin e," thuirt Tom. Bha e air a shàrachadh a-nis leis an turas seo, am murt, an corp 's a h-uile càil. Bha coltas air Donnchadh gun robh e a' dol a ghabhail grèim air, ach chuir e stad air fhèin.

Thionndaidh e ri Cameron. "Fuirich thusa a-muigh, agus ma chluinneas tu càil, inns dhuinn. Plèan, bàta, rud sam bith. Feumaidh sinn an corp fhaighinn a-mach à sealladh cho luath 's a 's urrainn dhuinn."

Thog Donnchadh an corp an uair sin agus chuir e pìos a-staigh an doras e. Thug e a-mach an sgian fhada aige agus chaidh e a-staigh dhan bhothaig. Fuaim isein airson diog agus an uair sin sgian a' dol a-staigh a dh'fheòil agus sàmhchair. Thàinig carcas an fhulmair a-mach tron doras.

"Tha tuilleadh 's a chòir dhe na beathaichean sin ann co-dhiù," thuirt e.

Tharraing Donnchadh an corp a-staigh ceart dhan bhothaig, òirleach an dèidh òirleach, mar nathair ag ith' a bìdh air a socair.

Shuidh Cameron sa ghrèin fhad 's a bha Donnchadh a' cladhach toll anns a' bhothaig. Chan e obair chàilear a bhiodh ann, bliadhnaichean de ghuano agus iseanan a' neadachadh ann, fàileadh na croich. Talamh dubh, dubh fon sin. Cha chluinneadh an dithis a bha a-muigh càil ach an spaid a' dol dhan ùir agus an anail aige. Bha Tom a' coimhead a-mach gu muir.

"An ainm an Àigh, abair àite airson a bhith air do thiodhlac-adh. Gun mhinistear a' bruidhinn neo càil."

Dh'fhosgail Tom flasg bheag a bh' aige. Chunnaic Cameron gun robh a làmh a' critheadaich.

"'G iarraidh druthag?" thuirt e, ga thairgsinn dha.

"Siuthad ma tha," thuirt Cameron, a' gabhail a' bhotail. Chuir e iongnadh air gun robh a làmh fhèin a' critheadaich.

"Air a' bhàta, thuit an tarpaulin air ais agus chunnaic mi an aghaidh aige. Glas. Bha e man . . . crèadh . . . clach. Chan e duine a bh' ann. Shaoileadh tu gum biodh sin na chuideachadh. Chan eil. Chan fhaigh mi siud às mo cheann cho fad 's is beò mi."

"Tha mi a' tuigsinn," thuirt Cameron. "Seo an rathad air a bheil sinn ge-tà. Feumaidh sinn dèiligeadh ris. Chan eil fhios a'm . . . ciamar a . . . am bi e a' tighinn air ais thugainn?"

"'S e an duine ud," thuirt Tom, a' chiad turas a thuirt e càil an aghaidh Dhonnchaidh. "Chan eil càil a' cunntadh ach a bheachd fhèin."

Ghabh e am flasg air ais agus ghabh e druthag eile. Bha e a' coimhead glas e fhèin, sgìth agus aosta.

"Tha e ro fhadalach, a-nis, a bheil?" thuirt e.

"Tha e ro fhadalach."

Thàinig Donnchadh a-mach às a' bhothaig. Cha robh fios aca an cuala e na thuirt iad, ach bha Cameron a' smaoineachadh gun cuala oir bha drèin air.

"Thoir dhomh sin," thuirt e, a' gabhail a' flasg.

"Tha mi feumach air rud beag èadhair mun cuir mi crìoch air." Thug e a' flasg air ais do Tom. Bha aige ri nèapraig a thoirt às a phòcaid gus an ùir a ghlanadh dhith. Co-dhiù, cha b' urrainn dha a-nis a' flasg a chumail oir bhiodh e a' smaoineachadh air an latha seo a h-uile turas a bhiodh e ag òl às.

"Deagh bheachd. Deagh bheachd a bh' ann. Chan fhada gu faod sinn falbh. Ithidh sinn pìosan shuas gu h-àrd. A' coimhead sìos air Fianuis. Àite cho breagha 's a gheibh thu air an t-saoghal seo." Choimhead e air an dithis eile. "'S mathaid gum bi an dithis agaibhs' a' togail fianais às dèidh seo, an stùirc a th' oirbh."

Cha tuirt iad càil. Chaidh Donnchadh air ais dhan bhothaig agus chuala iad an corp a' dol dhan toll agus e an uair sin a' tòiseachadh ga lìonadh le ùir a-rithist.

"Chan fhada gum bi e seachad," thuirt Cameron ri Tom, a bha a-nis a' rànail air a shocair agus a' feuchainn ri fhalachd.

Leig Tom anail a-mach, fuaim nach cuala Cameron a-riamh, làn doilgheis. Thainig guth bhon a' bhothaig.

"Cameron, an tig thu seo mionaid."

Cha robh Cameron cinnteach carson a bha Donnchadh airson bruidhinn ris, ach chaidh e a-null co-dhiù agus sheall e a-staigh dhan dorchadas. Thàinig làmh a-mach agus dh'fhairich e e fhèin air a dhraghadh a-staigh. An neart a bh' anns an duine; bha e ga ghluasad mar gur e poca clòimhe a bh' ann.

Bha ùir air a dhol a bheul Chameron agus shad e smugaid. Thionndaidh Donnchadh e, agus dh'fheuch Cameron ri bhualadh. Chuir Donnchadh stad air na buillean mar gur e cuileagan a bh' annta. Chùm e grèim air a sheacaid.

"Bheil thu a' coimhead seo. Tha e deiseil. Tha e fon an ùir. Chan eil càil a' dol a dh'atharrachadh dha a-nis. Tha thu a' tuigsinn?" Ghnog Cameron a cheann.

"Ach ma dh'èireas an duine seo a-mach às an uaigh ann an dòigh sam bith, ma chluinneas mi fathann mu dheidhinn, ma bhios duine a' faighneachd cheistean mu dheidhinn, bidh fios agam gur tusa a bh' ann."

"Cha chan mi dùrd," thuirt Cameron.

"Dè thuirt thu?"

"Cha chan mi dùrd, thuirt mi."

"Can a-rithist e."

"Leig às mi. Cha chan mi càil ri duine."

"Ma chanas, cuimhnich gum feum mi mi fhìn a dhìon ann an dòigh sam bith. Thig mi air do thòir. Agus bidh thu fhèin air do thiodhlacadh ann am bothan beag mar seo, neo air mòinteach air choreigin."

Leig e às a ghrèim air a sheacaid agus chaidh Cameron air ais a-mach cho luath 's a b' urrainn dha, fàileadh guano agus stùir na shròin. Bha an talamh anns a' bhothaig air a dhùsgadh, àrd, ach cha toireadh sin fada air a dhol sìos, agus bhiodh an duine ann gu Là a' Bhreitheanais.

32

Hiort

Bhuail an sgìths iad air an t-slighe air ais suas bhon tràigh. Cha robh iad air a bhith a' coiseachd mòran fad sheachdainean, neo ag ith' mòran. Bha Kate dhen bheachd nach robh iad a' toirt ach na h-uiread dhaibh airson gum biodh iad nas laige.

Shuidh iad.

"Tha sin fuar, nach eil? Na rinn iad air Ruairidh," thuirt Kate.

"Bheil truas agad ris a-nis?"

Smaoinich i air a' cheist.

"Tha an dà fhaireachdainn agam. Truas agus fearg le na rinn e. Tha mi cinnteach gun do ghabh e brath."

Laigh Cameron air ais anns an fheur, feur a bha làidir, uaine, math airson nam beathaichean.

"Dè dhèanadh tusa nan àite? Leigeil dha bhith beò? Fuireachd sa choimhearsnachd?"

"Bhithinn air a pheanasachadh ceart gu leòr. Ach 's dòcha . . . chan eil fhios a'm. Tha mi taingeil nach fheum mi a bhith a' rèiteachadh nan rudan sin."

"Tha cus co-fhaireachdainn unnad airson sin, tha mi a' smaoineachadh," thuirt Cameron.

Sheall i air.

"Sin a' chiad rud snog a thuirt thu rium a-riamh."

Shuidh e suas beagan.

"Chan e, na. Tha mi air gu leòr a ràdh a bha snog."

"Leithid dè?"

Smaoinich Cameron dreis.

"Thuirt mi riut aon turas gun do chuidich an dearbhadh-sùl a rinn thu gu mòr."

"Seadh."

Dh'atharraich e an cuspair. Cha robh e cho dèidheil air a bhith a' bruidhinn air faireachdainnean.

"Tha e math suidhe mionaid. Ach feumaidh sinn na Hiortaich fhaicinn uaireigin, tha mi a' creids'. 'S mathaid gun laigh mi an seo mionaid eile ge-tà."

Thug Kate a-mach balgam bùirn agus pìos beag aran-coirce a roinn i eatarra.

"Uill, 's math nach eil agams' ri mo shlighe fhaighinn tron h-uile càil tha seo. Cha dèan mi càl neo brochan dheth."

"Feumaidh sinn dìreach an duine tha siud a lorg. An duine tha 'd a' feuchainn ri fhalach. Chan eil fhios a'm carson. Agus chan eil fhios a'm dè an grèim a th' aige no aice air càch."

"'S mathaid gu bheil ceannard aca, neo rudeigin coltach ris," thuirt Kate. "Tha eileanan beag eile ann le rìgh, chan eil fhios carson. 'S mathaid gu bheil e feumail aig amannan, aig tachartasan, gu bheil fòcas ann."

"Fòcas," thuirt Cameron. "Fòcas, sin e dìreach."

Shuidh e a-rithist, a chasan lùbte fodha.

"Chunnaic thu an taigh aig Ruairidh. Bha barrachd rudan ann na bha anns na taighean eile, nach robh? Seall, tha an taigh sin aig ceann shìos a' bhaile . . . rud beag air falbh bho chàch."

"A bheil?" thuirt Kate.

"Dìreach rud beag. Seall. Tha e a' coimhead nas ùire, nach

eil, mar gun deach a thogail rud beag nas fhaisg' air an latha an-diugh. Agus tha cleitean timcheall air. Fada a bharrachd chleitean na tha timcheall air na taighean eile."

"'S mathaid gur e turchairt a tha sin."

"Uill," thuirt Cameron agus e a' seasamh. "Chan eil mòran againn ach turchairtean an-dràsta. Thugainn sgrìob timcheall a' bhaile."

Cha robh iad ag iarraidh gun cuireadh duine stad orra agus, mar sin, ghabh iad rathad fada chun an taighe. Bha an teas a-nis air a dhol a-mach às an latha. Stad iad agus choimhead iad a-mach gu muir an siud 's an seo, agus chunnaic iad gun robh an ràth aig Ruairidh fhathast a' seòladh.

Ràinig iad an taigh agus chaidh iad suas ri chliathaich airson nach fhaiceadh duine iad.

"Chan eil uinneagan aca sna gèibilean an seo," thuirt Cameron.

"Tha 'd ro fhaisg air a chèile airson sin. Tha 'd cleachdte ri bhith gan togail mar seo, tha mi a' creids'."

"Tha mi a' dol a thoirt sùil. Aon rud mu dheidhinn an àite, tha e math nach fheum duine cead airson dèanamh na thogras e. An cùm thu cluas ri claisneachd?" thuirt e ri Kate.

Choisich e chun an dorais agus dh'fheuch e an robh e fosgailte. Cha robh. Chaidh e an uair sin gu cùl an taighe agus thug e sùil air na cleitean. Bha na dorsan glaiste orrasan cuideachd. Thill e air ais gu Kate.

"An d' fhuair thu càil?"

"Cha d' fhuair. Tha mi sgìth dhen dol-às seo."

Bha seann chlach-mhuilinn faisg air an doras. Cha b' e tè mhòr a bh' innte, agus rinn e a' chùis air a togail. Ghabh e ceum air ais agus ruith e chun an dorais. Le brag, chaidh am fiodh na spealgan, thuit a' chlach gu làr, rudeigin ro fhaisg air na h-òrdagan aige, bhris a' ghlas agus fhuair e a-staigh. Chaidh Kate a-staigh còmhla ris.

"Neònach gu bheil an taigh seo glaiste, agus a h-uile taigh eile fosgailte."

"Feumaidh sinn a bhith luath," thuirt i, agus thòisich i a' dol tro rudan. Cha robh an t-uabhas ann, cisteachan mòra glaiste an siud 's an seo.

"An e seo am banca aca neo rudeigin mar sin?"

"Cha bhi iad a' cleachdadh airgead."

"Seall."

Bha seann chiste-tasgaidh anns a' chòrnair fon bhòrd. Ri taobh bha dà sheann chiste eile, an seòrsa ciste anns am b' àbhaist daoine a bhith a' cumail phlaidichean agus a leithid. Cha robh i glaiste agus thog Kate am mullach.

Na broinn bha plaidichean àlainn ann an stoidhle fighe Hiort. Bha an t-àite ainmeil air a shon anns na seann làithean, le luchd-turais ag iarraidh phlaidichean agus guailleachain air an dèanamh anns an stoidhle dhathte aca. Ach stad an ceangal ris an eilean anns na tritheadan, agus bha prìsean nan seann ghuailleachain seo air a dhol suas gu mòr.

"Leugh mi gu bheil iad sgileil a thaobh fighe," thuirt Kate.

"Chunnaic mi duine neo dithis ga dhèanamh ceart gu lèor."

Thog i aon a-mach às a' chiste. Bha e dìreach àlainn.

"Chan eil fhios dè tha aon dhen seo a' cosg a-nis," thuirt Kate. "Chunnaic mi aig Sotheby's aon turas gun robh cuideigin a' reic trì dhiubh bho 1930, agus bha 'd prìs mhòr.

"'S mathaid gum bu chòir dhuinn aon a thoirt leinn, rud beag pàighidh airson a h-uile càil a thachair rinn."

Chuir i air ais dhan chiste e cho faiceallach 's a ghabhadh.

"'S mathaid gum bi fios aig daoine gun robh cuideigin a-staigh . . . seach nach eil an doras ann an aon phìos tuilleadh . . ." thuirt Cameron. Choisich e timcheall.

"Chan e taigh duine bochd a tha seo," thuirt Cameron. Cha robh mòran anns an taigh, ach am beagan a bha ann, bha e grinn air a dhèanamh.

"Nach toir sinn sùil air an rùm eile?" Glè thric bha dà shèomar mhòr ann an taigh, ach bha an taigh seo nas motha na sin.

Chaidh Kate an toiseach. "Seall sin."

Air bòrd anns a' chidsin, bha fòn saideal.

～ 33 ～

Leòdhas

Às dèidh an turais a Shùlaisgeir, chan fhaca Cameron Donnchadh airson a' chòrr dhen t-samhradh. Fhuair iad dhachaigh leis na gugannan. Cha do mharbh iad buileach uiread a' bhliadhna sin agus fhuair iad air ais dhachaigh dà latha nas tràithe, ach bha gu leòr aca airson deagh airgead a dhèanamh, rud a bha feumail do Chameron oir bha e air faighinn a sgoil cadets nam Poileas.

Nuair a thill iad à Rònaidh a Shùlaisgeir anns an eathar, cha do bhruidhinn duine air na thachair. Cha robh deoch ceadaichte air an eilean, ach dòigh air choreigin fhuair Donnchadh grèim air botal uisge-bheatha agus ghabh e smùid na croich. Thuit e an uair sin na chadal gun mòran bìdh na bhroinn aig naoi uairean, aghaidh fhathast le stùirc mhì-thoilichte, dhorch.

Thug e làithean mun do dh'fhalbh a' chrith às na làmhan aige, ach mun tàinig iad air ais à Nis, bha e math air a chuid obrach a-rithist, agus bha gàireachdainn agus craic ri chluinntinn air an sgeir.

Bha na balaich eile air uidheamachd an duine a chur dhan chaidheag a-rithist agus air a thilgeil bho thaobh eile an eilein. 'S mathaid gum briseadh a' mhuir na sgàrd e, neo chan eil fhios nach lorgadh cuideigin e, ach cha robh càil ga cheangal ris an àite. An duine bochd, smaoinich Cameron, e a' coimhead suas ri na ballachan cloiche anns a' bhothan far an robh e na laighe, na dhùisg. Fuaim nam fear eile nan cadal, neo casad beag an-dràst' 's a-rithist, cuideigin eile nach fhaigheadh air cadal.

Chuir Cameron seachad gu leòr tìde a' smaoineachadh air dè thachradh nam faigheadh iad a-mach mu na thachair dhan duine, agus a' phàirt aige-san anns a' mhurt. Oir bha pàirt aige ann, bha sin cinnteach. A' toirt a' chuirp gu làrach eile agus a' cuideachadh ga thiodhlacadh. Sin a shaoileadh Siorram, codhiù. Agus dè thachradh dha bheatha an uair sin? Cha bhiodh Poileas no Poileas ann, neo obair eile, tha fhios. Cha bhiodh a' feitheamh air ach am prìosan.

Mar sin, dh'fheuch e ri cumail air falbh bhon a h-uile càil. Nuair a thachair e ri Donnie anns a' bhùth, cha do fhreagair e nuair a thòisich Donnie a' bruidhinn air a dhol a Shùlaisgeir a' bhliadhna às dèidh sin.

Thàinig am Poileas dhan sgìre beagan an dèidh dhaibh tilleadh, oir bha fios aca gun robh an duine, Smith, air chall, agus bha fios aca air na planaichean aige. Bhruidhinn am Poileas ri Donnie an toiseach, a thuirt nach tàinig duine air tìr ann an Sùlaisgeir fhad 's a bha iad ann. A rèir choltais 's e Smith an duine a mhaoidh gun robh e a' dol a mharbhadh cuideigin dhen sgioba mura sguireadh iad a mharbhadh nan eòin. Cha do thachair mar a bha e an dùil.

Bha am Poileas anns an sgoil còmhla ri Donnie agus ghabh e ris na thuirt e gun cheist. Lorg bàt'-iasgaich an caidheag an dèidh seachdain, agus ged a bha rud neo dhà a' cur dragh air na Poilis, mar carson nach robh an t-seacaid-teasairginn air Smith agus i am measg na h-acfhainn aige, mu dheireadh thall thuirt na Poilis nach robh càil às an àbhaist mu dheidhinn agus shocraich a h-uile càil.

Bha oidhcheannan nuair a bhiodh Cameron a' dùsgadh agus bhiodh e an uair sin a' cuimhneachadh a bhith air a bheul fodha anns an àite bheag chloiche ud air Rònaidh, Donnchadh os a chionn, agus cha mhòr nach fairicheadh e fhathast blas na h-ùir na bheul.

Beagan oidhcheannan às dèidh dhan h-uile duine an naidheachd a chluinntinn, nochd Tom aig an taigh aig Cameron. Shaoileadh tu gun robh an deoch air, ach cha robh fàileadh sam bith air an anail aige agus nuair a dh'fhaighnich Cameron dha an robh e ag òl, thuirt e, air onair, nach robh.

Thug Cameron a-mach gu sgiath bhlàth na cruaich mhònach e airson nach cluinneadh a mhàthair an còmhradh aca agus dh'fhaighnich e dha dè bha air inntinn. Shuidh iad len druim ris a' chruaich, a bha blàth sa ghrèin.

"Chan urrainn dhomh bhith beò mar seo," thuirt Tom.

"Tha fios agam gu bheil e duilich."

"Chan urrainn dhomh a dhol dhan eaglais. Bhithinn a' dol dhan eaglais, chan urrainn dhomh a-nis."

'S mathaid gun robh Tom *bipolar*, smaoinich Cameron, oir bha caraid aig Cameron a' bha fulang leis agus bha a shunnd gu math coltach ri nuair a bha an duine eile shuas.

"Cha tusa a rinn an gnìomh."

"Thog mi an corp. Chuidich mi. Chùm mi sàmhach. Bha clann aig an duine. An robh fios agad? Chan eil athair aca a-nis. Chan eil tiodhlacadh ann dhaibh. Thug sinn a h-uile càil tha sin air falbh bhuapa."

"Nach eil mi ag ràdh riut, cha bu tusa a rinn an gnìomh. Agus smaoinich air na rinn sinn, mar bhuidheann. Tha mi a' smaoineachadh gun do rinn sinn an rud ceart," thuirt Cameron.

"Cha do rinn. 'S ann bu chòir dhuinn a bhith air a dhol air a' VHF anns a' bhad, a dh'innse na thachair. Agus bu chòir dha Donnchadh pàigheadh airson na rinn e. Cha chreid mi nach bu chòir dhomh innse dhan Phoileas mu na thachair."

Dh'fhairich Cameron toll a' fosgladh anns an stamaig aige, an aon fhaireachdainn ri nuair a tha thu a' feuchainn ri gluasad ann an aisling 's nach urrainn dhut.

"Tha an t-àm airson innse seachad. Tha e seachad. Thuirt mi sin aig an àm. Agus dè mu dheidhinn chàich? Dè thachradh dhan a h-uile duine? Dè thachradh dhuinne?" thuirt Cameron.

"Bhiodh sin an urra ri Freasdal."

"Feumar uaireannan cuideachadh a thoirt dhan Fhreasdal."

"De?" thuirt Tom. "Cò chuala a leithid a rud? Tha mi ag iarraidh a bhith moiteil asam fhìn a-rithist. Fuath, tha fuath agam dhomh fhìn an-dràsta."

Bha an t-àm ri teachd a-nis a' gluasad gu aghaidh eanchainn Chameron. Na dh'fhaodadh tachairt. Chitheadh e gun robh uallach air Tom, uallach mòr, agus mura dèanadh e dad an-dràsta, bha teans' ann gun dèanadh e e uaireigin.

"D' obair. Tha thu ag obair dha Donnchadh, nach eil? Do bhràthair cuideachd."

"Cha chreideadh tu an seòrsa rud a tha 'd a' dèanamh. Na daoine ud. Tha mi am bogadh ann gu m' ugannan. Na breugan."

"Fàg e an-dràsta," thuirt Cameron. "Na dèan càil ann an cabhaig."

Chunnaic iad càr neo dhà a' dol seachad air an rathad, a' tighinn air ais bhon a' Chlub. Aon de na càraichean, 's ann le Donnchadh a bha e. Chunnaic Donnchadh an dithis aca nan suidhe, druim ris a' chruaich, agus dh'atharraich aodann.

"Ò, mìthealadh," thuirt Cameron.

"An salachar."

Chunnaic iad an càr a' stad ann an staran nàbaidh agus Donnchadh a' tighinn a-mach.

"Dè nì sinn?" dh'fhaighnich Cameron.

"Eh? Cha dèan càil. Leig dha tighinn. Gheibh e spaid tro pheirceall ma dh'fheuchas e càil ormsa."

Cha robh seo idir a' còrdadh ri Cameron. Cha tigeadh math sam bith às.

Thàinig Donnchadh far an robh iad.

"Seadh, agus dè tha a' dol an seo?"

"Stad Tom airson cèilidh," thuirt Cameron.

"Seadh, agus cò air a tha sibh a' bruidhinn. Tom, chan eil thu a' coimhead cho fiot, a bhalaich. Nach teirig thu dhachaigh dhad leabaidh. Gabh do philichean."

"A bhalgair. 'S ann air do sgàth-sa nach fhaigh mi cadal, gu bheil mi air na pilichean," thuirt Tom.

"Haoi, cùm do ghuth sìos," thuirt Donnchadh.

"Tha mi a' dol a dh'innse dha na Poilis na thachair," thuirt e.

Thionndaidh Donnchadh air falbh bhuapa airson diog agus ruith e a làmh tro fhalt. Chitheadh tu gun robh e a' feuchainn ri grèim a chumail air fhèin. Thionndaidh e mu dheireadh thall.

"Tom, dè am feum a dhèanadh sin dha duine? Cha dèanadh dhòmhs', tha sin cinnteach. Ach cha dèanadh dhut fhèin a bharrachd. Neo dha do charaid an seo."

Bha an Donnchadh a chunnaic Cameron air mullach Shùlaisgeir air ais. Cunnartach.

"Trobhad, bheir mi lioft dhachaigh dhut," thuirt Donnchadh ri Tom. "Trobhad. Bruidhnidh sinn mu dheidhinn. Tha leth-bhotal agam. Fuirich thusa, ann am bliadhna, cha bhi cuimhne agad air sgath dhen seo."

Chitheadh tu a' mhì-chinnt ann an sùilean Tom, ach sheas e co-dhiù. Cha robh fios aige dè eile dhèanadh e. B' e an t-àite seo a bheatha; cha robh e eòlach air càil air taobh a-muigh na sgìre. Na daoine, bha e an crochadh orra gu lèir.

Chaidh Tom còmhla ri Donnchadh, rud beag cugallach air a chasan. Cha robh fios idir aig Cameron dè dhèanadh Tom. 'S mathaid gun cuireadh Donnchadh stad air càil a dhèanamh an latha sin, ach bha latha às dèidh sin agus latha às dèidh sin. Bha claidheamh os a chionn. Shuidh Cameron airson leth uair a thìde anns an ùir bhlàth, ach cha robh càil ann a b' urrainn dha a dhèanamh. Cha robh duine ann ris b' urrainn e bruidhinn.

Dh'fhairich e an fhearg a' dùsgadh na bhroilleach, an lìon anns an robh e an sàs, agus cha robh e an urra ris ciamar a dheidheadh rudan na bheatha. Bha e an crochadh air cò dh'inseadh dè.

Bha fios aige gun robh e ceàrr, na rinn e. Nach robh e làidir gu leòr air Sùlaisgeir nuair a bha 'd ag aontachadh dè dhèanadh iad. Bu chòir dha bhith air a dhol leis na bha e fhèin a' smaoineachadh aig an àm. Agus mura biodh duine dhe na bh' air an sgeir air bruidhinn ris a-rithist, dragh. Chan e am beatha-san a bh' air a milleadh. Agus chan e dìreach Donnchadh ris an robh e feargach, bha e feargach ri Donnie, na dhòigh shàmhach fhèin a chuidich gus seo a thoirt gu bith. Bhruidhneadh e ri Donnie agus dh'innseadh e dha na bha e a' smaoineachadh dheth.

Agus nan tachradh càil dha, bhiodh a h-uile mac màthar aca a' dol sìos còmhla ris. Chuireadh e teine ris a h-uile càil. Bha e làn fuath dha fhèin. Lag. Clach na stamaig. Cha robh e ann an suidheachadh math.

Chuir e seachad an còrr dhen t-samhradh ag obair an siud 's an seo, a' dol a-mach, ag òl rud beag cus agus a' dol às dèidh clann-nighean.

Chuir e seachad tìde air na tràighean air an robh e dèidheil, a' dol a-mach chun na mòintich agus a' coiseachd seachad air na h-àirighean, Taigh Iain Fiosaich agus timcheall chun na tràigh aig Cuisiadar. Bhiodh e tric a' snàmh an sin agus a' gabhail na grèine air na creagan. 'S ann an sin aon latha a chuir e roimhe gun robh e a' dol a sgur a bhith iomagaineach mu dheidhinn na dh'fhaodadh tachairt dha. Dh'fhaodadh iomadach rud nas miosa tachairt dha co-dhiù. Fhuair e bhon sgeir gun leòn. Cha robh e airson faighinn a-mach cia mheud bliadhna a gheibheadh e anns a' phrìosan nam faigheadh iad a-mach. Dh'fhàg e sin air a chùlaibh. Nam biodh e fortanach, bhiodh e dìomhair fad a bheatha.

Thàinig an latha sin air ais thuige gu làidir ceala-deug mun do dh'fhàg e airson na colaiste ann an Tulliallan. Chuala e bho mhàthair nach robh Tom gu math idir. Agus rud neònach, gun robh seòladair air choreigin air a sheacaid a lorg air Rònaidh. Bha an duine cho math 's gun tug e leis i oir bha iad a' dol a stad ann an Nis agus bha rud ann an tè dhe na pòcaidean leis an t-seòladh aig Tom agus beagan airgid. Abair neònach, thuirt màthair Chameron, gun do chaill e seacaid air Sùlaisgeir agus gur ann air Rònaidh a chaidh e air tìr. Cha robh fios aice ciamar a thachradh sin.

Cha robh fios aig Cameron am bu chòir dha a dhol a dh'fhaicinn Tom, a bha a rèir choltais a' fulang gu mòr. Ach dà latha an dèidh dha cluinntinn mun t-seacaid, thàinig Donnie ga fhaicinn.

34

Fòn saideal

Ann an taigh ann an Hiort. Dh'atharraich seo cùisean beagan. Chuala iad casan a' ruith seachad air an taigh agus cuideigin ag èigheachd.

"Guma mìthealadh, mhothaich iad mu thràth," thuirt Cameron.

"Nach fhalbh sinn. 'S mathaid nach smaoinich iad gur e sinne a bh' ann."

"Cò eile bhiodh ann?" thuirt Cameron. "Dè tha thu a' dèanamh?"

"Ga chur air. 'S mathaid gu bheil àireamhan air a' fòn seo. Ainmean," thuirt Kate.

Mhothaich Cameron gun robh aon doras eile glaiste anns an t-seòmar, doras beag. Dh'fheuch e ri coimhead a-staigh air toll na h-iuchrach.

"Chan fhaic mi ceart."

Sheall Kate ris, a-nis ann an dearg chabhaig. "Nach bu chòir dhuinn falbh? Bidh daoine an seo ann am mionaid."

"Cha bu chòir. Chì sinn cò nochdas. Innsidh sin tòrr dhuinn. Chan eil fhios a'm an do bhris duine doras sìos ann an ceud bliadhna air an eilean seo. Bidh fios aca gur e sinne a bh' ann. Ach bidh fios aca cuideachd gu bheil fios againn air barrachd a-nis. Cleachdaidh mi sin."

"Fhad 's nach bi sinn a' seòladh dhachaigh air mullach seann bhòrd a-nochd."

"Faodaidh earbs' a bhith agad unnam."

"Seall far na dh'fhàg sin mi." Sheall i air a' fòn. "Siuthad, greis ort."

Ach mun tigeadh am fòn air, chuala iad cuideigin a' tighinn a-staigh an doras.

Dòmhnall a bh' ann. Bha e feargach, ach cuideachd aig an aon àm, bha rud beag feagail air. Bha crith na ghuth ged a bha e ag èigheachd.

"Dè tha sibh a' dèanamh a-staigh an seo?" dh'èigh e. Sheall e ris an doras, a bha briste. "An ann às ur ciall a tha sibh?"

Cha robh cuideigin ag èigheachd a' cur mòran dragh air Cameron. 'S ann a bha e a' smaoineachadh gum biodh e na b' fheàrr mura biodh daoine a' cumail nam faireachdainnean agus nan smuaintean aca fo smachd. Bha barrachd teans' ann gun dèanadh iad mearachdan.

"An e seo an taigh agads'?"

"Chan e. Feumaidh sibh falbh anns a' bhad."

"Cò leis a tha an taigh seo ma tha? Mura freagair thu na ceistean agam, feumaidh mi do chur an grèim airson bacadh a chur air an lagh."

"Ò, thalla 's tarraing. Siuthadaibh, mach à seo leibh." Ghabh e grèim air seacaid Chameron agus thòisich e ga ghluasad. 'S e duine làidir gu leòr a bh' ann an Cameron, ach thog Dòmhnall e suas dhan adhar mar gun robh e a' togail poca buntàta. Ghluais Cameron a làmh air falbh le gluasad a chleachd e iomadach uair le daoine bha fo amharas.

"Na sruc annam. Trobhad a-mach ma tha. Tha gu leòr cheistean agad ri fhreagairt."

"Tha agus agad fhèin," thuirt Dòmhnall. "Gheall thu dhuinn gum falbhadh sibh às dèidh latha."

"Èist thusa riumsa," thuirt Cameron. "'S ann dhan Phoileas a tha mise ag obair. Tha fios agam gu bheil sibh a' smaoineachadh nach gabh càil dèanamh oirbh a-muigh an seo. Ach ma thogras mi, cuiridh mi crìoch oirbh. Bidh soitheach na suidhe sa bhàgh agus bidh na crìochan agaibh fosgailte ge b' oil leibh."

"Feuch e agus faic dè thachras," thuirt Dòmhnall.

"Co-dhiù, feumaidh tu freagairt na ceistean agam. Cò leis an taigh seo agus dè an ceangal a th' agaibh ri Tìr-mòr?"

"Chan eil mi a' dol a fhreagairt," thuirt Dòmhnall.

"Bheil thusa co-cheangailte ri bàs na h-ìghne ud? Cha do chuir na rinn sibh air Ruairidh cus dragh air do chogais."

"Tha Ruairidh ann an làmhan Dhè."

"Ist, tha fios againn uile ma chuireas tu cuideigin a-mach gu muir an seo ann an ràth beag nach cleachdadh tu air loch, gu bheil iad a' dol a bhàsachadh. Agus an rud as miosa, nach do rinn sibh ceasnachadh ceart air na thuirt e. Cha do bhruidhinn sibh ris na boireannaich, neo ris a' bhalach a thòisich am fathann sa chiad dol a-mach. Cha tug sibh dha an latha aige sa chùirt. Tha mise nise a' tighinn chun a' bheachd nach e coimhearsnachd cheart a tha seo idir, ach gu bheil i air a riaghladh le glè bheag de dhaoine, a tha a' dèanamh glè mhath às agus nach fheum na h-aon riaghailtean a leantainn 's a tha 'd a' toirt do dhaoine eile. Nise tha ceistean agad ri fhreagairt, neo ann an an ùine glè ghoirid, bidh an t-àite seo a' dol fodha le Poilis. Bidh mi an uair sin a' ceasnachadh a h-uile mac màthar agaibh, gus an sguir sibh dhen chealgaireachd a tha follaiseach an seo."

Choimhead Dòmhnall air.

"Cruinnichidh sinn a' Phàrlamaid, agus faodaidh tu na thogras tu de cheistean fhaighneachd."

Chaidh Cameron agus Kate a-mach às an taigh. Cha robh a-nis sgeul air Ruairidh air fàire. Bha buidheann de Hiortaich timcheall air an taigh. Mhothaich Cameron gun robh feadhainn aca a' feuchainn ri coimhead a-steach dhan taigh. 'S mathaid nach e àite a bh' ann a bha cho fosgailte dhaibh.

"An ann leis an duine a bhios sibh ag ainmeachadh uaireannan a tha an taigh? Dh'ainmich Ruairidh e turas neo dhà."

"Thigibh còmhla riumsa," thuirt Dòmhnall. Chunnaic Kate an nighean bheag a choinnich iad air a' chiad latha, latha a bha a' faireachdainn gu math fad às a-nis. Ruith i air thoiseach, airson daoine a chruinneachadh, tha fhios.

Smaoinich Cameron cho faisg 's a bha beatha agus bàs anns an àite. Beatha chruaidh a bh' ann. Cha robh mòran a chuidicheadh le tinneasan no leithid, ged a bha iad cho fallain ri daoine a chunnaic e a-riamh. An robh e neònach a bhith a' sealg fhreagairtean mu mhurt na h-ìghne, nuair a bha e follaiseach gur e an seòrsa àite a bh' ann nach robh cho cùramach mu bheatha 's a bha esan cleachdte ris.

Bha e doirbh dhaibh cumail suas ri Dòmhnall, agus thàinig rud beag luairean air Kate. Shuidh i air clach airson mionaid. Bha i ag iarraidh i fhèin a socrachadh mus bruidhneadh iad ris na Hiortaich a-rithist.

Ann an diog, bha poca *hessian* mu ceann agus bha i air a beul foidhpe air a' ghlasach. Chuala i an osna a rinn Cameron nuair a bhuail cuideigin mun cheann e, agus am fuaim bog a rinn e a' tuiteam.

Chitheadh i rud beag tron phoca, faileasan, agus chitheadh i iad a' cur poca air ceann Chameron. Chluinneadh i an anail aige. An uair sin, thog làmhan làidir i. Bha seo uile air a dhèanamh ann an sàmhchair uabhasach.

Thòisich ge bith cò bha ga giùlan a' gluasad air falbh bhon bhaile agus cha b' fhada gus an deach a h-uile càil dorch dhi.

35

Nis, Leòdhas

Thàinig Cameron a-staigh dhan taigh agus lorg e Donnie an sin, a' còmhradh ri mhàthair. Bha Donnie gu math eòlach air màthair Chameron, agus bhruidhinn iad airson dreis mu na bha a' dol sa bhaile agus air mar a chaidh cùisean ann an Sùlaisgeir. Bha cridhe Chameron na bhrògan fad na h-ùine. Carson a bha Donnie airson bruidhinn ris? An robh rudeigin air tachairt?

Mu dheireadh thall fhuair iad cothrom bruidhinn.

"Feumaidh sinn bruidhinn ceart," thuirt Donnie

"Càite?"

"Thig suas chun an taigh' agam. Canaidh sinn gun robh airgead agam ri thoirt dhut."

"Tha mi sgìth dhe na breugan."

"Na can càil ma tha. Dè mun tràigh? Aig ceann a' chidhe, chan fhaod duine a dhol ann a-nis agus dh'fhaodadh an dithis againn a bhith a' coimhead ris na bàtaichean-iasgaich."

"Ceart gu leòr," thuirt Cameron. "Thèid mi sìos an-dràsta."

Rinn e sin, agus cha mhòr nach robh e a' faireachdainn gun robh an aimsir ri magadh air le cho brèagha 's a bha e. Bha a' mhuir le dath domhainn gorm mar saifear. Bha flùraichean a' bhrisgein-tràghad fo bhlàth, a' gluasad air an socair ri fuaim bàigheil na mara.

Cha do chaith Cameron pioc tìde le còmhradh a-null 's a-nall.

"Dè tha a' tachairt?" thuirt e.

"Tha a h-uile càil gu bhith ceart gu leòr," fhreagair Donnie.

"Ò. Dè gu h-àraid?"

"Tha sinn ga ghabhail os làimh."

"Cò sinn?" dh'fhaighnich Cameron.

"Innsidh mi dhut na thachair. Tha fios agad gun deach seacaid Tom a lorg air Rònaidh?"

"Tha. Chuimhnich sinn nuair a bha sinn air ais anns an eathar, ach thuirt an dithis eile gum biodh a' ghaoth a' falbh leatha agus ga reubadh ann am pìosan beaga. Bha i làn ola bho Stufain a dhìobhairt air Tom. Co-dhiù, chan eil fhios agam carson a bha duine a' smaoineachadh gum biodh cuideigin ag iarraidh na seacaid ud air ais."

"Uill, tha daoine ann a tha a' marbhadh dhaoine eile le coibhneas. Co-dhiù . . . cha robh seo . . . cha robh seo math dha slàinte-inntinn Tom."

"Cha chanainn. Agus dè thuirt Donnchadh mu dheidhinn?"

Shuidh Donnie air aon de na steapaichean a bha anns a' bhalla.

"Bha Donnchadh gu math trom air Tom. Fada ro throm. Bha Tom a' dol a dh'innse a h-uile càil, fhios agad. Thuirt e gun robh e a' dol dhan Stèisean a bhruidhinn ris na Poilis an dèidh a bhith ag argamaid ri Donnchadh."

Chlisg Cameron, oir sin an naidheachd bu mhiosa b' urrainn dha a chluintinn.

Chùm Donnie air a' bruidhinn.

"Lean Donnchadh e anns a' chàr. Tha fios agad gu bheil sradag ann. Thug e air Tom stad aig an Social Club. Thòisich Donnchadh a' toirt màlaich dha Tom, ach gu fortanach bha Malcolm agus dithis eile a bha a-muigh còmhla rinn air an sgeir ann, chunnaic iad na thachair agus chuir iad stad air. Ach an uair sin . . ."

Stad Donnie a bhruidhinn airson dreis. Chitheadh tu gun robh e troimh-a-chèile.

"Cha ghabh a chreids'."

"Inns dhomh."

"B' fheàrr leam gun robh na balaich air Tom a thoirt dhachaigh leotha, ach co-dhiù, cha tug. Agus bha iad duine mu seach air an oidhche a' cumail cluais ri claisneachd gun fhios nach biodh buaireadh eile ann. Ach thuit Malcolm na chadal anns a' chàr, tha fios agad cho cadalach 's a bhios e uaireannan. Co-dhiù, dhùisg e agus chuala e fuaim bho staigh. Chaidh e a-staigh aig peilear a bheatha agus . . . lorg e . . . bha Donnchadh ann le Tom. Bha ròp aige agus bha e a' feuchainn ri toirt air Tom e fhèin a chrochadh."

"Shìorraidh mhòr!"

"Sin mar a bhàsaich bràthair màthair Tom; bidh thusa ro òg cuimhneachadh."

"Chuala mi rudeigin mu dheidhinn."

"Bha sabaid ann eadar Malcolm agus Donnchadh. Duine garbh a th' ann an Donnchadh. Tha e cho làidir ris an droch rud. Ghoirtich e gàirdean Malcolm gu dona, ach co-dhiù, rinn Malcolm gu leòr airson stad a chur air na bha a' dol. Ruith Tom a-mach às an taigh, cha mhòr nach robh am balach bochd air inntinn a chall. Chan eil fhios a'm . . . chan eil fhios a'm am faigh e thairis air seo, a dh'innse na fìrinn. Chunnaic mi fhìn e, chaidh mi a-mach airson feuchainn ri lorg. Bha e aig an taigh-sholais, faisg air na creagan. Direach air an oir. Fhios agad far an robh a' chonacag."

Smaoinich Cameron air an àite. Bha croisean shuas an costa faisg air an taigh-sholais, far an robh daoine air a dhol leis a' chreig, croisean a dh'fheumar a ghluasad an dèidh beagan bhliadhnaichean le mar a tha a' mhuir a' bleith na tìre. Nan leumadh duine an sin, cha bhiodh dòigh air tighinn air ais. Chan eil slighe air ais suas, neo fiù 's dòigh faighinn air ais air na creagan. Aig an àirde sin, tha teans' gum biodh a' mhuir coltach ri concrait co-dhiù, agus eadar sin 's am fuachd, dh'fhalbhadh e leat gu math luath.

"Dè thachair an uair sin?" dh'fhaighnich Cameron.

"Chaidh mi a-null air mo shocair airson bruidhinn ris. Cha robh e idir aige fhèin. Bha na thachair ris . . . ann an Rònaidh . . . agus mar a bha Donnchadh ris, bha e air buaidh mhòr a thoirt air. Thuirt e rium nach robh feum ann – gum biodh an saoghal na b' fheàrr dheth às aonais. Gun a bhith ga chuideachadh. Na rudan dona a thachradh dhan teaghlach aige nan innseadh e. Ach bha e ga ith'. Am fiosrachadh a bh' aige. An duine bochd."

"Càit a bheil e a-nis?"

"Tom? Thug sinn dhan ospadal e. Tha mi a' smaoineachadh gum feum e bhith *sectioned*. Sin a tha e ag iarraidh co-dhiù. Tha e ag iarraidh bàsachadh. Tha fios a'm, nuair a bha e òg, gun robh smuaintean mar sin aige. Chan eil fhios agam dè tha a' toirt sin air duine, smaoineachadh mar sin."

"Tinneas. Tinneas inntinn. Tha tòrr fhireannaich òg a' feuchainn ri cur às dhaibh pèin."

"Balach snog. Bha dùil agam gun robh beatha mhath gu bhith aige. Dòigheil. Air an Sgeir. Math air obair. Bha an obair, a bhith a-muigh, trang, ga chumail fallain."

"Tha mi fhìn . . . tha mi fhìn air a bhith a' faireachdainn rudeigin iosal," thuirt Cameron. Cha robh daoine a' bruidhinn mu leithid a rud anns a' bhaile san àbhaist.

"Chan eil thu ag ràdh . . . gun cuireadh tu às dhìot fhèin?"

"Cha chuireadh. Ach chan eil fhios a'm dè thachras dhomh. Nam bheatha. Chan e rud math a rinn sibh an siud. 'S mathaid gun do shàbhail sibh Donnchadh. Ach rinn sibh ìobairt de Tom agus dhìomsa. Chan eil fhios a'm carson a rinn sibh e, a dh'innse na fìrinn. Bha dùil a'm gum biodh tusa a' dol dhan eaglais."

"Tha mi."

"Agus nach eil seo a' cunntadh mar bhreug? Neo droch-ghnìomh."

"Tha mi tric a' smaoineachadh air na peacaidhean agam."

"A bheil? Ach cha tusa a thèid dhan phrìosan."

"No thusa."

"Chan urrainn dhut a bhith cinnteach à sin."

"Tha sinn an ìre mhath cinnteach. Tha Donnchadh a' falbh."

"A' falbh? Càite?"

"Chan urrainn dhomh a ràdh," thuirt Donnie.

" A Ghlaschu? A dh'Astràilia? Dè tha thu a' ciallachadh? A' falbh?"

"Bhruidhinn sinn ris, às dèidh na thachair. Agus rinn sinn co-dhùnadh."

"Cò sinn?" dh'fhaighnich Cameron.

"Chan urrainn dhomh innse ach na h-uiread dhut. Tha Donnchadh a' falbh agus cha bhi e air ais."

"Ciamar as urrainn dhuibh a bhith cinnteach à sin?"

"Faodaidh tu bhith cinnteach às. Chan fhaic thu a-rithist rid bheò e."

Cha robh fios aig Cameron dè chanadh e ri sin. Dh'fhàg Donnie e, agus an solas àlainn a' dèanamh phàtranan anns an uisge.

ᙖ 36 ᙖ

Hiort

Dhùisg Cameron anns an dorchadas. Cha robh solas idir ann, ach dh'fhairicheadh e ballachan timcheall air. Cha robh am poca mu cheann. Chuala e anail eile. Bhruidhinn an duine eile.

"Cameron."

'S e Kate a bh' ann.

"Bheil thu ceart gu leòr?" dh'fhaighnich Cameron.

"Tha," fhreagair i. "Cha do bhuail iad mise. Fuirich, fosglaidh mi an doras."

Leig sin a-staigh beagan solais bho na rionnagan. Cha robh mòran ri fhaicinn dhen ghealaich.

'S e bothag bheag a bh' innte, nas lugha na an tè anns an robh iad roimhe. Dh'fhairich e a cheann an toiseach. Bha fuil na fhalt far an robh iad air a bhualadh agus bha rud dheth air a dhol air an aodach aige. Chan fhaiceadh e mòran, dìreach gun robh Kate a' gluasad.

"Tha mi a' critheadaich," thuirt e. "Bheil fios agad càit a bheil sinn?"

"Air taobh eile an eilein. Cha bhi duine a' tighinn an seo. Thuirt iad rium nach fhaod sinn a dhol air ais dhan bhaile. Gur e fògarraich a th' unnainn gus an till am bàta."

"Agus ciamar a bhios fios aig a' chriutha aca càit a bheil sinn?"

"Chan eil fhios a'm."

"Ach . . . an tig cuideigin le biadh . . . neo . . .?"

"Chan eil fios agam air na freagairtean."

Chluinneadh tu crith na ghuth.

"Bùrn?"

"Chan eil fios a'm. Tha mi an dòchas gun lorg sinn rud sa mhadainn. Ma tha togalaichean ann, tha deagh theans' gu bheil tobar ann."

Cha robh na smuaintean aig Cameron soilleir gu leòr airson argamaid a leantainn. Laigh Kate ri thaobh airson blàths.

"Chan eil seo a' ciallachadh gur e caraidean a th' unnainn," thuirt i.

"Tha mi a' smaoineachadh gu bheil thu sàbhailte," thuirt Cameron. "Cha mhòr gun urrainn dhomh dà fhacal a chur ri chèile. Dè nì sinn?" dh'fhaighnich e.

"Nach caidil sinn gu madainn. Bidh a h-uile càil nas soilleire nuair a dh'èireas a' ghrian."

Bha Cameron na shuain gu luath, agus an rud mu dheireadh a smaoinich e air, b' e a' chiste làn phlangaidean, agus cho math 's a bhiodh tè an-dràsta. Làr ùire agus fuaim socair iseanan beagan air falbh bhuapa.

Dh'èirich a' ghrian. Bha iad ann an togalach beag, beagan nas motha na cleit. Chaidh iad a-mach, a' crùbadh tron doras. Bha iad air taobh eile an eilein, ann am Bàgh a' Ghlinne. Bha iad air cnoc beag agus chitheadh iad an gleann a' sìneadh sìos air a shocair chun nan creagan agus chun na mara, an spuir fhada a bha faisg air Eilean Shòdhaigh.

Air taobh a-muigh an àite, bha trì pocannan *hessian*, aon le beagan bìdh agus aon le tuilleadh aodaich. Chuir an dithis aca orra an t-aodach gu lèir oir bha iad fhathast a' critheadaich leis an fhuachd. Gu fortanach cha b' fhada gus an robh a' ghrian san adhar agus gam blàthachadh.

Dh'ith iad am beagan bìdh a bh' anns a' bhaga. Thug iad sùil an uair sin air an treas baga. Na bhroinn bha pìos ròpa meadhanach fada, sgian agus prais.

Sheall Kate air an acfhainn.

"Nach eil sin garbh. Chan eil pioc mathanais ri fhaighinn air an eilean seo, dè? Cuin a thuirt thu ris a' *Chuma* tilleadh?"

"Sia seachdainean bhon latha a thàinig sinn."

"Sin thu fhèin, Cameron. Mìorbhaileach."

Sheas Kate. Bha i nas làidire na esan fhathast. Bha a' bhuille a fhuair e air gu leòr a thoirt às.

Bhruidhinn Kate.

"Uill, chan eil sinn a' dol sìos gin a chreagan an-diugh leis mar a tha do cheann. Bha dùil agam gun cuala mi buthaidean tron oidhche. Dhèanadh sin a' chùis. Agus tha fhios gu bheil tobar neo allt beag an seo. Chan e dìreach cleitean a th' ann, chan eil fhios a'm, 's dòcha gur e manach a thog iad seo. Seall, tha am fear sin coltach ri teampall beag. Thug i dha an sgian.

"Seo dhut," thuirt i.

"Dè nì mi le sin?" fhreagair e.

"*Latrine duty*," thuirt i agus rinn i gàire. "Dìreach fuirich gus an lorg mi bùrn airson òl. Às dèidh a h-uile càil tha sin faodaidh sinn smaoineachadh air ciamar fo ghrian a tha sinn a' dol a dh'fhaighinn a-mach às an toll seo."

Chaidh an latha seachad a' cruinneachadh biadh dhaibh pèin, agus rinn iad dà leabaidh anns a' chleit le fraoch air an làr mar bhobhstair. Bhiodh e tòrr nas blàithe tron oidhche leis a sin agus barrachd aodaich orra.

"Fhios agad, chan eil seo dona," thuirt Kate, a' cur cnàmhan na buthaide gu aon taobh.

"Fhad 's nach fheum sinn seo ithe fad mìos eile."

"Bheil thu air a bhith a' smaoineachadh air dè bu chòir dhuinn a dhèanamh?" dh'fhaighnich i. Cha robh i fhèin cinnteach dè dìreach a b' urrainn dhaibh a dhèanamh anns an t-suidheachadh aca.

"Tha, ach . . . chan eil fhios a'm an gabh iad ris."

"Dè dìreach a tha nad amharc?"

"Tha mi a' dol a dh'fhaighneachd dhaibh am faod mi obair air na creagan."

Cha tuirt i càil airson treis, ach an uair sin dh'fhaighnich i,

"Sin do bheachd?"

"'S e."

"Uill, cha chanadh duine gur e an dàrna Poirot a bh' unnad, dè?"

"Feumaidh mi barrachd tìde anns a' bhaile. Seall na dh'ionnsaich sinn ann an ùine glè ghoirid. Agus tha fios againn gu bheil cuideigin ann a thathas a' cur os cionn dhaoine eile. Nise, mas e Hiortach a rinn am murt anns na h-Eileanan Flannach, bidh fios aig an duine sin air gu cinnteach."

"Ach càit a bheil e? Neo i? Cha toireadh sin mòran inbhe dha, am falach fhad 's a tha sinne air an eilean."

"'S mathaid nach eil e an seo," thuirt Cameron.

"Tha thu a' smaoineachadh gur e fireannach a th' ann?"

"Bhon dòigh a bha Ruairidh a' bruidhinn mu dheidhinn."

"Ach 's e a' cheist," thuirt Kate, "far nach eil airgead no inbhe a' cunntadh, dè tha duine a' buannachadh?"

"'S e ceist mhath tha sin."

Rinn i brùchd beag.

"Duilich."

"Bidh biadh mar seo a' tighinn air ais ort. 'S bochd nach eil cupan teatha againn."

"Uill, 's ann a rinn thu glè mhath. Tha fasgadh againn, leabaidh, bidh sinn blàth, agus tha ar stamagan làn."

"Tha sinn beò. Rud math tha sin."

"Toiseach tòiseachaidh," thuirt Kate.

Bha an dithis aca a' toirt thairis leis an sgìths. Shad Cameron cnàmhan nan eun air falbh. Ghlan iad an làmhan anns an allt agus chaidh iad a chadal. Bha tòrr romhpa an-ath-latha.

* * *

An turas seo, cha robh duine a' cumail sùil orra agus choisich Cameron thairis air druim na beinne, sìos dhan bhaile. Bha rud beag feagail air, bha iad air a leòn roimhe agus bha teansa mhath gun dèanadh iad e a-rithist.

Thàinig e tarsainn air triùir bhalach faisg air iomall a' bhaile. Thàinig iad thuige agus thòisich iad ga phutadh, a' feuchainn ri toirt air tuiteam. Mun do ràinig e am baile, bha duine neo dithis air tàthag bheag a thoirt dha, ach chan e càil a bh' ann a chuir cus dragh air. Bho astar, chitheadh e gun robh a' Phàrlamaid cruinn.

"Tha mi airson bruidhinn," thuirt Cameron, agus sheas e ann am meadhan an dà loidhne.

Thog Murchadh a ghuth.

"Nach tuirt mi ribh," thuirt e. "Cha bu chòir dhuinn a-riamh a bhith air leigeil dhan duine seo fuireach air an eilean againn. Chan eil càil ach buaireadh agus aimhreit air a bhith ann bho nochd e."

Sheas duine le duilgheadas. Tormod MacCuithein a bh' air, aon de na daoine bu shine air an eilean.

"Leig dha bruidhinn. Chan e prìosan a th' anns an eilean seo do dhuine sam bith. Faodaidh gach neach an guth a thogail agus èisteachd iarraidh."

Sguir Murchadh a bhruidhinn, mì-thoilichte.

"'S ann à sgìre a tha mi ann an Leòdhas far a bheil sinn fhathast a' dol airson nan eòin cuideachd. Nis. Dè am feum mi a bhith nam shuidhe ann am bothag bheag, nuair a dh'fhaodainn a bhith a' dèanamh obair dhuibh. An leig sibh dhomh a dhol a chreagaireachd?"

Bhruidhinn Mairead an uair sin.

"Tha Murchadh ceart. Tha droch fhaireachdainn air a bhith anns a' bhaile bho thàinig thu, a shrainnseir. Ciamar a b' urrainn duine earbs' a chur annad agus thu air ceann shuas an ròpa? Carson a bhiodh tu airson biadh fhaighinn dhuinn? An dèidh na thachair eadar sinn fhèin agus tu fhèin."

"Tha fios a'm gu bheil sinn nar fògarraich sa Ghleann," thuirt Cameron. "Ach tha mi fhathast air an taobh agaibhse, tha mi fhathast airson ur cuideachadh. Agus tha mi fhathast airson faighinn a-mach ciamar a bhàsaich Raonailt."

"Ach chan e Hiortach a dhèanadh sin. Thuirt sinn riut, chan eil ròpa a dhìth, agus dh'aithnicheadh sinn uile i bho bha i na naoidhean. Carson a-rèisd a bhiodh sinn airson a goirteachadh?"

Dh'fhosgail Cameron a bheul airson bruidhinn, ach chuir Aonghas stad air.

"Tha fios againn na tha thu a' dol a ràdh," agus ris na Hiortaich eile thuirt e, "'s e pian duine a th' ann, tha sinn uile aontaichte air sin." Ghnog na Hiortaich an cinn. "Ach feumaidh sinn tuilleadh làmhan airson a dhol às dèidh nan eòin. Chan eil a h-uile duine fiot air a dhol a-mach an-dràsta, agus 's e seo an t-àm. Chan eil ach beagan ùine nuair a dh'fhaodas sinn a' ghuga a shealg. Tha mise ag ràdh, gun gabh sinn ri tairgse an duine seo airson e fhèin agus am boireannach a bhith air ròpa gus am falbh iad."

"Em . . . chan eil fhios a'm an obraicheadh sin buileach dha Kate."

"Nach obraicheadh?" thuirt Aonghas.

"Dh'fhaodadh ise a bhith na sgalag," thuirt Mairead.

"Còrdaidh sin rithe," thuirt Cameron.

Chitheadh e nach robh a h-uile duine ag aontachadh ris a' bheachd.

"Cò tha ag ràdh gu bheil an duine seo gu bhith comasach air na creagan? Tha fear neo tè nach eil comasach nas miosa na bhith gann de dhaoine. Thèid mìle rud ceàrr. Nach biodh e na b' fheàrr nam fuiricheadh iad anns a' Ghleann gus an tig an caraidean gan togail."

Bhruidhinn Tormod MacCuithein a-rithist.

"Cha dèan mise prìosan do dhuine. Ma tha feum aca air biadh, bheir mi sin dhaibh. Ma tha feum aca air uisge, faodaidh iad òl bhon chupa agam. Chuala mi na rinn sibh air an dithis shrainnsearan seo, ach cluinnibh na tha mi ag ràdh, chan ann mar sin a bhios sinn ri daoine idir, ach gan cleachdadh le gràdh, mar a tha sgrìobhte sa Bhìoball. Bha sibh ro aithgheàrr a' dèanamh a' cho-dhùnaidh, gun a' Phàrlamaid uile an sàs ann. Ma tha an duine ag innse na fìrinn, faodaidh e seasamh air Clach na Maighdinn, agus gabhaidh e àite air an ròp."

"Clach na Maighdinn?" thuirt Cameron ris fhèin. Dh'fhairich e feagal ag èirigh tro bhodhaig a' smaoineachadh air – aon de na h-àiteachan as àirde air an eilean, far am feumadh duine leigeil leis a' ghaoith a chumail bho thuiteam agus e na sheasamh air aon chas.

Cha robh fios aige an dèanadh e a' chùis air.

"Nì mi e," thuirt e, an dòchas nach robh e a' gealltainn a dhol gu bhàs.

Mar a tha an sgeulachd a' dol, bha aig fireannach ri seasamh air oir Clach na Maighdinn, nam biodh e airson pòsadh. Bha sin airson seallatainn gun robh e comasach air sealg nan eun agus coimhead às dèidh teaghlach. Dh'atharraich sin às dèidh an Sgaraidh, oir bha boireannaich cuideachd a' dol a chreagaireachd – agus bha aig a h-uile duine an uair sin ri dhèanamh nuair a thàinig iad gu aois.

Bha iad ag ionnsachadh sreap bho bha iad òg, a' tòiseachadh air na creagan agus na ballachan a bha timcheall a' bhaile. Bha sreap nam beatha, agus mar sin, bha fadachd air daoine òga tòiseachadh air na creagan àrda. Bha na bodhaigean aca dèanta air a shon, agus bha e cho nàdarra dhaibh 's nach robh feagal orra. Cha robh mòran idir a' tuiteam neo air an goirteachadh.

Cha b' e sin Cameron ge-tà, a bha air a dhol gu Sùlaisgeir na òige, ach nach robh air deireadh ròpa o chionn iomadh bliadhna, agus nach robh cho làidir ris na Hiortaich, ged a bha e gu math tana a-nis an dèidh dreis air an eilean.

Bha na creagan a bu mhotha ann am Breatainn air an eilean agus bha na daoine a' faighinn am bìdh bhuapa, a' dol sìos air ròpa gus eòin a mharbhadh, neo a-mach gu na stacan.

'S e leac mhòr a bh' anns a' chloich, a' stobadh a-mach thairis air oir na creige, agus mar sin chitheadh tu an t-slighe fada sìos chun na mara agus chun an uisge chruaidh, gheal a bha fodhad. Bha agad ri leigeil dhan ghaoith do ghabhail beagan ma bha thu airson seasamh oirre, le mar a bha a' ghaoth a' tighinn suas aghaidh na creige, neo thuiteadh tu.

Cha b' urrainn duine feagal a shealltainn idir, neo cha leigeadh iad dha a dhol còmhla riutha a chreagaireachd. 'S mathaid gun robh e gun chiall seo a dhèanamh, ach bha a' cheist a' sìor chriomadh air Cameron, dè dìreach a bha a' dol air an eilean, ciamar a b' urrainn dhan tè òig ud a bhith air a murt gun fios aig daoine sa choimhearsnachd cò rinn e.

Sheas e a' coimhead na cloiche. Bha gu leòr dhen bhaile ga choimhead, ag iarraidh faicinn an dèanadh an srainnsear a' chùis air neo an tuiteadh e. Bha Kate ann cuideachd, aig astar, agus bha iad air faighneachd dhi an robh i airson a dhol chun nan creagan neo obair eile a dhèanamh. Bha i dòigheil gu leòr diùltadh.

Choimhead e suas. Dh'fhairich e rud beag luairean. Bha a' ghaoth nas làidire an seo na bha e an dùil agus bha sin a' toirt air faireachdainn cugallach. Sheall e sìos ri chasan agus bha crith annta.

Dè thachradh mura dèanadh e a' chùis air? Bhiodh iad nan aonar sa Ghleann gus an tigeadh an *Cuma*, agus bhiodh an cothrom air falbh dad fhaighinn a-mach mu na bha a' tachairt.

Smaoinich e air a' bhalach bheag ud. An rud a thuirt e riutha. 'Cuidich Sinn.' An robh e dìreach a' bruidhinn air Ruairidh an Cealgaire nuair a thuirt e sin, neo an robh rudeigin eile ann? Dorchadas neo olc aig cridhe na coimhearsnachd.

Bha e faisg air Clach na Maighdinn a-nis. Thug e ceum air adhart. Smaoinich e air na rudan a bha math na bheatha. Smaoinich e air Kate agus dè thachradh dhi nam bàsaicheadh e, ach chuir e sin a-mach às a cheann.

Ghabh e ceum eile. Bha e air an oir gun ròpa. Bha fuaim nan tonn a' bualadh na creige na chluasan. Cha b' urrainn dha coimhead sìos, bha e a' faireachdainn mar nach robh càil eadar e fhèin agus an t-adhar, agus cha mhòr gun robh le cruth na cloiche, a bha gad fhàgail anns an adhar, mar isean a' sgèith.

Sheas e air aon chas agus chuir e a-mach a làmhan agus lean e air adhart dhan ghaoith beagan. Cha robh e riamh cho beò, a' cluinntinn gach fuaim, a' faireachdainn na cloich fo chas – i fhathast fuar ged a bha grian ann.

Agus an uair sin ghabh e ceum air ais agus dh'fhosgail e a shùilean. Bha e seachad.

* * *

'S ann gu Stac an Àrmainn a bha sgioba beag a' dol, agus 's ann an sin a bha iad ag iarraidh air-san a dhol. 'S e seo aon de na stacan mòra faisg air a' phrìomh eilean far am biodh iad a' dol airson eòin – air ainmeachadh an dèidh curaidh neo gaisgeach air choreigin. Cha robh a-riamh duine a' fuireach ann làn-ùine, ach bha e làn chleitean, faisg air ceud, agus bothag bheag a thog na Hiortaich airson fasgadh. 'S ann airson na guga agus nan sùlairean a bhiodh iad a' dol ann, agus airson uighean. Bha iad cuideachd a' faighinn bhuthaidean agus cholcairean ann.

Bha rudeigin mu dheidhinn a bha a' cur Shùlaisgeir ann an smuaintean Chameron. Fiacaill mhara uabhasach, agus duilich faighinn air tìr, dh'fheumadh duine a bhith na shàr shreapadair airson faighinn suas a' chiad phàirt le ròpa.

Faisg air bha stac rudeigin nas motha, Boraraigh.

Bhiodh iad tric a' dol a-mach chun na Stac tron oidhche cuideachd. Bhiodh aon duine a' sreap suas an dèidh an t-isean freiceadain a bha na gheàrd air càch a mharbhadh. Bhiodh iad an uair sin a' sadail nan closaichean sìos dhan a' mhuir, far an robh na daoine bha san eathar gan togail.

Ged nach robh daoine a-riamh a' fuireach làn ùine air Stac an Àrmainn, bha aon bhuidheann glaist' ann airson naoi mìosan nuair a chaill iad an t-eathar aca. Bha sin anns an ochdamh linn deug, agus cha b' urrainn duine an togail oir bha a' bhreac air a' phrìomh eilean, agus cha robh gu leòr dhaoine fallain ann airson eathar a sheòladh. Bha timcheall air fichead duine ann, agus bhiodh iad a' lasadh theintean, airson gum faiceadh daoine air a' phrìomh eilean gun robh iad fhathast beò.

Bha Cameron eòlach air an sgeulachd, agus chuir i uabhas air. Cha robh fios aige ciamar a bha iad beò geamhradh air an sgeir ud. Àite cho iomallach agus iargalta, chan fhaca e riamh na bheatha. Creagan dubh, cas, agus mòran sgeirean eadar an stac agus Boraraigh air am faodadh eathar bualadh agus briseadh.

Bha na Hiortaich a bha còmhla ris dòigheil ge-tà, mar gun robh iad a' dol a-mach gu fèill airson latha. Thàinig na h-eòin a-mach a leantainn an eathair aca, agus iad a' dèanamh chuibhlichean mòra san adhar, am fuaim a' tighinn air ais bho na creagan. Bha iad sianar ann, Cameron nam measg. Dòmhnall agus Murchadh cuideachd.

Cha robh suaile ro mhòr ann idir agus fhuair iad grèim air a' chreig gun chus trioblaid. Sheas Murchadh air beul an rangais le ròpa crochte ris a' chrios aige. Cha robh brògan air agus bha nàdar de phioc beag aige, geur air aon taobh agus rèidh air an taobh eile, coltach ri làmhach beag le mullach diofraichte air.

Ràinig iad a' chreag. Dh'fhuirich Murchadh gus an robh suaile aig a h-àirde agus leum e, a' faighinn grèim air clach far am b' urrainn dha. Dhragh e e fhèin suas agus thòisich e a' dìreadh. Chan e an seòrsa àite a bh' ann far am faodadh tu d' anail a leigeil. Dh'fhàsadh do ghàirdeanan sgìth agus thuiteadh tu gu math luath. Cha robh fios aige an ann air sgàth 's gun robh iad faisg air an uisge, 's nach deidheadh a mharbhadh nan tuiteadh e, ach cha robh Cameron air duine fhaicinn a' sreap mar siud a-riamh, le grèim aige le aon làmh fhad 's a bha e a' rèiteachadh an ròpa.

Mu dheireadh thall, fhuair Murchadh suas agus cheangail e an ròpa. Fear an dèidh fear, chaidh na fireannaich eile suas gus nach robh air fhàgail ach Cameron agus Dòmhnall anns a' bhàta. Cha robh ach fireannaich air an turas seo.

Nuair a bha an duine romhpa letheach slighe suas, thionndaidh Dòmhnall ri Cameron.

"Feumaidh mi bruidhinn riut," thuirt e. "Chan eil mòran tìde agam, agus mar sin èist ri na th' agam ri ràdh. Tha sinn air a bhith a' bruidhinn . . . Feadhainn . . . Tha sinn air a bhith a' bruidhinn mu dheidhinn . . . mu dheidhinn fàgail. An t-eilean."

"Dè?" thuirt Cameron. Cha robh e an dùil ri seo idir.

"An urrainn dhut ar cuideachadh?"

Fhad 's a bha Cameron a' smaoineachadh, a' feuchainn ri ciall a dhèanamh dhe na thuirt e, chuala iad èigh gu h-àrd. Bha iad gam feitheamh.

Bhruidhinn Dòmhnall.

"Chan urrainn dhomh na daoine againn a dhìon a-nis. Leis a h-uile càil. Tha an duine . . . tha e air a bhith a' gabhail brath fad bhliadhnaichean. Smaoinich air. Inns dhomh am freagairt agad. An cuidich thu sinn?"

"Cò e? Cò an duine?"

Thug e an ròpa do Chameron.

"Chan e seo an t-àm airson bruidhinn. Gun fhios nach eil cuideigin ag èisteachd."

Thòisich Cameron a' sreap, anail na uchd agus a ghàirdeanan air theine. Bha e a' feuchainn ri dèanamh ciall dhen cheist aig Dòmhnall. Bha coltas air Dòmhnall a-riamh gur e duine a bh' ann a bha airson Hiort a dhìon ge bith dè. Ach fàgail?

Cha robh ùine ann airson smuaintean, dìreach a' chreag agus gluasad. Mu dheireadh thall, às dèidh ùine a bha a' faireachdainn fada ro fhada, fhuair e chun a' mhullaich. Bha na Hiortaich fhathast ga fhaighinn èibhinn cho dona 's a bha e air na creagan, ach bha iad a' bruidhinn ris a-nis ann an dòigh nas socaire, mar a dhèanadh iad ri cuideigin òg ga dhèanamh airson a' chiad uair.

Thòisich an obair anns a' bhad. Cha robh seo coltach ri creagan a' phrìomh eilein, far an robh cuideigin gad leigeil sìos air ròpa. An seo, bha aca ri sreap suas an toiseach mus faodadh iad tòiseachadh air marbhadh. Cha mhòr gun robh bile feòir air an stac, agus bha i sleamhainn le salachar, ola agus neadan nan eòin.

Stad Cameron air leac bheag far an leigeadh e anail. Bha esan air an ròpa còmhla ri Murchadh, agus ged nach robh Murchadh dèidheil air, bha e air leth comasach.

Bha iad air thoiseach air càch, Murchadh shuas gu h-àrd agus Cameron, a-nis sgìth agus le na casan bog aige goirt bho bhith a' sreap.

"Cò mu dheidhinn a bha thu a' bruidhinn ri Dòmhnall?" dh'fhaighnich Murchadh, a' cur nan ròpaichean aige an òrdugh.

"Cha robh càil. Bha e a' toirt comhairle dhomh air mar a gheibhinn air an stac."

"Comhairle?'

"Seadh."

"Nach fhaca tu sinn ga dhèanamh romhad?"

"Chan eil mise cho math air na creagan 's a tha sibhse."

Chaidh Murchadh air ais chun nan ròpaichean aige.

"Tha sinn a-nis a' dol a dhèanamh pàirt nas caise dhen eilean. Ceart gu leòr leats'?"

"Tha."

Sin a rinn e. Bha e air a dhol air Clach na Maighdinn. Cha robh feum aig Murchadh faighneachd dha fiù 's an dèanadh e an obair. Sin an t-adhbhar gun robh e seo. Agus ged a bha e cruaidh, bha e air fuasgladh fhaighinn le Dòmhnall. Nam faigheadh e beagan tìde airson bruidhinn ris, tha fhios gum faigheadh e fuasgladh ceart air a' chùis.

Bha e mu letheach slighe sìos an ròpa, 's cha mhòr nach robh iad deiseil. Stad e airson diog airson coimhead a-null gu Boraraigh, a bha gu math faisg, ged a bha sgeirean beaga eatarra. Cha bhiodh tu airson eathar a thoirt an taobh sin idir.

Chunnaic e ceann Mhurchaidh.

"'S urrainn dhut snàmh, nach urrainn?" dh'fhaighnich e.

"'S urrainn," thuirt Cameron. "Carson?"

Dh'fhairich e gluasad air an ròpa, air ais agus air adhart, luasgan mar gun robh isean a' suidhe air.

An uair sin dh'fhairich e an ròp a' falbh.

Chuala e èigh. "Cùm d' anail agus bidh thu ceart gu leòr."

Bha a' chreag a' gluasad suas air beulaibh a shùilean, slaodach an toiseach, ach an uair sin le luaths uabasach, e a' sgèith, a' tuiteam bhon adhar dhan mhuir.

⁓ 38 ⁓

Cha robh Sara ach na nighean bheag nuair a chaill i a h-athair, Jack Smith, agus a dh'fheuch e ri dhol a-mach a Shùlaisgeir an samhradh ud. Bha i timcheall air seachd bliadhna a dh'aois agus bha cuimhne mhath aice air an turas a Leòdhas air an deach an teaghlach gu lèir, i fhèin agus a màthair. Bha a seanair air Leòdhas fhàgail nuair a bha e sia-deug agus bha e a' fuireach ann an Glaschu às dèidh sin.

Aig an àm, cha robh a màthair idir dòigheil gun robh Smith a' falbh na aonar, oir bha an duine eile a bha an dùil a dhol còmhla ris air diùltadh a dhol ann aig a' mhionaid mu dheireadh. Mus faigheadh iad air duine eile a chur air dòigh, bhiodh Sùlaisgeir seachad airson bliadhna eile agus bhiodh a' chosgais agus an tìde uile gun fheum.

Bha rud beag tìde aca còmhla a chuir iad seachad mar theaghlach a' coiseachd nam machraichean agus a' cruinneach-adh fhlùraichean airson leabhar Sara. Chuir na creagan aig an taigh-sholais eagal oirre, ach chòrd an taigh-solais rithe, agus thuirt i ri h-athair gun robh i ag iarraidh obair ann an taigh-solais nuair a bhiodh i mòr.

Agus an uair sin, thàinig an latha nuair a bha iad uile air a' chidhe, agus a h-athair a' dol thairis air a h-uile càil a-rithist, a' dèanamh cinnteach gun robh na camarathan aige ag obrachadh ceart, VHF, seacaid-teasairginn agus biadh gu leòr.

Bha Jack Smith air tursan gu math na b' fhaide na seo a dhèanamh. Nuair a bha e na dhuine òg, bhiodh e a' falbh gun sgur na aonar leis a' chaidheag aige. Chaidh e suas costa Èirinn aon turas, bho Ghaillimh suas timcheall air Dùn nan Gall. Bha e dìreach a' coimhead air an dàrna pàidhir phleadhagan aige mun deach e air an uisge, nuair a dh'fhaighnich a bhean, "Dè thachras mura leig iad air tìr thu?"

Stad e airson mionaid. Cha robh e air smaoineachadh air sin.

"Uill, chan urrainn dhaibh stad a chur orm."

"Nach toir thu rud beag seoclaid thuca mar phreusant."

"Chan eil mi airson caraidean a dhèanamh."

"Tha sin follaiseach. Agus dè . . . dè nuair a ruigeas tu?"

Bha an t-uidheam aige deiseil. Thòisich e a' cur air na seacaid-teasairginn aige.

"Chì mi nuair a tha mi a-muigh. Ach nì mi am beatha duilich dhaibh. Bidh e duilich dhaibh cumail a' dol. Togaidh mi dealbhan, feumaidh mi smaoineachadh air rudeigin a dh'fhaodainn a dhèanamh airson faighinn dha na pàipearan."

"Cho fad 's nach bàsaich thu agus nach fhaigh thu paragraf aig bonn duilleag a còig," thuirt i.

"Chan eil an turas seo fada. Rinn mi mìltean thar mhìltean an turas a chaidh mi a dh'Ameireaga. Caidlidh mi anns a' bhàta. Biadh gu leòr. Seòl. 'S mathaid gun cùm mi a' dol dha na h-Eileanan Fàrach, mar a thuirt mi, às dèidh Shùlaisgeir."

"Tha sin rudeigin fada."

"Tha . . . ach . . ."

Bhruidhinn i thairis air. "Chan eil fhios a'm ciamar as urrainn dhut rud mar seo a dhèanamh agus nighean bheag agad."

"Na tòisich."

"Uill . . . tha e dìreach . . ."

"Chan eil mi ag iarraidh fàgail mar seo. Gun fhios nach tachair rudeigin dhomh."

Ghnog i a ceann agus chuidich i sìos gu oir na tràghad e leis a' chaidheag. Bha e cho trom ris an droch rud.

"Trobhad 's thoir pòg dha d' athair." Rinn Sara sin, ged a bha an suidheachadh gu math neònach dhi agus cha robh i cinnteach dè chanadh i.

"A bheil thu a' dol fada, a Phapaidh?"

"Chan eil. Ma thig thu suas gu mullach an taigh-sholais, faodaidh tu mo leantainn."

"'S toigh leam an taigh-solais."

"Tha fios a'm. Agus ma tha thu ag iarraidh bruidhinn rium, faodaidh Mamaidh teachdaireachd a chur thugam leis an t-solas."

"Dot dot dot dash dash dash," thuirt i.

Chuir e stad oirre.

"Chan e comharra math tha sin. Na bi ri fanaid mar sin."

"Ok. Duilich." Bha sìth eatarra, dh'fheumadh sin a bhith. Thug iad pòg dha chèile agus shuidh e anns a' bhàta. Thug Gabriel agus Sara dhiubh am brògan agus bhrùth iad a-mach dhan uisge chiùin e, ann am fasgadh a' chidhe. Bhiodh e a' siubhal tron oidhche. Dhèanadh e norrag mus feuchadh e faighinn air tìr. Choisich iadsan a-mach gu ceann a' chidhe, gun cus a ràdh, gus an robh e a' dol seachad orra faisg air a' bhalla-casg. Ann an diogan bhiodh e a' dol a-mach gu muir, a' leantainn nan creagan suas an costa.

"Slàn leat," thuirt Gabriel ris.

Smèid e ris an dithis aca agus rinn e gàire. Bha Gabriel an dùil gum faca i gàire an duine òig a choinnich i an toiseach anns an aghaidh aige. Cha b' fhada gus an robh e air taobh eile a' bhalla-casg agus chan fhaiceadh iad e. Dh'fhaodadh iad a bhith air a dhol suas chun an taigh-sholais airson fhaicinn a' dol seachad an sin, ach bha cus iomagain oirre gun tachradh dad agus Sara ga choimhead, ged a bha Sara a-nis a' bruidhinn mu rudeigin eile, i beò ann an saoghal far an robh iomadh athair air falbh fad sheachdainean.

Chaidh na làithean seachad. An toiseach bha iad iomagain-each, nuair a bha iad an dùil gum bu chòir dha bhith air ruighinn agus nach cuala iad càil. Dh'fhaighnich iad dhan duine aig an robh an CB rèidio an robh e air ruighinn agus thuirt e nach robh, cha robh iad an dùil ris agus cha robh iad ga iarraidh co-dhiù. 'S mathaid gun robh e air a dhol a Rònaidh an àite a dhol a Shùlaisgeir?

Bha cuimhne aig Sara a bhith a' coimhead a' heileacoptair agus e air an t-slighe gu tuath. Mu dheireadh thall, chaidh pìos dhen chaidheag a lorg. Cho neònach, gun robh a h-athair ann aon mhionaid agus a-nis air falbh, ach bha ise dhen bheachd gun robh iad ceàrr, agus gum feumadh iad dìreach sealltainn nas cruaidhe air a shon. Nuair a bhiodh ise nas motha, sin a dhèanadh i.

Tron sgoil, nuair a dh'fhaighnicheadh daoine dhi dè bha i ag iarraidh a dhèanamh, chanadh i Poileas. Agus an dèidh an sgoil fhàgail, sin a rinn i. Bha i a-nis ann an Lunnainn ag obair anns an CID.

Bhiodh Sara fhathast a' dol suas gu tuath, ge-tà, as t-samhradh. Uaireannan, ruigeadh i an taigh-solais agus choimheadadh i tarsainn a' chuain tuath air Leòdhas, a' feuchainn ri toirt oirre fhèin stad a choimhead air a shon, ach cha b' urrainn dhi.

'S ann nuair a bha i na b' aost' a thòisich i a' smaoineachadh ceart mu na thachair dha h-athair. Leugh i mu na rinn e, na tursan fada ann an caidheag. Neònach gun tachradh rud dha air latha ciùin samhraidh, fiù 's ged a b' e turas fada a bh' ann.

Aon latha bha i a' coimhead tro sheann phàipearan ann an Comunn Eachdraidh Nis, àite a bha làn eachdraidh an àite, bho liostaichean de na daoine a bha air an tiodhlacadh anns a' chladh gu còmhraidhean ri saighdearan a bh' anns a' Chiad Chogadh. Dealbhan thairis air bliadhnaichean agus fiosrachadh mu ghinealachd.

Cha robh i cinnteach carson a bha i a' dol tro na seann phàipearan ionadail. Bha i air coimhead tron Ghazette aig an àm, agus air leantainn sgeulachd a h-athar agus mar a bha iad a' feuchainn ri lorg. Cha robh fios aice fiù 's gun robh leithid a phàipear ann chun a sin.

Bha i gu bhith deiseil nuair a bhuail a sùil air rudeigin. Sgeulachd bheag èibhinn air an duilleig mu dheireadh mu dheidhinn mar a chaidh seacaid cuideigin a bha ann an Sùlaisgeir a' bhliadhna sin a lorg ann an Rònaidh. Sheall i ris a' cheann-latha a-rithist, dìreach beagan às dèidh dha h-athair a dhol a-mach, smaoinich i. Choimhead i ris an aimsir airson na ceala-deug sin, agus cha robh càil às an àbhaist. An samhradh a bh' ann.

Bha fios aice gun robh 's mathaid adhbhar eile ann. Adhbhar a dhèanadh ciall.

Ach fhathast, bha e rudeigin neònach.

'S fhiach coimhead a-staigh ann, smaoinich i.

39

Hiort

Thàinig Cameron air ais suas gu uachdar na mara, an dèidh a bhith shìos fada, fada. Bha aige ri sabaid le neart gu lèir airson anail a chumail anns an fhuachd ud. Chunnaic e Murchadh a' coimhead thairis air a' chreig. Rinn e gluasad leis na làmhan aige mar gun robh e a' snàmh agus an uair sin chrath e aon làmh an comhair Bhoraraigh.

Thug Cameron dha an òrdag mheadhain. Chruinnich e an ròpa a bha air tuiteam aig an aon àm ris, agus poca a shad Murchadh thuige, agus thòisich e air snàmh.

Cha robh e a' smaoineachadh gun robh Murchadh airson a mharbhadh idir. Ach 's mathaid gun cuala e rudeigin bho nuair a bhruidhinn e ri Dòmhnall. Ge bith dè bh' ann, bha e ag iarraidh cuidhteas e.

Bha an snàmh a' dol ceart gu leòr. Bha an anail aige air socrachadh. Bha tòrr sgeirean eadar Stac an Àrmainn agus Boraraigh, agus gu mì-shealbhach, bha e air an taobh cheàrr airson an t-eathar agus an còrr dhen chriutha fhaicinn. Dè chanadh Murchadh riutha? Gun robh e marbh? Neo an fhìrinn? Am biodh Dòmhnall air an taobh aige agus an tigeadh iad ga thogail? Bha e follaiseach nach tigeadh. Chan e seo an seòrsa rud a dhèanadh Murchadh mura biodh e cinnteach gum biodh daoine eile air a chùlaibh.

Bha e a' tighinn faisg air tìr a-nis. Bha cuimhne aige gun robh daoine ann am Boraraigh aig aon àm ann an Linn an Iarainn. Am biodh fhathast tobar neo àite ann airson bùrn fhaighinn? Mhothaich e gun robh e a' fàs gu math fuar agus gun robh na smuaintean aige a' dol rudeigin tuathal, nuair a shruc a làmh ann an clach dhubh Bhoraraigh.

Bha aige ri e fhèin fhaighinn a-mach às an uisge, ach bha e lag agus bha an t-aodach aige trom. Chuireadh sin a' chais air nam bàsaicheadh e agus e air faighinn chun an an eilein. Bha suain air tòiseachadh ri tighinn thairis air, nuair a chuala e guth os a chionn.

"Thoir dhomh do làmh," thuirt an guth.

Cha robh fios aig Cameron an ann dìreach na inntinn a bha an guth no nach ann. Ach thug e dha a làmh mun do dh'fhàs a h-uile càil dorch.

Bha daoine a' cleachdadh Bhoraraigh airson diofar adhbharan bho Linn nan Creach. Bha fiù 's baile beag ann leis an ainm 'Cleitean MhicPhàidein', trì bothagan beaga a bhathar a' cleachdadh air an eilean nuair a bhiodh iad a' fuireach ann airson sealg nan eun. Bha fiù 's seann taigh cruinn ann bho Linn an Iarainn, le feannagan. 'S e iongnadh a bh' ann gun robh duine airson feuchainn ri beòshlaint a dhèanamh air an eilean le cho cas 's a bha e, ach dh'fhaodadh gun robh e sàbhailte air sgàth sin, agus bha biadh gu leòr ri fhaighinn mun cuairt.

Bha mu chòig altairean ann bho na seann làithean. Cha robh fios cò bha gan cleachdadh no dè na diathan dhan robh daoine ag adhradh.

Bha Cameron na shuidhe air creag, liormachd, agus a' blàthachadh a-nis an dèidh droch chrith tighinn air. Bha a' ghrian làidir gu leòr airson aodach a thiormachadh, agus bha e a' smaoineachadh air an duine a shàbhail e. Ruairidh.

Dh'inns Ruairidh dha na thachair dha fhèin. Dh'fhalbh an sruth leis an ràth aige, air falbh bhon eilean. Feagal a bheatha air agus na suailichean a' fàs nas motha. Cha robh e an dùil gun tigeadh e às beò. Smaoinich e airson dreis am bu chòir dha feuchainn ri faighinn chun nan sgeirean air dòigh air choreigin, neo am biodh e na b' fheàrr feuchainn air a' chosta. 'S mathaid gum faigheadh e gu Uibhist neo na Hearadh. Bha a' mhuir dona, ach bha an ràth aige meadhanach làidir fhathast.

Cuideachd, cha robh seachdainean air Boraraigh, geamhradh ann na aonar, tarraingeach. Dh'fheumadh e teine nam biodh e ann greis, agus bha sin a' ciallachadh 's mathaid an ràth aige a losgadh. Agus co-dhiù, cha robh fios aige nan ruigeadh e bonn an eilein, am faigheadh e air tìr ann am Boraraigh neo am bàsaicheadh e san oidhirp. Ciamar a gheibheadh e an ràth fiù 's suas a-mach às an uisge? Am biodh Hiortaich a' tighinn ann airson eòin a' bhliadhna sin? Bha mìle ceist aige.

Ach air a' cheann thall, smaoinich e gur e sin an t-slighe a b' fheàrr dha. Bha fios aige gum biodh an *Cuma* a' nochdadh uaireigin agus bhiodh teine aige deiseil airson sin dòigh air choreigin. Chitheadh iad e ged a bhiodh aige ri dannsa liormachd air mullach an eilein.

Cha mhòr nach do bhàsaich Ruairidh a' faighinn air tìr. Cha robh cus roghainn aige far an deidheadh e air tìr, agus bha e na bu chaise na dh'iarradh e. Bha an ràth a' gluasad suas agus sìos, uisge geal a' briseadh timcheall air nuair a fhuair e air leum leis an ròp-cheangail na làimh. Shreap e an uair sin am beagan astair a bha eadar far an robh e agus àite far am faigheadh e air an ràth a tharraing suas, 's mathaid. Thug sin ùine mhòr bhuaithe, agus bha a ghàirdeanan air an dèanamh à pian nuair a fhuair e air a dhèanamh mu dheireadh thall. Fhuair e air an ràth a tharraing dìreach fada gu leòr suas air na leacan. Dh'fhaodadh e an uair sin a briseadh agus a cleachdadh airson teine a dhèanamh. Cha b' urrainn dha feitheamh airson teine a thòiseachadh agus dh'fheumadh am fiodh a bhith cho tioram 's a ghabhadh co-dhiù.

Shreap e suas leis a' bheagan a bh' aige. Bha na Hiortaich air caoraich a chur air Boraraigh agus an dèidh dhan chrith a bha na làmhan stad, agus a' bhothag a lorg anns an robh e a' dol a dh'fhuireach, mharbh e tè agus dh'ith e a leòr.

Bha na Hiortaich math air an t-eilean aca a dhìon. Dh'fhaodadh iad daoine a thionndadh air falbh, gun chàil air an cogais. Agus bhiodh Dia a' dìon nan daoine sin neo cha bhitheadh. Agus nach ann mar sin a bha cùisean anns a' bheatha co-dhiù. Cho luath 's nach robh do chas tuilleadh air talamh Hiort, cha bhiodh guth ort.

Bha e a-nis air an suidheachadh a dhèanamh beagan nas cofhurtaile. Mharbh e beathach eile agus bha e a' cleachdadh an rùisg airson a chumail blàth anns a' bhothan air an oidhche. Bha eòin gu leòr ann agus dh'fhaodadh e bhith beò air na lorgadh e san àite dreis mhath, mura falbhadh gèile leis neo mura bàsaicheadh e air na creagan.

Bha fiù 's tobar beag air an eilean, agus am bùrn cho glan, àlainn 's a dh'iarradh duine.

Thug Cameron taing dha airson a shàbhaladh. Gu dearbh, chan e caraidean a bh' annta, ach cha robh roghainn aca.

"Cuin a bhios an *Cuma* a' tighinn?" dh'fhaighnich Ruairidh. Bha a chraiceann cleachdte ris a' ghrèin, ach cha robh Cameron.

Leis a' bhùrn shaillt' agus a' ghrian, bha e ga fhaireachdainn. Chan fhada gum biodh e blàth gu leòr a-rithist son suidhe ann am fasgadh na bothaig.

"Seachdain eile," thuirt Cameron.

"Carson nach do dh'fhàg thu nuair a thuirt thu an toiseach?"

Smaoinich Cameron air seo.

"Tha mi righinn. Trobhad seo. An do smaoinich thu air teine a thogail, airson gum faiceadh an *Cuma* thu?" dh'fhaighnich Cameron.

"Bha mi 'n dùil gum biodh i a' dol gu Bàgh a' Bhaile. Tha seann chleit shuas an sin agus thog mi teine na broinn. Tha tuill gu leòr innte a-nis, thig an ceò aiste, agus mura bheil gu leòr ann, leagaidh mi i gu math luath. Le sin tha teine a' feitheamh nach eil a' fàs fliuch. Chan eil a' bhothag ro fhada às. Bidh mi a' cur seachad a' chuid as motha dhen latha a' coimhead airson soitheach air choreigin."

Choimhead Cameron air.

"Tha fios agad, ma gheibh sinn às a seo beò, gum feum an lagh dèiligeadh riut."

"Aidichidh mi gun robh mi còmhla ri boireannaich. Ach cha robh clann-nighean òg. Agus bha iad uile deònach."

"Carson a thuirt am balach òg ud an rud a thuirt e, ma tha?"

"A dh'innse na fìrinn, chan eil fhios a'm. Dìreach . . . chan eil iad dèidheil air srainnsearan idir. 'S mathaid gun tuirt cuideigin ris sin a ràdh. Chan eil fhios a'm. Tha e cudromach dhaibh gu bheil a h-uile nì rèidh eatarra. Chan fhuiling iad càil a chuireas dragh air na cothroman."

"Carson a rinn thu e?"

"Bha mi a' faighinn biadh. Chan eil fhios a'm. Am feum thu faighneachd dha fireannach carson a tha e a' feuchainn ri cadal còmhla ri boireannaich? Agus bha iad ... chuala mi sgeulachdan ... gun robh uaireannan srainnsearan gan toirt a-staigh air an eilean airson ... airson cuideachadh, mar gum biodh. Agus bha mi 'n dùil gun robh fios aig daoine agus gun robh na h-èildearan a' gabhail ris. Cha b' urrainn dhaibh fuireach ann nan robh dìreach clann aca le chèile, agus cho càirdeach 's a tha daoine air an eilean."

"Bheil thu a' dol a dh'innse dhomh, ma tha?" dh'fhaighnich Cameron.

"Dè?"

"Na rudan air a bheil fios agad."

Bha Ruairidh sàmhach.

"Cha do dhìon e thu. An duine seo. Ge bith cò e. Bha mi san taigh aige. Chan e taigh àbhaisteach a th' ann, agus dh'ainmich gu leòr an duine aig a bheil e. Cò e?"

Fhathast cha robh Ruairidh airson bruidhinn.

"Chan eil thu a' dol air ais. Tha fios agad air sin. An deidheadh tu air ais, fiù 's nam biodh an cothrom agad?"

"Dheidheadh. Dheidhinn air ais. Chan eil àite coltach ris."

"Ciamar?"

"Tha thu ... sàbhailte. Tha daoine a' coimhead às dèidh a chèile. Tha biadh ri fhaighinn sa h-uile h-àite airson beagan obrach. Chleachd mi ... cha robh mi cho fallain. Ach a-nis. Cha robh mi riamh a' faireachdainn cho làidir. Neo gun robh caraidean agam. Coimhearsnachd. Beatha a bha a' ciallachadh rudeigin."

"Cò e? Dè an ceangal a th' aig Hiort ri Tìr-mòr?"

Bha Cameron a' smaoineachadh, às dèidh a h-uile càil, nach robh e fhathast airson bruidhinn.

Thionndaidh e aghaidh air falbh.

"Tha teaghlach ann. Anns an Eilean Sgitheanach neo an àiteigin, cha do choinnich mise riamh riutha. 'S ann à Hiort a thàinig iad bho chionn ùine nan creach. 'S mathaid gur ann ron Sgaradh. Agus bidh iadsan a' cumail ceangal ris an eilean."

"Bheil fios agad cò iad? Na h-ainmean aca?"

"Chan eil. 'S e . . . Fionn . . . a th' aca air an duine."

"Fionn."

"Seadh."

"Agus an e Hiortach a th' ann?"

"Chan e. Chan eil mi a' smaoineachadh. Ach cha dèan mi a-mach cò às a tha e. Tha dìreach blas Hiortach aige."

"Bheil fios agad ciamar a thàinig e chun an eilein? Carson?"

"Chan eil fhios a'm. 'S mathaid gun robh feum aig an teaghlach sin air cuideigin air an eilean. Chan eil fhios a'm am fuirich e. An robh iad a' gabhail dreis ma seach air an eilean? Bidh iad a' dèanamh tòrr airgid às."

"Ciamar?"

"Bidh iad a' faighinn ghiomaich bho na h-eileanaich. Tha lòin ann far am bi iad gan cumail."

"Chunnaic mi iad," thuirt Cameron.

"Bidh muinntir an àite ag iasgach ghiomaich, bidh iad a' toirt chlèibh dhaibh agus rudan mar sin. 'S e clann-nighean òg a bhios ga dhèanamh mar as trice. Tha eathar beag aca le seòl, tha iad garbh sgileil leatha, a' dol a dh'àiteachan nach creideadh tu. Agus . . . uill, cha robh duine ag iasgach ceart a-riamh timcheall air an eilean, tha na giomaich cho mòr ri . . . chan eil fhios a'm. Chan fhaca mise càil coltach riutha a-riamh. Tha mi a' creids' gum bi iad gan cur dìreach dhan Spàinn neo dh'àiteigin, airson nach bi ceistean ann."

Co-dhiù, tha an teaghlach air a bhith a' dèanamh seo o chionn fhada agus tha iad a' dèanamh airgead math às. Tha na lòin airson 's gun cùm thu beò na beathaichean gus an tig àm a tha fèill mhòr orra, gan toirt dhan mhargaid dìreach aig an àm cheart. Bidh iad cuideachd ag iasgach a-muigh an seo glè thric. Cha leig na Hiortaich le duine eile a dhèanamh. Agus airson sin, bidh iad a' faighinn na dh'fheumas iad bho Thìr-mòr. Salann agus a h-uile seòrsa rud. Ròpaichean, sgeinnean, Bìobaill, min-choirce. Cosgaidh sin gu leòr, tha fhios, airson timcheall air ceud duine. Ach fhathast, ma tha iad a' cur cuideigin a-mach chun an eilein airson coimhead às dèidh chùisean, tha fhios gu bheil iad a' dèanamh math às."

Bha seo a' mìneachadh tòrr rudan dha Cameron. Tha fhios gum biodh iad air ruith a-mach à iomadach rud thar nam bliadhnaichean mura biodh ceangal air choreigin aca ri Tìr-mòr.

"An robh daoine a' bruidhinn air falbh à Hiort?"

"Uaireannan," thuirt Ruairidh.

"Inns dhomh."

"Bha e air fàs beagan doirbh do dhaoine. An obair a bh' aca ri dhèanamh, tha mi a' smaoineachadh."

"Dè, airson nan giomach?"

"San fharsaingeachd. Chan eil fhios a'm. Faireachdainn a bh' ann. Cha bhiodh iad a' bruidhinn air."

"Dè cho eòlach 's a bha thu air an duine seo, Fionn?" dh'fhaighnich Cameron.

"Uill, chan eil fhios a'm. Cha chanainn gur e duine càilear a bh' ann. Ach 's e srainnsear a bh' unnamsa cuideachd. Agus bha e gam chleachdadh airson rud neo dhà. Ach bha e gu math diùid mu na bha a' dol. A h-uile càil a dh'inns mi dhut, 's e rudan a chunnaic mi le mo shùilean fhìn."

Stad Ruairidh a chòmhradh airson dreis. Mu dheireadh thall bhruidhinn e.

"Bhiodh e a' tighinn 's a' falbh cuideachd."

"Dè tha thu a' ciallachadh?"

"Cha robh e air an eilean fad na h-ùine idir. Bha e air falbh dreisean glè fhada."

"Ciamar a gheibheadh e far an eilein?" dh'fhaighnich Cameron.

"Uaireannan còmhla ri na h-iasgairean. Ach bha bàta aca. RIB mòr dubh."

"Dè? Càite bho ghrian am biodh iad a' cumail sin?"

"Tha seada faisg air a' chidhe."

"An seada glaiste?"

"Seadh."

"Uill, cuir min ormsa!" thuirt Cameron. "Tha fios aig a h-uile duine air seo?"

"Chanainn."

"Agus Murchadh. Nach esan a tha os cionn nam bàtaichean."

"Tha Murchadh gu math faisg air Fionn. Ach chan eil Dòmhnall dòigheil leis mar a tha cùisean idir. Tha e diadhaidh, agus tha Fionn a' toirt deoch air ais bho Thìr- mòr. Tha . . . chan e cùis fhurasta a th' ann."

"Carson nach fàg na h-eileanaich, ma tha?" thuirt Cameron. "Mas e coimhearsnachd a th' ann a tha a' bruidhinn gu poblach air rudan."

"Tha feagal orra. Dè dhèanadh iad air Tìr-mòr? Chan eil Beurla aca. Rud beag bìodach bho leabhraichean, agus bha mi fhìn a' cuideachadh gan teagasg. Ach tha iad dhen bheachd, nam falbhadh iad, gum biodh an saoghal a' coimhead orra mar gun robh iad . . . neo-àbhaisteach. Chan eil fios aca air a dhara leth. Dè thachradh nam biodh iad a' tighinn gu Tìr-mòr às dèidh cho fada 's a tha iad air a bhith air an gearradh dheth? Bhiodh e gu math math duilich, tha fhios. Nuair a tha beatha aca air an eilean a tha, neo a bha co-dhiù, sàbhailte agus 's mathaid nas fhasa dhaibh na bhith a' feuchainn ri slighe a dhèanamh anns an t-saoghal mhòr."

Chuir Cameron air a chuid aodaich a-rithist. Bha e tioram gu leòr agus thiormaicheadh e air a dhruim co-dhiù.

"Thuirt Dòmhnall rium gun robh e airson bruidhinn rium mu dheidhinn fàgail. Carson nach aontaich iad fhèin mu leithid a rud?"

"Tha feagal orra bho Fhionn. Tha Fionn air beatha a dhèanamh nas fheàrr dha feadhainn. Seall air Murchadh. Tha Fionn air airgead a thoirt chun an eilein agus a h-uile càil a tha a' tighinn na chois. Eudach. Miann airson rudan. Tha na rudan air an robh an t-àite air a thogail às dèidh an Sgaraidh a-nis ann an cunnart. Agus tha feadhainn ann a tha a' smaoineachadh gum bu chòir falbh mun tig e gu crìoch ann an dòigh tha fada nas miosa."

"Dè tha thu a' ciallachadh? Dè an seòrsa rud?" dh'fhaighnich Cameron.

"Tha an t-àite a' cumail air fhad 's a tha daoine a' tarraing air an aon ràmh. Fhad 's a tha a' choimhearsnachd còmhla, ag obair còmhla ri chèile. Ma tha sin ag atharrachadh, daoine ag iarraidh rudan dhaibh pèin, daoine a' faighneachd – carson a bu chòir dhòmhsa seo a dhèanamh dha daoine eile, cha do rinn iad càil dhòmhsa . . . chan eil fhios a'm. Tha mi dìreach a' toirt eisimpleirean dhut. Ach bho stad na seann ghalaran . . . bho dh'fhàs e beagan nas fhasa a bhith a' fuireachd ann, chan eil naoidhein a' bàsachadh a-nis ach glè ainneamh, tha a h-uile càil aig daoine a dh'iarradh iad, ach tha sin a' tighinn le obair chruaidh. Smaoinich nan stadadh . . . chan eil fhios a'm . . . cungaidhean-leighis a' tighinn bho Thìr-mòr, neo . . . mìle rud."

"Dè an seòrsa chungaidhean-leighis?"

"Leithid banachdach nuair a tha a' chlann beag."

"Carson ma tha a chuir iad sinne ann an cuarantain?"

"Tha dà adhbhar ann tha mi a' creids'; a' feuchainn ri toirt oirbh falbh, agus chan eil fhios aca gu cinnteach a bheil galar ann air nach eil fios aca. Agus nam biodh tusa air a dhol tron aon rud 's a chaidh iadsan iomadach uair, tha fhios gun dèanadh tu an aon rud."

Shuidh iad ann an sàmhchair airson dreis.

"An robh ceangal aig Fionn ris an nighinn a bhàsaich?"

"Dè an seòrsa ceangail?"

"Chan eil fhios a'm. An robh e an sàs ann an dòigh air choreigin?"

"Chan eil sinn cinnteach."

"Bha gu leòr dhen bheachd gur tus' a bh' ann."

"Bha sin glic, nach robh, air taobh an duine a rinn e."

"Ach mas e Murchadh agus Fionn an dithis a dh'fhaodas falbh le na bàtaichean, bhiodh fios aca cò rinn e. Neo bha iad an sàs ann co-dhiù. Dè thuirt an nighean riut?"

"Cha do shruc mi innte."

"Chan e sin a tha mi a' faighneachd."

Smaoinich Ruairidh air an nighinn, Raonailt, cuimhne a-nis a bha a' fàs fann.

"Bha i . . . bha i airson soraidh fhàgail agam. Bha i a' dol a dh'fheuchainn ri falbh gu Tìr-mòr, chan eil fhios a'm ciamar. Falbh le eathar neo rudeigin?"

"Ciamar a b' urrainn dhi falbh le eathar ma bha Murchadh os an cionn?"

"Bha sgothan beag eile ann a bhathas a' cleachdadh airson nan giomach agus cha leigeadh a' chlann-nighean dha a dhol faisg orra. Bha àite aca air an son fa leth."

"'S mathaid gun robh feagal air Fionn gun innseadh i na bha a' tachairt air an eilean? Bhiodh fios aice cò e agus a na bha a' tachairt. Tha e a' dèanamh airgead às. Cha bhiodh e airson gun tigeadh sin gu crìoch."

"'S dòcha."

"Agus gun robh e airson stad a chur oirre sin a dhèanamh . . . ach dh'fhàg i. Chaidh e às a dèidh agus cha deach a' chùis gu math. Agus bhiodh cus buairidh ann a toirt air ais a Hiort. Cò aig a bhiodh fios co-dhiù an dèidh dhi fàgail? Dh'fhaodadh i bàsachadh aig muir. Dh'fhaodadh mìle rud tachairt."

Sheas Cameron agus choisich e rud beag.

"Tha sin a' mìneachadh mar a fhuair iad chun nan Eileanan Flannach. Bhiodh e na b' fhasa feitheamh ann an RIB shìos aig a' bhonn. Cha b' urrainn dha cromadh a-rithist gun ròpa. Agus bha e dìreach an dòchas nach lorgadh duine an corp, far an do chuir e e. Tha sin a' dèanamh ciall."

"Dè . . . dè nì thu ris?"

"Ma tha dearbhadh againn, thèid e dhan phrìosan."

"Ach . . . am bruidhinn duine mu dheidhinn? Hiortaich, tha mi a' ciallachadh. Toirt orra bruidhinn ann an cùirt. Dè thachradh dhan àite?"

"Chan eil fhios a'm. Ach chan e sin adhbhar airson stad a chur air an fhìrinn a lorg, agus stad a chur air murtair a chur dhan phrìosan. Feumaidh mi . . . feumaidh mi smaoineachadh barrachd air a seo. Tha thu air tòrr a thoirt dhomh. Tapadh leat."

"'S e do bheath' e."

"Bidh thu fhathast a' dol dhan Stèisean airson ceasnachadh nuair a gheibh sinn a-mach às an t-suidheachadh seo."

"Chanainn gu bheil droch theans' air sin an-dràsta. Co-dhiù, tha rudan eile air m' aire an ceartuair. Ciamar a chumas mi mi fhìn beò, mar eisimpleir? Tha biadh agam airson an-diugh, ach feumaidh tusa tòiseachadh a' cuideachadh bhon a-màireach. Marbhaidh sinn caora eile. Tha na cleitean math, faodaidh tu an fheòil a chrochadh agus a thiormachadh annta. Tha fiù 's beagan buntàta ri fhaighinn. Chuir cuideigin clàr ann an aon de na feannagan."

"Carson a dhèanadh duine sin?" dh'fhaighnich Cameron.

"Gun fhios nach biodh duine steigt' ann a-rithist. Cha bhi iad a' tighinn a-mach a h-uile bliadhna, ach tha fhathast buntàta ri lorg bhon ùir. Chan eil mi gan ith' tric, ge-tà. Chan eil cus stuth againn airson teine a dhèanamh. Tha fraoch ann ceart gu leòr, ach cha chùm sin teine a' dol ro fhada."

Sheas Cameron agus chaidh e air chuairt timcheall an eilein, suas chun an àite a b' fhaisg air a' phrìomh eilean, a' coimhead air na slighean-mara thuca. Bha dealbh a' tighinn ri chèile na cheann. Bha e a' tuigsinn na b' fheàrr na bha a' dol air an eilean. Bha e a' faireachdainn gun robh e a' tighinn faisg air cridhe na cùise – an duine leis an ainm Fionn. Am b' esan am murtair? Dh'fheumadh Fionn obrachadh gu math cruaidh airson dearbhadh nach b' esan a bh' ann. Bha adhbhar aige. Bha dòigh aige air a dhèanamh. Agus bha an cothrom aige.

Smaoinich e air Kate. Ciamar a bha i a' faighinn air adhart ann am Bàgh a' Ghlinne? Bha fadachd air innse dhi na dh'inns Ruairidh dha.

Bha aig Cameron dìreach ri faighinn far an dòlas eilein seo an toiseach.

40

Bha Sara air eilean eile. Rònaidh.

Seo an dàrna latha aice air an eilean, bha i air RIB agus criutha fhaighinn air mhàl. Bhiodh iad san àbhaist ag obair a-mach à Steòrnabhagh, ach bha iad gu math dòigheil a' dol a Rònaidh. Bha an duine aig an robh an RIB, Rab, ag iarraidh a dhol gu na h-Eileanan Fàrach innte, dà cheud mìle, agus bha e airson faicinn cò ris a bhiodh a' chiad phàirt coltach.

Bha i air a bhith a' dol timcheall nam bothagan agus nan cleitean gu lèir feuch an lorgadh i am fear a bh' air ainmneachadh sa phàipear-naidheachd, far an d' fhuair iad seacaid Tom. Bha dealbh beag ann, leis an fhear a lorg i, ach cha robh sin gu mòran feum. 'S e dìreach còrnair dhen bhothaig a bh' ann. Ach mu dheireadh thall bha i a' faireachdainn faisg.

Bha i air a dhol tro na bha i an dùil a thachair. Bha i a' smaoineachadh an toiseach gur mathaid gun deach a h-athair a chall aig muir, ach bha rudeigin neònach mun turchairt seo. A' smaoineachadh mar phoileas, bha i dhen bheachd gun do thachair rudeigin dha h-athair air Sùlaisgeir, agus gun tug iad a Rònaidh e airson a thiodhlacadh. 'S mathaid nach e murt neo a leithid a bh' ann, ach gun do bhàsaich e dìreach, 's nach robh an sgioba airson aire a tharraing gu na bha iad a' dèanamh.

Ach an aon rud, nan robh cuideigin air a thiodhlacadh air

Rònaidh, bhiodh sin a' ciallachadh gun robh fios aig a h-uile duine air na thachair. Agus bha e duilich a chreids' nach biodh rudeigin air tighinn a-mach thar nam bliadhnaichean.

An toiseach bha i an dùil cuideigin a thoirt leatha airson cuideachadh a' lorg a' chuirp. Ach smaoinich i gum biodh e na b' fheàrr mura biodh fios aig duine eile air na bha i a' dèanamh. Co-dhiù, cha robh i cinnteach idir às an teòiridh aice. Thuirt i dìreach gun robh ùidh aice ann an isean sonraichte, an gobhlan-mara eàrr-ghobhlach, agus ghabh an criutha ri sin gun cheist.

Cha robh mòran tìde air fhàgail aice. Bha iad dòigheil gu leòr fuireach a-muigh aon oidhche, ach sin uileag.

Smaoinich i air dè bhiodh i fhèin air a dhèanamh anns an aon shuidheachadh. Chaidh i dhan chladh bheag a bh' ann, oir 's e àite glè mhath a bhiodh ann airson corp fhalach. Cha bhiodh sgeul air uaigh cho ùr ri sin an dèidh beagan ùine. Ach cha robh gin de na h-uaighean a' coimhead ùr ann an dòigh sam bith agus chaill i rud beag misneachd. Ach an uair sin smaoinich i gun robh an cladh rudeigin fada air falbh bhon an dà àite far am faodadh eathar neo bàta tighinn gu tìr.

Cha thaghadh iad a' chiad àite a ruigeadh iad gun fhios nach lorgadh duine an corp. 'S mar sin, bha aice ri dhol a-staigh a thogalach an dèidh togalach, gun mòran dòchais.

Bha stiall tana iarainn aice, meadhanach fada, agus bhiodh i ga chur dhan ùir bhuig. Bha aon bhothag ann le doras beag cumhang agus fulmaire na bhroinn. Bha iseanan ann an tòrr dhiubh, ach bha an doras aig an fhear seo nas cumhainge na dh'iarradh i. Thug i dhith a' mhòr-chuid dhen aodach aice gun fhios nach deidheadh salachar nan eun air agus chrùb i airson faighinn a-staigh.

Bha rudeigin diofraichte na bhroinn. Bha e dorch, agus mar sin, cha robh feur a' fàs ann. Bha nead neo dhà ann. An robh rudeigin mu dheidhinn mar a bha an talamh? Cha robh i cinnteach, dh'fhaodadh gur e dìreach miann a bh' ann, miann faighinn a-mach dè thachair dha h-athair.

Dh'fhuadaich i na h-iseanan a-mach, agus chan e rud furasta a bha sin, agus bha i a' dol a dh'fheuchainn an talaimh leis a' phìos meatailt aice. Stad i.

Cha robh fios aice am bu chòir dhi cumail a' dol. Cha do smaoinich i air dè dhèanadh i nan lorgadh i corp a h-athar. Cha robh i airson fhaicinn mar sin.

Ach an uair sin mhothaich i anns an dorchadas, a' tighinn suas tron ùir, stuth-aodaich air choreigin. 'S e goretex a bh' ann. 'S mathaid gun robh beathach air choreigin air sin a thoirt am bàrr. Gheàrr i pìos dheth. Cha do chuir i dragh air an uaigh, oir bha i a-nis cinnteach gur e uaigh a bh' ann. Chaidh i a-mach air a làmhan agus a glùinean às a' bhothaig dhan ghrèin. Bha fuaim aig a h-anail 's a fuil na cluasan, agus cha mhòr nach robh e ga bòdhradh.

Ghlan i a làmhan air an fheur agus thug i a-mach am fòn aice. Chaidh i tro na dealbhan a' coimhead airson tè a bh' aice dhe h-athair, air a' chidhe, dìreach mus do dh'fhàg e Nis airson a dhol a Shùlaisgeir. Bha a làmh timcheall oirre, i a' coimhead sàbhailte, dòigheil, brònach gun robh e a' falbh.

'S e an aon dath a bh' ann.

Bha a làmhan a' critheadaich. Shìn i air ais air an fheur anns a' ghrèin agus thòisich i a' rànail, an nighean bheag ud fhathast na broinn, nighean a bha a' falach a' bhròin, agus i an dòchas gun robh e fhathast beò dòigh air choreigin. Ach cha robh.

* * *

Cha tug i ro fhada a' lorg Tom, nuair a thill i a Nis. Bha e anns an ospadal. Cha robh aice ach ri faighneachd sa bhùth ann an Nis. Bha e air a bhith a-mach agus a-steach à ospadalan fad bhliadhnaichean, airson a chuideachadh le bhith ag òl fada cus, tinneas-inntinn agus dubhachas.

Cha robh ach beagan dhaoine a' faighinn cead tadhal air, agus mar sin bha e dòigheil duine sam bith fhaicinn. Ma bha i ceart, bha an duine seo air buaidh na bu mhotha na duine eile a thoirt air a beatha.

Shuidh i ri thaobh agus choimhead i air, a chraiceann dìreach mar phàipear. Bha truas aice ris ann an dòigh, ach cuideachd bha fios aice gur mathaid gur e seo an duine a mharbh a h-athair. Dh'inns i a h-ainm dha agus cò i.

Sheall e oirre airson dreis mhath agus cha dèanadh i a-mach na bha a' tachairt air aghaidh. Bha bròn ann, agus cuideachd uamhas, agus cuideachd faochadh. Bha iomagain air Sara nach innseadh an duine càil dhi. Ach chan e sin a thachair. Cha mhòr nach robh e toilichte a faicinn, bha an dìomhaireachd air an duine ith' bhon taobh a-staigh.

Cha b' fhada gum bàsaicheadh e, agus gach oidhche bha e na laighe anns an leabaidh a' smaoineachadh air na rinn iad agus mar a dheidheadh e a dh'ifrinn. Cha do mharbh e duine. Bha fios aige air sin. Ach chuidich e, agus bha gach rud a chùm e dìomhair mar luasgan air uisge, a' toirt buaidh air daoine nach coinnicheadh e gu bràth. Aingeal bàis a bh' ann.

"Bha mi air Rònaidh," thuirt Sara. "Lorg mi e."

Mu dheireadh thall fhreagair e i.

"Tha mi cho duilich."

Lìon na sùilean aige agus thàinig deòir, ged nach robh sin ri chluinntinn na ghuth fhathast. Mar shnaidhm a' truiseadh às a chèile. Dh'fhàs a bhodhaig nas lugha, smaoinich i. Bha i an dòchas nach bàsaicheadh e mun innseadh e dhi dè thachair. Bha am bàs faisg. Dh'fhosgail i an doras agus rinn i cinnteach gun robh nurs ga coimhead oir cha robh i airson a bhith co-cheangailte ri bhàs. Cha robh fios aice dè dhèanadh i nam b' e seo an duine.

"An sibhse a mharbh e?" dh'fhaighnich i.

"Cha bu mhi," thuirt e. "Ach chuidich mi."

"Ciamar?"

Thòisich e ag innse dhi na thachair air Sùlaisgeir, an samhradh fad às ud.

~~ 41 ~~

Dhùisg Cameron, a chnàmhan goirt agus fuar bho bhith na chadal air làr ùir. Bha e air rudeigin a chluinntinn.

Chaidh e a-mach. Cha robh ach beagan gealaich ann, agus bha sgòthan eadar esan agus am prìomh eilean. Chuala e anail cuideigin eile anns an dorchadas, Ruairidh.

"Chuala tusa e cuideachd?" thuirt e.

"Bàta tha mi a' smaoineachadh. Chan e an *Cuma* a th' ann co-dhiù," thuirt Cameron.

"Fionn a' tilleadh ma tha. Tha an RIB aige dubh. Duilich a faicinn. Mar as trice bidh e a' siubhal air oidhcheannan dorch, nuair nach eil mòran solais bhon ghealaich."

Bha e duilich dèanamh a-mach cò às a bha am fuaim a' tighinn, leis mar a bha na creagan a' toirt buaidh air. An uair sin chunnaic Cameron cruth a' gluasad, dìreach a' dol a-staigh dhan bhàgh. Bàta, bha sin cinnteach. Agus a' dol a Bhàgh a' Bhaile. Bha am fuaim a-nis air fàs fann.

"Dè nì thu a-nis?" dh'fhaighnich Ruairidh.

"Dè 's urrainn dhomh a dhèanamh? Chan urrainn càil ach feitheamh."

Mu dheireadh thall thàinig an *Cuma*. Chitheadh iad i air fàire ann an solas fann na maidne, i air a bhith a' seòladh tron oidhche. Bha iad an dòchas gun robh cuideigin a' cumail sùil mhath air cùisean aig an stiùir.

Bha smuain aige, ach bha aca ri tilleadh gu Tìr-mòr an toiseach. Dheidheadh iad gu Bàgh a' Ghlinne a dh'fhaicinn am faigheadh iad air Kate a thogail. Tha fhios nach robh e air a bhith mòran nas càileire dhìse nas motha.

Chuir e thuig' an teine. Bha saill aige bho na h-iseanan mu dheireadh a mharbh iad agus shad e sin air. Bha e dìreach an dòchas nach biodh iad dhen bheachd gur e falaisgeir a bh' anns an teine, neo turchairt. Dè cho fad air falbh 's a bhiodh an guth aige ri chluinntinn, nan èigheadh e àrd a chinn?

Bha an teine air a bhith a' dol dreis a-nis agus cha robh an *Cuma* ag atharrachadh a cùrsa idir. Cha robh e airson smaoineachadh air, ach mura faigheadh iad far Bhoraraigh, cha bhiodh ann ach am bàs dhaibh. Cha dèanadh iad a' chùis geamhradh eile, agus cò thogadh iad co-dhiù? Bàtaichean-iasgaich sam bith a bha faisg, bha 'd ann airson cuideachadh dha na Hiortaich agus cha bhiodh e cinnteach an cuidicheadh iad. Cha robh soithichean eile a' tighinn faisg. Cha chuidicheadh muinntir Hiort iad.

Thug e dheth a' mhòr-chuid dhen aodach aige.

"'S mathaid gum faic iad mi nas fheàrr an taca ris an aodach dhonn sin."

Rinn e leumadaich agus sgreuchail, a' dannsa airson a bheatha a shàbhaladh. Agus an uair sin chunnaic iad i a' stad. Chan fhaiceadh iad an robh duine le prosbaig air bòrd gan coimhead, ach abair gun do thog a chridhe nuair a chunnaic iad gun robh i a' tionndadh! Lìon a bhroilleach le dòchas. Siud i a' tighinn, gu cinnteach, thuca.

Dh'fhuirich iad air mullach an eilein, agus fiù 's nuair a bha an *Cuma* meadhanach faisg, bha i a' coimhead beag bìodach, mar dhèideag a bha leanabh air a shadail air an làr. Ach mu dheireadh thall chitheadh iad daoine agus rinn iad a-mach far an robh i a' dol, chun an àite far am biodh na Hiortaich a' tighinn air tìr air Boraraigh. Thug iad leotha am beagan a bh' aca, am pìos ròpa, an sgian aig Cameron agus baga Ruairidh. Cha robh e buileach a' creidsinn gun robh e cho faisg air a bhith sàbhailte. Bha e air ionnsachadh gum faodadh rud sam bith tachairt.

Cheangail iad an ròp gu h-àrd nuair a chunnaic iad geòla an t-soithich a' dol dhan bhùrn. 'S e an Caiptean a bh' innte.

"Cò sibh?" dh'èigh e nuair a thàinig iad faisg. Cha robh e gan aithneachadh.

"A dhuine bhochd. 'S mise Cameron."

"Dè tha thu a' dèanamh an seo? Na dh'fhàs iad sgìth dhìot?"

Agus rinn an Caiptean gàire. Cha robh an cruadal uabhasach a dh'fhuiling iad a' cur cus dragh air.

Cha tuirt Cameron càil. Cha robh e deiseil airson fealla-dhà gus am biodh biadh na bhroinn agus aodach ceart air a dhruim an dèidh a bhith seachdain fo fhras. Bha Ruairidh cuideachd dòigheil a bheatha fhaighinn air ais a-rithist, ged a bha pàirt dheth iomgaineach mu na bha roimhe. Agus gu dearbh, cha robh e airson cas a chur air Hiort a-rithist.

Nuair a fhuair e dhan gheòla, dh'inns e dhan Chaiptean gum bu chòir dhaibh dèanamh air Bàgh a' Ghlinne, a dh'fhaicinn an robh Kate ann. Cha robh e airson a dhol air tìr idir; bha beachd eile aige.

Ghabh e breacaist mhòr agus dà phoit teatha agus fras mun do dh'fhosgail iad Bàgh a' Ghlinne. Bha fios aig na Hiortaich gun robh iad ann, oir chitheadh iad duine neo dithis air a' Ghap, eadar Conachair agus Mullach Mòr.

An toiseach bha e a' smaoineachadh nach robh Kate ann. Rinn iad dùdach air a' chonacaig, agus mu dheireadh thall, thàinig Kate a-mach às a' bhothaig. Rinn e toileachas gun robh i beò, agus fallain a' coimhead. Chuir e a' phrosbaig suas gu shùilean. Bha e gam faireachdainn a' fàs fliuch agus chan fhuilingeadh e daoine eile fhaicinn a' rànail. Sin rud a fhuair e bho athair, a bha gu math trom air nuair a bhiodh e a' rànail.

Chaidh e fhèin sìos dhan gheòla aig a' *Chuma* agus chaidh iad a-staigh gu far an robh an tìr a' coinneachadh na mara. Cha robh na creagan àrd an sin, ach dh'fheumadh duine ròpa airson a bhith cinnteach. Bha ròpa ùr, làidir aig Cameron agus chaidh e suas na creagan leis, airson a cheangal. Bha am feagal a bh' aige bho àirde a-nis air falbh gu tur, gu h-àraidh an dèidh a bhith air Boraraigh, agus cha robh dìreadh a' cur dragh air.

Cha robh fios aige ciamar a bhiodh Kate, an sadadh i tàthag neo dhà airson a faighinn dhan t-suidheachadh seo. Ach nuair a thàinig iad faisg, ruith i thuige agus chuir i a làmhan timcheall air. Bha iad sàbhailte.

"Thugainn, tha a' mhuir ag èirigh rud beag 's chan eil sinn airson nach faigh sinn falbh," thuirt Cameron.

"Gu dearbh chan eil. Fhuair mi mo leòr dhen àite seo."

Dh'inns e dhi beagan dhe na bha air tachairt ris, mu Ruairidh agus am fear ris an cante Fionn. Cha robh e airson bruidhinn mu dheidhinn air beulaibh a' chriutha, cò aig a bha fios dè an ceangal a bh' aig muinntir a' bhàta ris an àite.

Cuideachd, na bha Dòmhnall air a ràdh ris air Stac Lì, gun robh tòrr dhiubh airson fàgail. Bha plana aig Cameron. Cha robh fios aige an obraicheadh e, ach dh'fheumadh e feuchainn.

Bha e a' smaoineachadh gun robh Fionn an sàs ann an dòigh

air choreigin ann am bàs na h-ìghne, agus cha robh e a' dol a chall cothrom bruidhinn ris. Bha fios aige gun robh RIB làidir aige, a dhèanadh a' chùis air a dhol cho fada ris na h-Eileanan Fàrach nan togradh e, neo sìos costa Èirinn agus air adhart. Dh'fheumadh iad a bhith gu math luath agus dìomhair ma bha iad airson grèim fhaighinn air an duine.

Chaidh iad dhan gheòla agus thionndaidh e chun an duine aig an stiùir.

"Thugainn dhachaigh," thuirt e.

⚘ 42 ⚘

Bha trì latha eile aig Sara air fhàgail air na h-eileanan mus biodh aice ri dhol dhachaigh. Chuala Sara fathann gun robh soitheach a' dol a Hiort agus chuir i roimhpe gun deidheadh i fhèin ann cuideachd, nam biodh dòigh air faighinn air bòrd.

'S e fear Dolaidh à Uig a chuala an toiseach mu na bha fanear dhan *Harebell*, a bha ceangailte ri cidhe Steòrnabhaigh. Bha bràthair aige air bòrd, agus ged nach robh cead aige, thuirt e ri Dolaidh gun robh e an dùil gun robh iad a' dol faisg air Hiort, 's mathaid a' dol air tìr leis mar a bha iad a' coimhead air na bàtaichean beaga aca, agus bha soitheach a bhiodh a' dèiligeadh ri mèinnichean gan coinneachadh aig muir.

Cha robh Alasdair, am fear aig an robh an RIB a bha iad airson a chleachdadh, cho cinnteach am bu chòir dhaibh a dhol a-mach, leis a' chòmhradh mu mhèinnichean agus a leithid, ged a bha e fhèin air bhoil an t-eilean fhaicinn cuideachd.

Ach, cha b' iadsan an aon daoine a bha air cluinntinn gun robh an *Harebell* 's mathaid a' dol a Hiort, agus nuair a dh'fhàg i cala, bha loidhne de bhàtaichean air a cùlaibh, beag agus mòr. Agus le sin, bha Alasdair a' faireachdainn gum biodh e sàbhailte gu leòr.

Ach chan e sin uile, smaoinich e. Carson a bha iad a' dol ann an soitheach cho mòr? Cha robh e cinnteach, ach bha a bhràthair

Dolaidh a' smaoineachadh gun robh na Hiortaich ag iarraidh fàgail agus gun robh iad ga dhèanamh gu dìomhair.

Chan e seo idir a bha Cameron ag iarraidh, fuaim agus faram, agus thòisich e a' ceasnachadh nam planaichean aige. Dh'fhaodadh Fionn cluinntinn gu math furasta gun robh nàdar de dh'armada a' tighinn a Hiort agus chan fhaiceadh iad e. Codhiù, cha robh mòran a b' urrainn dha a dhèanamh. Bha am plana aige a' tachairt ge b' oil leis. Agus an dèidh beagan uairean a thìde, chitheadh iad Hiort ag èirigh a-mach às a' mhuir, dùn mara cho eagalach 's a chitheadh tu.

*   *   *

Bàgh a' Bhaile a-rithist, ach an turas seo, làn bhàtaichean de gach seòrsa. Chunnaic Cameron Dòmhnall nuair a chaidh e air tìr.

"An e seo a bha thu dha-rìribh ag iarraidh?" dh'fhaighnich Cameron dha.

"'S e. Tha sinn ag iarraidh fàgail. Chan eil . . . chan eil earbs' ann. Agus tha . . . tha an duine ud air cus brath a ghabhail."

"Bheil e seo fathast?" dh'fhaighnich Cameron, an làn dùil nach bitheadh.

"Tha e a' feitheamh air do shon. Anns an taigh aig ceann eile a' bhaile."

"A' feitheamh air mo shon?" thuirt Cameron.

"Seadh. Thuirt e rium do thoirt suas cho luath 's a nochdadh tu air tìr."

Bha an cidhe a-nis a' lìonadh. Daoine le camarathan agus fiù 's luchd-naidheachd. Cha robh na Hiortaich ag iarraidh gum biodh duine a' togail an dealbh, agus chitheadh tu iad uaireannan a' ruith air falbh neo a' falach an aodainn. Mu thràth, bha bucais agus ceasaichean a' nochdadh air taobh a-muigh nan taighean agus daoine a' fàgail an dachaigh. Chunnaic e am bodach MacCuithein, agus e na shuidhe air beulaibh an taigh' aige, a' gabhail a-staigh an turais mu dheireadh a chitheadh e an t-eilean. Bha deòir na shùilean.

Bha Murchadh faisg air a' chidhe, a-nis gu tur diofraichte, e umhail agus le feagal dè dhèanadh daoine air. Bha duine neo dithis eile ann leis an aon choltas, daoine a bha faisg air Fionn, tha fhios.

Choisich Cameron suas tron bhaile. Chunnaic e gu leòr aodainn a dh'aithnicheadh e. Cha robh iad uile bàigheil. Bha e dìreach mar a bha cuimhne aige, ach chan e annas a bha sin, àite nach robh air atharrachadh thar nan ceudan bhliadhnaichean.

Gun fhios dha, bha boireannach a' gabhail na h-aon shlighe ris. Bha i a' stad an siud 's an seo airson dealbhan a thogail, agus bha am baile gu lèir a-nis ann an ùpraid agus fios aig a h-uile duine carson a bha an *Harebell* ann. Bha iad a' fàgail.

Thàinig Cameron chun an taighe. Bha an doras fosgailte. Cha robh e cinnteach carson ach ghnog e.

"Thig a-staigh," thuirt an guth.

'S e bha na sheasamh air a bheulaibh a-nis. Bha bliadhnaichean bho chunnaic Cameron e. Bha e fhathast tapaidh, nas tapaidhe buileach, chanadh tu. Bha am falt aige air liathadh, ach bha fhathast an aon choltas cunnartach air ged a bha e a-nis na b' aosta.

"A Dhonnchaidh," thuirt Cameron.

~ 43 ~

Bha e na shuidhe aig a' bhòrd. Mar nach robh càil às an àbhaist idir.

"Tha dreis bhon uair sin," thuirt e ri Cameron.

Bha Cameron a' feuchainn ris an iongnadh a chumail às a ghuth ach cha b' urrainn dha.

"'S tusa Fionn?" thuirt e.

"'S mi," thuirt Donnchadh. Choimhead e a-mach air an uinneig.

"Uill, tha an diabhal anns an teant a-nis air do sgàth-sa. Chan eil fhios a'm dè tha thu a' smaoineachadh a tha thu a' dèanamh."

"Ò, tha mi a' smaoineachadh gu bheil," thuirt Cameron.

"Cha bhiodh an t-àite seo ann mura b' e mise. Seall na th' aca bho thàinig mi seo. Ach chan urrainn dhomh ràdh nach eil mi brònach gu bheil thu air crìoch a thoirt air. Trì mìle bliadhna, agus amadan beag à Nis a' losgadh a h-uile càil chun an làir. Seo a tha a' dol a thachairt. Thèid mise air an t-soitheach còmhla ri càch, agus chan eil thusa a' dol a dhèanamh càil mu dheidhinn."

"Tha thu gu math cinnteach asad fhèin," thuirt Cameron.

"Tha adhbhar agam. Ma thèid mise sìos, thèid thusa sìos."

"Carson a mharbh thu an nighean?"

"Carson?"

Rinn e gluasad le làmh. Suidh. Rinn Cameron sin.

"Cha bu mhise a mharbh i."

"Cò eile a bhiodh ann? Bha adhbhar agad. B' urrainn dhut a dhèanamh. Agus bha an cothrom agad."

"Air m' onair. Cha do mharbh mi i."

"Ciamar a-rèist a thug iad a corp dha na h-Eileanan Flannach ach leis an RIB agad? Cò eile a bhiodh ag iarraidh a marbhadh agus a cumail air an eilean? Chan e sin an seòrsa dhaoine a th' annta. Dh'fhàs thu ro chinnteach asad fhèin."

"Tha thu ceàrr. Tha mi duilich. Cha bu mhise a bh' ann. Agus tha alibi agam. Cha robh mi ann a' Hiort aig an àm."

"Càit an robh thu ma tha?"

"Ann an Lunnainn."

"Seadh. Agus dè bha thu a' dèanamh an sin?"

"Bha mi a' bruidhinn ri duine aig Sotheby's."

"Tha thu a' tarraing asam."

"Fhios agad, tha seann chiotagan agus fighe bho Hiort, a' reic air deagh phrìs. Bha daoine aca a bha ag iarraidh an ceannach . . . agus bha sinn a' còmhradh mu dheidhinn. Chan eil fios agam cuin a bhàsaich Raonailt. Neo carson. Ach bha i beò nuair a dh'fhàg mi an turas ud, agus marbh nuair a thill mi. Nuair a bhios dearbhadh agad air cuin a thachair e, neo dearbhadh sam bith, faodaidh mi innse dhut far an robh mi. 'S e turas trang a bh' ann."

"Obair fighe, giomaich . . . bha iad uile ag obair dhut."

"Nach eil Pròstanaich a' smaoineachadh gu bheil obair math dhaibh? Co-dhiù. Às dèidh na rinn an teaghlach againn dhaibh. Chùm sinn an t-àite seo beò. Bha feum againn air airgead airson rudan a cheannach dhaibh."

Chaidh e chun an dorais agus choimhead e a-mach.

"Seall a-nis. Bha dùil a'm gur e prìosan a bha seo nuair a thàinig mi an toiseach. Donnie . . . bha mi airson Donnie a mharbhadh. Ach bha mi ceàrr.

Rinn mi m' fhortan ann. Daoine fialaidh."

Rinn e gàire.

"Chì sinn am bi thu a' gàireachdainn nuair a ruigeas sinn Tìr-mòr," thuirt Cameron.

"Ach, dè tha thusa a' dol a dhèanamh? Innsidh mise dhaibh mu Shùlaisgeir agus Rònaidh. Ghabh thusa pàirt ann am murt, a charaid. Agus an uair sin, a' dol dhan Phoileas. Breugadair cuideachd. 'S e mearachd a bha sin. Ach cha robh agams' ri breug a dhèanamh dhe mo bheatha, mar a rinn thusa. Toirt a chreids' gu bheil thu os cionn a h-uile duine. Tha cuimhne agams' ort na do bhalach beag, a' mùn nad dhrathais le feagal. Nis tha thu às dèidh eucoraich. Feuchainn ri dèanamh an àirde air a shon. Siuthad. Cuir an grèim mi. Gheibh mi às. Agus mura faigh, cuiridh mi crìoch ort."

Cha robh fios aig Cameron dè b' urrainn dha a dhèanamh. Ach an duine a choimhead a' coiseachd air an t-soitheach, mar nach robh e air càil ceàrr a dhèanamh na bheatha . . . e a' faighinn cothrom a dhol a dh'fhuireach a dh'àitegin agus airgead gu leòr aige . . . bha e a' faireachdainn tinn.

"Co-dhiù," thuirt Donnchadh. "Tha thìd' agam an stuth agam a chur an òrdugh. Tillidh mi airson an RIB uaireigin eile. Chan eil mi ag iarraidh cus aire a tharraing. 'S chan eil na thusa. A bheil?"

Sheas Donnchadh aig an doras, ga chumail fosgailte dha Cameron. Ach cha do ghluais e. An uair sin chunnaic iad sgàile air an làr agus cuideigin a' tighinn a-staigh. Boireannach òg.

"An tusa Donnchadh Moireasdan? À Nis?"

"Cò tha a' faighneachd?"

"'S e th' ann," thuirt Cameron.

"Agus thusa DI Cameron?"

"'S mi."

"Bheil cuimhne agaibh air duine a thàinig a Shùlaisgeir nuair a bha sibh ann air tòir nan eòin?"

Bha an dithis aca sàmhach.

"'S e m' athair a bh' ann."

Mhothaich Donnchadh an uair sin gun robh sgian bheag na làimh. Dh'fhairich e i a' dol a-staigh na mhionach. Tharraing i suas an sgian. Gearradh fada, marbhtach.

"Tha sin airson m' athar."

Thuit Donnchadh chun an làir, iongnadh agus pian air aghaidh agus an uair sin cha do ghluais e, a bheatha a' sileadh às.

Thionndaidh i gu Cameron.

"Tha fios agam cò thu, agus dè rinn thu. Dh'inns Tom a h-uile càil dhomh. A bheil sinn a' tuigsinn a chèile?"

Sheall Cameron oirre.

"Tha. Tha mi a' tuigsinn."

Ghlan i an sgian air aodach Dhonnchaidh agus chuir i am broinn a seacaid i.

"Tha spaid air taobh a-muigh an taighe," thuirt i, agus dh'fhàg i.

Bha casan Chameron air chrith, buille a chridhe faramach na chluasan. Smaoinich e air suidhe ach chuir e stad air fhèin. Dhùin e an doras agus ghlas e e. Bha feum aige air tìde airson dèanamh a-mach dè bu chòir dha a dhèanamh. A-rithist bha e ann an staing. Nan dèanadh e dad mu bhàs Dhonnchaidh, bhiodh fios aig daoine na rinn e fhèin. Ach cha b' e sin buileach e.

Bha e toilichte gun robh Donnchadh marbh.

Droch dhuine a bha air droch bhuaidh a thoirt air iomadach duine. Mharbh e athair a' bhoireannaich ud. Fhuair e na bha an dàn dha. Sheall e na chridhe. Agus ged a bu chòir dha a bhith a' faireachdainn diofraichte, 's mathaid, cha robh. 'S mathaid nach do mharbh e an nighean ud, Raonailt. 'S mathaid gun do mharbh. Ach chunnaic e Donnchadh a' marbhadh an duine ud bho chionn fhada ann a' Sùlaisgeir. Agus thig breitheanas chun a h-uile duine, latha air choreigin. An-diugh an latha.

Bha aige ri smaoineachadh luath air dè bu chòir dha a dhèanamh. Bha beagan tìde aige, bha a h-uile duine trang, ach cha mhaireadh sin. An tigeadh gin dhe na caraidean aig Donnchadh, Murchadh neo a leithid? Dhèiligeadh e ri sin nuair a thigeadh an t-àm.

Tron doras-chùil bha na cleitean a bha a' buntainn ris an taigh. Bha aon dhiubh falamh. Chaidh e a-mach agus fhuair e spaid. Thòisich e a' cladhach. Chuir e an corp dhan talamh, rud nach robh furasta. Dhùin e an uair sin an doras air a chùlaibh agus ghlas e e leis an iuchair mhòir bhon taigh.

Cha tigeadh duine ga lorg. Cha robh duine a' coimhead airson duine a chaidh à sealladh bho chionn fichead bliadhna. Cha bhiodh na Hiortaich a' coimhead air a shon.

Cha robh fios aige cò mharbh an nighean. Cha robh e a' faireachdainn gum biodh fios aige a-chaoidh. An robh e a' creidsinn Dhonnchaidh nuair a thuirt e nach do rinn e e? Dh'fheumadh e aideachadh gun robh. Bha tòrr rudan a chanadh tu mu Dhonnchadh, ach chan e liùgaire a bh' ann. Agus bha fios aig Donnchadh gun robh e sàbhailte, gum biodh e dìreach a' coiseachd far an eilein. Gus an do nochd an nighean aig Smith.

Bha an duine a bu chòir a thoirt gu ceartas air pàirt a ghabhail anns an eucoir a rinn e. Agus bha cus feagail air an duine sin a h-uile càil a chall, airson rud a rinn e nuair a bha e na bhalach, rud a thug daoine eile air a dhèanamh.

Dh'fhuiricheadh e an sin, na aonar, fon talamh dhubh Hiortach, gus an sgaradh a' ghrian na creagan.

Chan fhaca Cameron am boireannach a-rithist. Cha robh i aig a' chala. Agus cha robh e airson a lorg. Bha e seachad.

44

Bha Anna air deic an *Harebell*, còmhla ri iomadach neach eile, agus an t-eilean agus na stacan a' dol à sealladh. Bha pàirt dhith a' faireachdainn cianalas uabhasach. Pàirt eile dhith a' faireachdainn dòchas. Faochadh. 'S e prìosan a bh' air a bhith ann. Ag obair gun sgur gun chàil air a shon. Na daoine òga gu lèir ag iarraidh fàgail, ach chan èisteadh duine riutha. Cha robh ise, agus gu leòr eile, airson a beatha a chur seachad ann, nuair a chunnaic i na bha anns an t-saoghal mhòr a-muigh.

'S e fìor dheagh charaidean a bh' innte fhèin agus ann an Raonailt. Thug an obair a rinn iad nas fhaisg' iad cuideachd, oir bha na dithis aca ag iasgach ghiomach agus a' coimhead às dèidh an lòin far an robhar gan cumail, agus a' clachaireachd agus a' càradh nan eathraichean a bha 'd a' cleachdadh.

'S e obair a bh' ann air an robh iad eòlach, ach bha e a' fàs doirbh dhaibh. Bha Fionn a' cur an eagail orra agus bha tòrr uallaich bho dhiofar dhaoine, a' toirt orra barrachd is barrachd a dhèanamh, agus ged a bha na h-uiread de sheinn agus fealla-dhà ann, bha iad uaireannan a' faireachdainn coltach ri tràillean, ag obair tòrr a bharrachd na dh'fheumadh iad airson beòshlaint a dhèanamh. Nuair a thog iad seo aig a' Phàrlamaid, thuirt Dòmhnall riutha às dèidh làimhe gum feumadh iad a bhith faiceallach, oir nam biodh Fionn agus an teaghlach aige air an eilean mhòr mì-thoilichte, gum biodh e na thrioblaid dhan h-uile duine. Bha leanabh eile gu bhith aig Dòmhnall mun àm seo, agus an dèidh na trioblaid a bh' aig a bhean a' chiad turas, bha Fionn air cungaidhean-leighis fhaighinn a bha e an dòchas a chumadh an leanabh beò.

Ged a bha a' chlann-nighean mì-thoilichte, b' e sin a' bheatha ris an robh iad cleachdte. Ach thachair rud a dh'atharraich sin, agus b' e sin gaol.

Bha diofar bhàtaichean a' tighinn faisg airson iasgach, agus rinn Raonailt caraid de bhalach a bha ag obair air bàt'-iasgaich à Uibhist. An toiseach bha i rudeigin diùid, ach an dèidh bliadhna, bha fios aice gun robh am balach a' tighinn a-mach ga faicinn barrachd na dh'fheumadh e. 'S ann le athair a bha am bàt'-iasgaich, ach leigeadh e dhan bhalach a dhol air tìr ann an geòla bheag, agus cha tuirt e cus nuair a thug e nas fhaide na bha còir aige. Bha gaol mòr aig athair air a' bhalach, ach bha e iomagaineach dè dìreach a dh'fhaodadh tachairt nan tuiteadh e ann an gaol le nighean à Hiort. Cha b' urrainn dhàsan fuireach ann. Dè an seòrsa beatha a bhiodh an sin dha? Agus cha b' urrainn dhan nighinn fàgail. Leig e leis, ge-tà.

Thàinig am balach, Eòghainn, a-mach aon turas air bàt'-iasgaich caraid, ged nach robh còir aca tighinn faisg air an eilean, agus chuir e seachad oidhche còmhla ri Raonailt air eilean Shòdhaigh air oidhche chiùin shamhraidh. Bha Anna air a toirt a-mach anns an eathar bheag aice airson Eòghainn a choinneachadh air cùlaibh an eilein, air latha nuair nach robh duine air na creagan. Bha banais ann agus dh'inns i dhan h-uile duine gun robh i tinn 's nach b' urrainn dhi a dhol ann.

Dh'inns Eòghainn dhi mu bheatha air an eilean aige agus

anns an t-saoghal aige, agus chan fhaigheadh Raonailt gu leòr dhe na stòiridhean aige, dealbhan air a' chamara aige de rudan mìorbhaileach, na beachd-se. Thug e dhi rudan milis ri ithe agus leabhraichean agus a h-uile seòrsa rud, agus thug a h-uile càil a bha seo air Raonailt smaoineachadh gum bu toigh leatha falbh à Hiort agus beatha a dhèanamh dhi fhèin an àiteigin eile còmhla ri Eòghainn.

Bha rudan a' cur stad oirre ge-tà. Chan fhaiceadh i na caraidean aice a-rithist, neo an teaghlach aice. Am faodadh i tilleadh? Nach biodh na pàrantan aice ag iarraidh sin, bho àm gu àm? Ach bha dòigh smaoineachaidh shònraichte aig muinntir an eilein. Dh'fheumadh iad sin an dèidh cur romhpa fuireach. Ach bha ise ag obair, agus cha robh i a' faighinn sgillinn ruadh air a shon, nuair a dh'fhaodadh i bhith a' cosnadh agus a' ceannach rudan dhi fhèin.

Gu faiceallach, bhruidhinn i ri feadhainn de na daoine òga eile air an eilean. 'S mathaid nach biodh i air càil a dhèanamh, ach thachair dà rud. Bhruidhinn aon de na caraidean aice rithe mu na bha Ruairidh a' dèanamh, agus thòisich i a' smaoineachadh gun robh an t-àite loibht'. Bha 'd uile ag ràdh gun robh iad diadhaidh, ach ciamar a bha sin fìor nuair a bha 'd a' leigeil le rudan uabhasach tachairt air an eilean. Bha buidheann beag de dhaoine a bha a' feuchainn ri tuilleadh 's a' chòir a bhuaidh a thoirt air na bha a' dol air an eilean, a' faighinn barrachd na càch ach gun uiread a dh'obair a dhèanamh. Chruadhaich a h-inntinn nuair a fhuair i a-mach gun robh Murchadh air màlaich a thoirt dha Eòghainn, ag iarraidh air fhèin agus air athair, cumail air falbh à Hiort.

Bha i airson gun tigeadh Anna còmhla rithe, ach cha tigeadh, airson nan aon adhbharan a bha cho duilich dhi fhèin, ged a bha i ag iarraidh barrachd ceangail ri Tìr-mòr, agus carson nach bitheadh? Nach robh gu leòr eileanan eile ann far nach robh an saoghal a' tuiteam às a chèile nuair a bha luchd-turais a' nochdadh. Nach toireadh e beairteas dhan eilean, agus iomadh rud inntinneach eile nam biodh ceangal aca?

Thòisich na daoine òga a' coinneachadh nan aonar gun fhios do dhaoine, agus a' bruidhinn air an t-seòrsa beatha agus eilean a bha iad ag iarraidh dhaibh pèin.

Fhuair i air bruidhinn ri Eòghainn aon turas eile. Cha robh Murchadh a' dol a chur stad air an dithis aca, agus chuir iad romhpa gun robh i a' dol a dh'fhàgail.

Bheireadh athair am bàt'-iasgaich faisg air cùl Hiort aon turas eile agus thigeadh Eòghainn a-staigh ann an geòla agus thogadh e i. Dh'fhalbhadh iad còmhla. Cha robh athair cho dèidheil a bhith an sàs anns a' chùis, ach cha robh dòigh eile air.

'S e oidhche dhorch a bh' ann agus am muir ag èirigh nuair a thog Eòghainn Raonailt. Bha Anna ann a' fàgail beannachd aice, a cridhe trom nach fhaiceadh iad a chèile a-rithist. Thug Raonailt litrichean do dh'Anna dhan teaghlach aice.

Bha Anna gan coimhead a' dol a-mach gu muir, a' cleachdadh nan ràimh gus nach dèanadh iad fuaim. Agus an uair sin cha robh iad ann. Bha a' gheòla air còpadh, le suaile a bha air tighinn air ais bho na creagan. Leum Anna dhan eathar bheag aice agus chaidh i mach dhan dorchadas.

Nuair a ràinig i an t-eathar, bha ròp timcheall air gàirdean Raonailt, na laighe air a beul foidhpe anns an uisge, agus cha robh i a' tarraing anail. Bha Eòghainn fon gheòla agus chan fhaigheadh i thuige ged a dh'fheuch i. Rinn i a dìcheall Raonailt fhaighinn dhan eathar aice. Chan eil fhios cò às a thàinig an neart. Chunnaic i bàt'-iasgaich athair Eòghainn a' tighinn aig astar, 's e fhèin 's an criutha air na thachair fhaicinn.

Nuair a fhuair iad an dithis aca air bòrd a' bhàt'-iasgaich, bha e follaiseach nach robh càil ann a b' urrainn dhaibh a dhèanamh. Bha cridhe Anna ro bhriste airson rànail. Dh'fhaighnich an criutha dhi dè bu chòir dhaibh a dhèanamh.

Bha i airson a h-uile càil a reubadh sìos, a' bheatha a bh' aca ann a Hiort a chur na teine. Cha robh i airson gun tachradh a leithid a-rithist, gum feumadh cuideigin bhon eilean mar Raonailt a dhol a-mach gu muir fhuar gus a saorsa fhaighinn. Agus na lùib bha athair Eòghainn air am balach aige a chall.

Bha i airson gun tigeadh daoine chun an eilein, airson cùisean a chur ceart. Thàinig e thuice gum bu chòir dhi sin a thoirt gu bith. Agus seo a smaoinich i. Bheireadh iad Raonailt dha na h-Eileanan Flannach. Bhiodh athair Eòghainn a' toirt luchd-turais an sin nuair a bha an aimsir math. Bheireadh iad air cuideigin an dust aig Raonailt a lorg, agus bheireadh iad air coimhead coltach ri murt. Mun deach Anna air ais dhan eathar aice fhèin airson a dhol dhachaigh, chùm i Raonailt na gàirdeanan airson an turais mu dheireadh, agus an uair sin gheàrr i h-amhaich.

Thug athair Eòghainn boireannach a-mach dha na h-Eileanan Flannach beagan an dèidh sin, agus thog i dealbhan dhen chorp. An uair sin, agus am boireannach troimh-a-chèile an dèidh na chunnaic i, thog e fhèin agus a mhac eile an dust agus chuir iad air bòrd a-rithist e. Chaidh Raonailt a thiodhlacadh ri taobh Eòghainn ann an Uibhist.

Dh'obraich e, ach aig cosgais mhòr.

Sheall Anna air na spuirean mòra, a-nis an ìre mhath air falbh, agus smaoinich i dè an seòrsa beatha a bhiodh aice a-nis. Cha robh fios aice idir cò ris a bhiodh e coltach. Ach bha i cinnteach gun do rinn i an rud ceart. Bha i air cothrom a thoirt dhaibh taghadh, agus bha iad air taghadh fàgail.

An uair sin chaidh an t-eilean à fianais.